好故事，一擊入魂！

Gaea

左道書

卷之一

戚建邦——著

目錄

作者序

武俠小說應該是許多男性作家的初衷。國中時第一次進入武俠小說的世界，我立刻就沉迷其中，無法自拔。單以小說而言，唯一能讓我反覆閱讀，每隔幾年還要再拿出來複習的，除了我自己寫的小說，就只有武俠小說了。

而在我自己開始寫小說後，當然也想嘗試武俠小說。但任何有自知之明的作者都不敢隨意嘗試武俠，因爲前輩大師設立下的門檻實在太高了。在我的觀念裡，武俠小說除了要熟讀歷史外，還得涉獵佛道、懂點醫理、瞭解古代社會風俗、當朝官制、州道地理等。雖然所有故事的主體都在於人，但是背景考究不足的話，故事就會缺乏信服感。近二十年前剛開始寫作時，我其實是告訴自己不可以寫武俠小說的。

但在網路發達後，情況就不一樣了。所有的知識都在網路上，等待有心人發掘取用，包括撰寫武俠小說所需的一切。而身爲小說創作者兼譯者，我肯定算得上是網路查資料高手。於是我終於鼓起勇氣，開始創作我的第一個武俠故事《黎蒼劫》。

《黎蒼劫》整個創作過程非常有趣，因爲我挑選了明朝末年這個超級歡樂的年代。真的，當你去查過那個年代出過些什麼事之後，你就會瞭解爲什麼這麼多武俠電影喜歡選在那個年代。整體而言，我非常滿意第一次嘗試，不過也不得不承認那個故事有個明顯的缺點，就是向大師致敬的橋段太多了。我是說，當武俠故事扯上丐幫時，你就不得不描述丐幫的功夫。但是大家都知道丐幫那套掌法跟那套棒法，我如果硬創其他功夫，就顯得刻意了；但是沿用那套掌法，又會非常致敬。同樣，當大壞蛋是東廠的公公時，很容易就會搭配一套只有公公能練的神功啊！

於是我吸取教訓，把心力投注在第二本武俠小說上，也就是《左道書》。我把年代前移到唐末亂世，避開明顯致敬的橋段，引入歷史上知名的節度使（我超喜歡武俠小說裡出現歷史人物的），讓身為武林盟主的名門大派在亂世中角逐天下。第一版的《左道書》是單本完結的故事，全書不到二十萬字。故事完整，內容緊湊，但卻有點過早收場的感覺。當時出版界已經開始謹慎收稿，武俠小說又向來不是主流，所以投稿歷程其實也滿艱辛的。好不容易有某出版社主編看上，找我去談。不過大家討論後認為，武俠小說應該要是「厚厚的好幾本」才有感覺，單本不好做。所以請我回去把故事擴展開來，寫成三本。

擴展這個故事，其實不難，因為原先的故事設定就很適合大長篇，展開後不會給讀者硬凹的感覺。只是我為了養家活口，必須以翻譯小說為主業，一年能寫一本創作小說就很吃力了。如此，改版第一集，加上創作二、三集，一晃又是三年過去。合作的對象也從當初相談的出版社回到了跟我長期合作的蓋亞身上。

《左道書》從二〇一二年起始創作，歷經七年，終於成為實體書，出現在讀者面前。感謝所有曾為這三本書付出心力的編輯、畫師、朋友、讀者、老闆。我很喜歡這個故事，希望大家也喜歡。

戚建邦　二〇一九年五月寫於台北

第一章　露餡

正午時分，吐蕃維州城西，中平山腳，二十餘名中平村民聚集於樹林間。其中半數人手持刀劍弓斧，餘人或持鐵杵、或持釘耙，還有那臨時趕來的連家中掃把都帶了出來。為首一名獵戶約莫四十來歲年紀，指著一棵樹上斷枝，揚起手中獵弓，朝眾人說道：「有了！在這裡了！」

一名老丈連忙搶上，抓住獵戶肩膀，激動說道：「太好了……小女有救！小女有救了！」

獵戶扶著老丈，說道：「孫老丈，莫擔心，咱們村裡來了這許多人，就連學堂裡的公孫先生聽到消息也連忙趕來。孫家妹子一定不會有事的。」說完循著蹤跡深入樹林，眾人隨即跟上。

走在最末首的男子青衫方巾，中原文士打扮，四十出頭，乃是中平學堂的教書先生，名叫公孫歎。他來到獵戶尋著蹤跡的樹下，揚手比比斷枝高度，轉頭四下察看，眉頭微蹙。正待跟上村民，後方有人急奔而來。公孫歎聽熟這腳步聲，知道是自己的大弟子莊森，於是站於原地等待弟子趕到。

「師父。」莊森在公孫歎身前行禮道。「維州城出了點事，弟子特來稟告。」

公孫歎點頭道：「邊走邊說。」兩人並肩跟上村民。

「今日城裡來了名陌生女子，到處向人打聽師父。」莊森在公孫歎身旁低聲說道。「瞧她那樣兒，是打成都府來的。」

公孫歎聞言皺眉：「何以見得？」

「她問的是師父本名。」莊森道。「而且使的是玄日宗的功夫。」

公孫歎眉頭皺得更緊：「使了功夫？怎麼跟人動手了？」

「她去向鐵鷹派打探師父下落，鐵鷹派的人不由分說就跟她打起來了。」

公孫歎輕嘆一聲：「我惹到鐵鷹派什麼事？鐵見春那老小子，定是想要著落在我身上要脅玄日宗。這算盤不知怎麼打的，難道憑他小小鐵鷹派就想來跟我作對？你說那女子多大年紀？」

「二十上下。」

「那她不會是鐵見春的對手。給人拿下了？」

「是，關在鐵鷹派總壇。」莊森道。「師父，咱們要不要去鐵鷹派救人？」

公孫歎沉吟半晌，嘆道：「我已離開中原，遠赴吐蕃隱居，想不到還是無法避開此等俗事。要去鐵鷹派救人，不就等於告訴人家我就是卓文君？咱們來到維州也才一年有餘，難道這麼快就要被迫搬家？」

莊森道：「可對方是玄日宗的師妹，咱們應該顧全同門義氣……」

公孫歎搖頭：「玄日宗乃是當世武學泰斗，不少門下弟子都在外設立武館、開枝散葉。普天之下，會使玄日宗武功的人多如牛毛，當眞入過玄日宗習武之人只怕不到一成。會幾手玄日宗功夫並不表示就是玄日宗的師妹……」

莊森執意勸道：「師父……」

「對方是個美貌姑娘？」

莊森臉色一紅，低頭道：「師父。」

公孫歎一笑：「此事既然撞上了，咱們也不能不聞不問。先等孫老丈的事情了結再說。」兩人跟在眾人後方，於樹林間緩緩前行。走了一會兒，莊森拉拉師父衣袖，低聲問道：「師父，我聽村裡的人說孫家妹子……是讓妖怪擄去的？」

公孫歎揚眉：「你聽說是什麼妖怪？」

「說有三頭六臂呀。」

公孫歎忍俊不禁，壓低聲音笑道：「今早才說青面獠牙，長有一對肉翅，現下就變成三頭六臂了？」

莊森鬆了口氣：「照師父說，不是妖怪？」

公孫歎道：「世上哪有妖怪？」

莊森大搖其頭：「師父，吐蕃儘管開化未深，咱們也不該當他們是無知蠻族。想我大唐文成公主聯姻吐蕃，至今也已兩百來年。這些年來，大唐與吐蕃互通有無，相互交流，百姓民智已開，不會無緣無故說有妖怪……」

「你《拜月經》看太多了。」公孫歎道。「妖怪？虧你說得出口。爲師的就問你，你見過妖怪沒有？」

莊森道：「沒有。」

「認識哪個見過的？」

「沒有。」莊森氣餒。「倒是認識不少說有朋友見過的。」

公孫歎攤手：「那不就得了？」

「師父，沒人見過並不表示沒有。」莊森尚不死心。「天下之大，無奇不有，凡人一生也不能盡看。只因你沒見過，就說沒這回事，是不是有點……那個……」

公孫歎道：「坐井觀天？」

莊森忙道：「弟子可不敢這麼說。」

「只怕是不敢當著爲師的面說。」公孫歎笑道：「好了，總之這回不是妖怪，賊子裝神弄鬼罷了。爲師估計對方共有五人。他們爲了掩飾足跡，一入樹林便即上樹。地上斷枝殘葉甚多，顯示對方輕功也不甚佳。近日維州城連日發生竊案，官府四處搜查，始終沒有著落。我看這些人多半就是這批新來的竊賊。他們將巢穴設在十餘里外的中平山中，犯案得手便即運出贓物，不在城內逗留，是以難以追查。」

「照這麼說，對方是竊賊，不是淫賊。」莊森問。「何以擄去孫家妹子？」

公孫歎道：「五名大漢住在山中，難免想找壓寨夫人。」

莊森瞧著前方村民，說道：「幸虧中平村民急公好義，孫老丈振臂一呼，立刻便有這許多壯丁義無反顧趕來救人。」

公孫歎笑道：「孫家姑娘是本村第一美人，眾人自然義無反顧。要是你給妖怪擄去，多半只有爲師的會來搭救。」

莊森乾笑兩聲，又道：「然則賊人既有五人，又會武功。即便功夫不高，張三哥他們可未必應付得來。」

公孫歎望向領頭的獵戶張三，緩緩搖頭。「那你不須擔心。咱們中平村臥虎藏龍，習武之人不在少數。」他比向左首兩名中年壯漢，道：「你瞧屠夫王氏兄弟握刀的手法，鋒芒不顯，盡掩刀光。沒猜錯的話，該是燕石山青刀門的弟子。樵夫李一杉揮斧開路，出手俐落，削木無聲，若非使得一把寶斧，便是身懷上乘內功。連家莊那幾位持劍的朋友也非庸手，光看那幾把劍就不是尋常務農人家該有的好劍。」

「有這麼多？」莊森不大信。「未免太臥虎藏龍了點？」

公孫歎解惑：「維州城位於吐蕃與大唐疆域交界處，此去香月谷不過一日路程。想要居住吐蕃境內，又要隨時能遠走中原避禍之人，自然會選在維州城附近定居。咱們能來此隱居，難道別人便不行嗎？爲師早就猜想村裡尚有其他習武之人，不過大家井水不犯河水，也無須費心查探。不想今日之事，把大家都引了出來。」

莊森瞧瞧師父適才點名之人，緩緩搖頭：「眞是人不可貌相。」他說著望向獵戶張三，說道：「張三哥打獵，箭無虛發，我還道他就是村子裡最厲害的人物了……」

「他是。」公孫歎道。「此人神元內斂，舉手投足間都只展現出獵戶的矯健身手，絲毫不露半點餡兒。這群人裡，除了咱們之外，就屬他裝得最像。」

莊森問：「師父，既然他毫不露餡兒，你又怎麼看出他會功夫？」

「就是看得出來。」公孫歎道。「日後你功夫練好了，自然也看得出來。」

領頭張三突然矮身停步，眾人隨即跟進。張三回過頭來，掌心向下輕揮，示意眾人原地等待。他就著雜草，爬向前去，轉眼消失在眾人眼前。寒風吹拂，氣氛肅殺，不懂武功的村民紛紛緊張冒汗。莊森湊到師父耳邊輕問：「師父，待會兒咱們怎麼著？」

公孫歎沉吟半晌，說道：「尋常毛賊，眾村民應付得來。咱們繼續裝蒜。」

片刻過後，張三爬了回來，帶領眾人退出一段距離，這才低聲說道：「前面過去是片空地，空地旁山壁上有座洞府，斑剝脫落，年久失修，多半百年前有高人在此修行。洞外有三名賊人，正自烹烤野豬。洞內人數不明。根據沿途蹤跡，我猜想對方共有五人。」

孫老丈插嘴：「瞧見我女兒沒有？」

張三搖頭，眾人沉默。誰都知道孫家姑娘此刻在洞內遭遇，只是誰也不好當著孫老丈的面說出口。孫老丈一陣激動，當場就要跳出去救女兒，隨即讓王氏兄弟給壓在地上。張三道：「老丈莫心急。賊人既已找到，咱們定當救孫家妹子脫險。」他轉向一眾村民，續道：「一會兒咱們一塊出去，由我上前叫陣。賊子人數不明，全叫出來再幹較爲穩當。到時候說僵了動手，洞外三人交由王氏兄弟解決；洞內再有幫手出來，便有勞連家莊諸位兄弟料理。李兄和我聯手對付首惡，伺機救人。其他人各自看著辦，哪兒要幫忙上哪兒幫。」他又朝公孫歎道：「公孫先生，刀劍無眼，你和莊兄弟就待在後方掠陣便是。」

安排已定，張三率眾而出。莊森與公孫歎走在最後，低聲道：「師父，張三哥果然不是泛泛之輩，一下就把身懷武功之人都點了出來。」

二十來個村民跳出樹林，空地上的賊人早已聽見聲響，紛紛抽出兵刃，嚴陣以待。張三上前一步，朗聲道：「兀那毛賊，快將中平村的姑娘交出來！」

三名賊人哈哈大笑，一人回道：「鄉野匹夫，也敢跑來要人？活得不耐煩了！」

張三喝道：「毛賊！不要敬酒不吃吃罰酒。你們若是敢動孫姑娘一根寒毛……」

三賊人又是一陣大笑，連帶洞府之中也傳來笑聲。就看到三條大漢步出洞門，爲首的男子滿臉虯髯，上身赤膊，手裡抱著一塊破布，布中裹著孫家姑娘。孫女鼻青臉腫，香肩微露，大腿雪白，雖是裹在布裡，任誰一看都知已給剝個精光。虯髯大漢將孫女往地上一丟，孫女摔出布外，全身赤裸地攤在數十個男人面前，登時嚇得魂不附體，連忙拉過破布遮掩。虯髯漢哈哈大笑，問道：「動她寒毛，那便怎樣？」

張三尚未答話，孫老丈已經吼道：「我跟你拚啦！」隨即向前撲上。

虯髯漢道：「老四！」

空地上之前說話的賊人右手提起，一把飛刀破空而出。就聽見噹的一聲，李樵夫搶到孫老丈身前，揮斧擊落飛刀。

張三拉弓搭箭，對準虯髯漢一箭射出。虯髯漢神色一凜，拔出腰間大刀，横刀一封，擋下胸口快箭。此箭既快且準，饒是久歷江湖，虯髯漢還是嚇出一身冷汗。他眼望張三，心下算計，片刻過後，吼道：「給我殺！」

眾毛賊一聲發喊，揮刀上陣。中平村民依照張三吩咐，各自挑好對手應敵。王氏兄弟各使兩把屠刀，出手快捷，只攻不守，端得是虎虎生威。儘管以二敵三，兀自佔了上風。連家莊的四名劍手武功平平，各自爲戰未必是賊人對手，然而四人站準方位，此攻彼守，儼然是一組習練有術的劍陣，數招之間已經砍傷兩名賊人。張三與李樵夫聯手對付虯髯漢。虯髯漢武功高出手下許多，一把單刀使得凌厲霸道。李樵夫與他正面放對，一時難分難解；張三拉滿長弓，伺機放箭。其餘中平村民插不上手，只有高舉武器在外圍一面走位，一面吆喝。

公孫歎師徒跟著村民晃來晃去，觀戰喝彩。眼看己方勝券在握，莊森低聲道：「師父，你與張三哥都說賊子五人，眼前卻明擺著有六個人。」

公孫歎打了他個爆栗，說道：「笨徒，這虯髯老大坐鎮洞府，沒有出門擄人。我哪看得出來？」

莊森點頭：「是了。師父，這虯髯漢勢道沉猛，刀氣縱橫，武功之高，實在不似尋常毛賊。」

公孫歎點頭：「他中路一劈，勢若天雷，爲師若沒猜錯，當是南房山臥虎門的天雷刀法。」

莊森眉頭一皺：「臥虎門？半年前臥虎門不奉吐蕃官府號令，讓拜月教派人挑了。聽說臥虎門滿門八百七十三口無一倖免，全讓拜月教送去祭了明月尊。」

公孫歎望著虯髯漢道：「拜月教要殺雞儆猴，若有落網之魚，自不會敲鑼打鼓詔告天下。想那臥虎門素有俠名，在吐蕃境內聲譽頗佳，時常爲民喉舌，與官府作對。如今慘遭滅門，僥倖逃生的弟子卻不潔身自愛，竟然幹起打家劫舍、強姦民女的勾當。唉……」他輕嘆一聲，搖頭道：「世道如此，善惡之分，原也只在動念之間。」

「師父感慨得是。」莊森說著望向那座洞府。「據《拜月經》所載，四百餘年前，拜月教第二十八代教主戰天眞人在杳月谷一役後身受重傷，難耐舟車勞頓，無法回歸拜月教總壇，於是在中平山就近療傷。其後教主之位遭篡，戰天眞人看破紅塵，乾脆隱居中平山，建了一座戰天洞。如果這座洞府就是戰天洞遺跡的話……」

「你入境隨俗，拜月教的歷史倒是讀得挺熟。」公孫歎好笑道。「拜月教講究修眞煉丹、延年益壽。甭說歷任教主，不少爭奪教主之位失勢的教中高手都喜隱逸山林，追求長生不老之道。吐蕃境內，深山裡的洞府多得跟什麼似的。即便這座洞府當眞是戰天眞人的戰天洞，如今也已淪爲毛賊山寨。你還想在裡面找到什麼？」

「師父，你爲何老澆弟子冷水？」莊森嘟嘴不悅。「即便《拜月經》記載不實，世間不曾有人求得長生大道，弟子追尋古書遺跡又礙著誰了？我就是喜歡站在古人踏過的土地，遙想前人風範、過往雲煙，這有什麼好讓師父處處嘲諷的？」

公孫歎一聲輕嘆，語重心長地道：「森兒，爲師是怕你過於執著，入了魔道。這些年來，多少人爲了找尋古書中的遺址而枉送性命？又有多少人爲了尋不著遺址而意志消沉，鬱鬱而終？你嘴裡說懷古思情，難道當眞不曾期盼在這些遺跡裡找到什麼？」

「弟子……」

這時五名賊嘍囉盡數讓村民砍倒在地。虬髯漢眼見不對，大喝一聲，使了招狂雷破雲式，意圖殺出重圍。李樵夫見刀勢凶險，不敢硬接，足下一點，向後躍開。虬髯漢渾身籠罩在一團刀光之中，宛如閃電般朝向斜裡竄去。張三唰唰唰連發三箭，將虬髯漢的去路盡數封了。虬髯漢閃過頭兩箭，揮刀擊落第三箭，隨即著地疾滾，順勢抓起縮在一旁的孫家姑娘，擋在自己身前，橫刀架在對方雪白纖細的脖子上，喝道：「誰敢過來，我就殺了她。」

孫老丈又要搶上，公孫歎使個眼色，莊森立刻將他拉住。張三叫道：「快住手！我認得這手臥虎門天雷刀法，你是臥虎門副門主狂刀祿東芒。臥虎門好大名頭，原來不過就是一群姦淫鼠輩！」

「臥虎門早就沒啦！」虬髯漢叫道：「我祿東芒一生行俠仗義，打抱不平，結果卻落個蠱惑人心、密謀反叛的罪名。拜月教倒行逆施，暴虐無道，這叫官逼民反，遲早吐蕃境內百姓都會反的！」

張三斥道：「放屁！就算官逼民反，你打家劫舍，不傷人命也就是了，強姦民女，又如何交代？」

「我呸！」虬髯漢罵道：「拜月教一年一度挑選十二名處女進獻教主，臨完了還要血祭明月尊，此等先姦後殺之事，你們視而不見！如今卻來管老子？」他環顧一眾村民，心中狂性大發，喝道：「今日有死無生，老子跟你們同歸於盡！」說完橫刀一抹，登時便要劃開孫女咽喉。就聽見破風聲大作，在場所有習武之人或擲暗器、或擲石塊，全向虬髯漢腦門招呼。虬髯漢橫刀一封，將諸般暗器盡數擋開，跟著反手劈落，硬是要斬下孫女腦袋。只聽噹的一聲，虬髯漢大刀脫手，遠遠飛出，插入洞府門板，兀自晃動不已。緊接著又是唰的一聲，一支羽箭直挺挺地插入虬髯漢眉心，破腦而出。虬髯漢仰天倒落，登時了帳。

這一支羽箭自是張三所發。他眼見虬髯漢打定主意同歸於盡，砍向孫女這刀用盡全力，深怕出手輕了害人送命，終於使出眞本事，射出勢不可當的一箭。想不到他快，有人比他更快。擊落虬髯漢大刀的暗器無聲無息，不露絲毫金光，亦無破風聲響，竟連是何暗器都看不出來。張三轉頭望向一眾村民，只見眾人群起喝采，都說張三哥這一箭射得漂亮。孫老丈撲到愛女身邊，連聲安慰，解下身上衣衫給愛女穿。村民取出繩索，將餘下賊人五花大綁。張三來到虬髯漢身旁，拔出羽箭，於地上搜索片刻，不見可疑暗器。他走到洞府門口，拔下虬髯大刀，只見刀面凹陷，中間鑲著一粒圓石。

張三心下駭然，以箭頭起出圓石，拋下大刀，走向村民。他細看眾村民臉上神色，回想過往形跡，一一排除村民發石的可能。排除到最後，他眼望公孫歎師徒，心下一片茫然。要說公孫歎師徒竟然會武，張三實在難以相信；然則同行村民中除了他二人外，餘人張三幾乎都能肯定會武或是不會武功。話說回來，發石之人武功深不可測，遠非他所能及，這等人物若是刻意隱瞞，自然不會在他眼前輕易露餡。張三緩步來到公孫歎面前，揚起圓石，說道：「公孫先生，這顆石頭……？」

公孫歎瞠目結舌，不知所對，問道：「什麼？」

張三心下遲疑，不過依然問道：「原來公孫先生是不世出的前輩高人，實在失敬、失敬。」

公孫歎搖頭笑道：「張兄說笑話了。我只會掉書袋，不會耍功夫。」

張三還要固執：「公孫先生……」

公孫歎搶白道：「張兄，你們殺得厲害，可把老書生給嚇得腿都軟了。這會兒孫家姑娘獲救，咱師徒手無縛雞之力，就不留在這裡礙手礙腳了。」

張三道：「山道難行，還請公孫先生等待咱們處理善後，跟村民一同下山吧。」

莊森想探戰天洞，也勸道：「師父……」

公孫歎搖頭：「我得回書堂去喝碗茶，收收驚。你們慢慢忙吧。森兒，走了。」說完轉身便走。

莊森連忙跟上，在師父身邊低聲問道：「師父，何必急著走？」

「你沒瞧見張三哥最後那一箭的手法？氣灌箭尾，弧光如月，那是拜月教的月尾箭法。」公孫歎道。「咱們誰都好惹，在吐蕃境內就是別惹拜月教。」

「可是師父……」

突然間破風聲起，一枚暗器對準公孫歎肩窩急竄而來。公孫歎聽見李樵夫高叫：「小心。」心知是張三不肯死心，投石試探自己功夫。他細聽來勢，知道張三畢竟不敢肯定自己會武，因此投石時未盡全力。他眉頭一皺，打算不閃不避，硬生生受這一石，藉以免除張三疑心。只不過那粒圓石來到他的身後，突然沒了聲息，並未擊中自己肩膀。公孫歎微微一愣，回過頭來，只見莊森平舉右手，將偷襲的圓石握於掌心。

在場習武之人全都見到此幕，一時之間人人屏息以待，誰也沒有作聲。莊森一接下石頭便知自己做錯，可這石頭接都接了，總不能再往師父身上丟去。他僵在原地，望著師父，神色尷尬。公孫歎搖頭嘆息，跟著轉向張三，揚聲道：「張兄弟，大家同村歸隱，也算緣分。你如此咄咄逼人，究竟是何用意？」

張三還沒說話，李樵夫已經開口幫腔：「是呀，張兄，公孫先生會武，我也和你同樣驚訝。但即便如此，你也犯不著投石試探呀。」

王氏兄弟也說：「大家心照不宣，何必定要說破？今日村裡有事，公孫先生不也跟大家一起來了？張兄，你這樣做，不是傷了同村的和氣嗎？」

連家四劍有人道：「張兄，所謂井水不犯河水，何必挑起無謂爭端？」

「呃……」眾人言之有理，張三自知理虧，又怕犯了眾怒，只好低頭賠罪：「兄弟魯莽衝撞，還望公孫先生莫怪。」

公孫歎凝望他片刻，冷冷說道：「森兒，把石頭還給張三哥。」

「是，師父。」莊森道。「怎麼還？」

「怎麼給你的，就怎麼還。」

莊森衝張三抱拳，道：「張三哥，得罪了。」說完將圓石捏在手中，對準張三彈指而出。這一彈聲勢驚人，如同響箭呼嘯，在場武人個個大驚。張三不敢怠慢，連忙運出本門功夫，雙臂環抱，使了個懷陰抱月勢，以陰柔至極的內勁化解一擲之勁。

「好一招懷陰抱月。張師傅，少陪了。」公孫歎拱了拱手，帶著弟子拂袖而去。

李樵夫喝道：「張三！原來你是拜月教的人？」

張三頭皮發麻，望向眾武人，緩緩說道：「各位鄉親，大家同村隱居，也算緣分，所謂井水不犯河水……」

王氏兄弟呸了一聲，語氣不屑：「好哇，張大人，你是在中平村隱居，還是在這裡監視咱們？」

「我怎麼會監視各位鄉親呢？」

連家四劍嚓的一聲，同時還劍入鞘。先前開口之人道：「道不同不相為謀，咱們師兄弟不配和拜月教的大人同村隱居。張兄既然是拜月教的人，咱們也只好被迫搬家了。」

「各位鄉親……」

公孫歎快步疾行，莊森加緊追趕，沒多久便聽不見眾村民的爭執。他見師父越走越快，只差沒有當眞展開輕功奔行，開口道：「師父，咱們趕著回去喝茶收驚嗎？」

「是呀，喝茶收驚。」公孫歎笑道：「你慢慢喝，爲師的在維州城等你出關。」

莊森大驚：「咱們這就離開？」

「都露餡了，還不離開？」公孫歎道。「難道要等到拜月教找上門來才走？」

「不是吧，師父？」莊森問。「弟子剛剛這一擲，可沒有顯露師門武功。張三哥頂多知道咱們武功高強，可不知道咱們是玄日宗的人。再說，咱們隱居吐蕃，可沒得罪過拜月教，他們有什麼理由要找上門來？」

「你說有個師妹在維州城打聽爲師的下落。」公孫歎道。「拜月教的人不是傻子，此事傳開之後，他們立刻便會著令調查。到時候兩件事情湊在一塊兒，自然能猜出爲師的身分。」

「師父認定張三哥是拜月教的探子？」莊森問。「難道他不會跟咱們一樣是來此隱居的嗎？」

「這裡是吐蕃。」公孫歎道。「拜月教除了教中宿老能夠稟明教主，歸隱山林，修眞求道之外，尋常教眾破門出教乃是唯一死罪。他們要隱居，自會前往南詔、天竺、波斯，甚至是中原，總之不會待在吐蕃境內。」

莊森點頭，接著又問：「可他們爲什麼要找師父麻煩？」

「玄日宗又爲什麼會選在這個時候前來找我？」公孫歎望著徒弟問道。

莊森揚眉：「玄武大會尙有兩個月之期，難道是要找師父回去與會？」

「不無可能。」公孫歎道。「武林中十年一場風波，都是這玄武大會惹的禍。要是沒這大會，為師的十年前就該成功歸隱了。」

「那咱們接下來怎麼辦？」

公孫歎沉吟半晌，說道：「反正已經露餡，就先去鐵鷹派救那玄日宗小師妹吧。」

「好。」莊森摩拳擦掌，笑容滿面。「咱們就這麼辦。」

第二章　故人

公孫歎師徒回到中平村學堂，各自進房收拾行李。兩師徒過慣了漂蕩生涯，床頭隨時放著簡便行李，順手一兜就能拋下一切，遠走高飛。不到一盞茶的工夫，兩人站在學堂門口，望著牌匾，各自輕嘆一聲，揮一揮手，揚長而去。

不多時，趕到維州城，兩人通關入城，直奔鐵鷹派總壇。莊森奔得有點喘，問道：「師父，真要這麼趕？」

公孫歎道：「趕緊救人，今晚城門關前出城。要不，等拜月教的人展開追捕，出城就麻煩了。」

莊森皺眉：「咱們的身分一時之間還不會走漏，犯不著這麼趕吧？」

公孫歎不懷好意地笑道：「待會兒救了人，風聲便走漏了。」

莊森眼望師父，遲疑問道：「師父打算大張旗鼓地救人？」

公孫歎笑容滿面：「許久不曾活動筋骨，自然是要大打一場。」

莊森搖頭：「我真不明白你幹嘛還費心歸隱。」

兩人來到鐵鷹派，站在對街道上。公孫歎取出一份名帖，交給莊森，說道：「持我拜帖，登門造訪。」

莊森接過拜帖，只見正面繪有一顆火紅太陽，內頁填著玄日宗卓文君及莊森的名諱。莊森闔上拜帖，問道：「師父身上還有玄日宗的拜帖？」

公孫歎笑道：「嚇唬人的玩意兒，挺好的。」

莊森上前來到鐵鷹派門口，向守門的弟子呈上拜帖，說道：「玄日宗震天劍卓文君攜同弟子莊森前來拜會貴派鐵掌門。」

鐵鷹派弟子大驚失色，雙掌顫抖地接下拜帖，說道：「請……請兩位大俠稍候，待弟子進去通報。」說完三步併作兩步，跑去內堂通報。

公孫歎與莊森於門口等候，也不知鐵鷹派在裡頭布置什麼，搞了半天沒人出來。莊森閒著沒事，問師父道：「師父，咱們這次入關，是回玄日宗嗎？」

「嗯……」公孫歎沉吟片刻，說道：「玄武大會將至，這一回去又是一番風雨。這些年來，你我遊歷西域諸國，總也看出一些端倪。中原局勢大亂，各地節度使擁兵自重，形成藩鎮割據；宦官廢立天子，唐宗室形同傀儡，天下共主名存實亡。如此形勢，鄰近諸國誰都想來分一杯羹。即便南詔小國，也與吐蕃聯軍攻打唐室。除吐蕃外，天竺、波斯都是當世大國，西域更遠的黑衣大食自從怛羅斯之役擊敗唐軍後也一直對咱們虎視眈眈。就連突厥近年亦開始密謀復國。各地節度使一方面得應付外患，一方面還要相互內鬥，哪天哪處讓異國攻破了也不知道。幸好吐蕃王朝瓦解，境內部族亦陷入各自爭戰的局面，西疆才得保數十載平安。」

「如今拜月教勢力坐大，統一吐蕃不過遲早之事。各地節度使要想抵抗吐蕃入侵，就需要武林人士鼎力相助。玄武大會除了推選武林盟主外，最主要還要分派各地武學宗派相助藩鎮抵抗外患。壞就壞在番邦武林人士也能參加玄武大會……」

莊森大搖其頭：「師父，這點弟子就不懂了。玄武大會的規矩是百餘年前訂下來的。當時大唐國力鼎盛，與西域各國往來從密，武學上相互交流也是無可厚非。然則今非昔比，昔日友邦早已破臉，咱們為什麼還要讓西域武學門派參與玄武大會？」

「大唐乃中華上國，訂好的規矩豈能說改就改？」公孫歎道。「況且不讓他們來，沒得落人口實，說咱們中原武林怕了西域來的旁門左道。」

「就為了面子？」莊森問。「萬一拜月教出了個武學奇才，奪得武林盟主之位，掌管玄天劍，咱們這面子還掛到哪兒去？」

「說得是。所以武林中人個個勤練武功，深怕武林盟主之位落入番邦手中。」公孫歎道。「其實番邦參與玄武大會未必沒有好處。咱們正好藉機估計番邦的武學實力。這十年間不曾聽說各國出現什麼武學奇才，論武功造詣，你大師伯應當依舊天下無敵才是。這一屆武林盟主多半會由玄日宗繼續蟬聯。」

「那咱們便不必擔心了？」

「當然要擔心。」公孫歎搖頭。「番邦要是武功上能壓過咱們，便不需要檯面下陰謀暗算。既然武功不如咱們，他們自然就得用計。今年形勢，又比往年凶險。大唐已是強弩之末，鄰近諸國虎視眈眈。據為師推測，拜月教或其他番邦大派多半會利用這次玄武大會擊潰中原武林士氣。要嘛就是以卑鄙手段奪取武林盟主之位，不然就是想辦法偷走象徵盟主身分的玄天劍。說不定還會興風作浪，挑撥中原武林人士自相殘殺。這幾年各地節度使能夠抵抗外患，武林人士功不可沒。而武林人士能夠屢建奇功，也要歸功於你大師伯運籌帷幄。要是玄武大會有個什麼萬一，大唐江山啊……」他說著搖頭嘆息。

「師父……」莊森遲疑問道。「你既如此憂國憂民，爲何不乾脆留在中原相助大師伯，定要東奔西跑，擇地隱居？」

公孫歎默然片刻，眼望紅漆大門，緩緩說道：「所謂道不同……不相爲謀。森兒，從前你年紀幼小，師門上一輩的事情，爲師的也很少提起。這一次回去，爲師打算暗中相助。若是不得已要與總壇故人相見，你可得要放機伶點。你那幾位師伯……唉……」

這時內堂中跑出幾十個人，在大院中排成兩列。三名男子並肩而行，迎到門口，在公孫歎師徒面前一字排開。爲首之人黑布短衫，長鬚飄飄，橫眉豎目，一身橫練的肌肉，儘管年過五十，依然威風凜凜。他衝兩師徒一抱拳，說道：「不知玄日宗貴客駕到，有失遠迎，鐵某人在此請罪。」

化名公孫歎的卓文君說道：「鐵掌門客氣了，卓某……」

鐵見春左手邊的男子名叫李見秋，乃是鐵鷹派第三把交椅，此時突然喝道：「我認得你是中平村的教書先生，叫作公孫歎，又是什麼震天劍卓文君了？好傢伙，沒得消遣老子來著！」說著跨步上前，右掌一推，擬將卓文君推個狗吃屎。莊森左手揚起，輕輕拂過對方手腕穴道。男子手臂痠麻，心下驚慌，連忙退回原位。

鐵見春一看師弟吃了虧，立刻打起圓場，說道：「卓七俠請息怒。我這師弟不知好歹，得罪卓七俠，還望卓七俠看在兄弟的面子上，莫與他一般見識。」

卓文君哈哈一笑，說道：「鐵掌門，鐵鷹派今日得罪我的可不只你這位師弟呀。我若不爲一般見識，現在又何必找上門來？」

鐵見春右手邊的男子名叫鄧見夏，乃是鐵鷹派第二把交椅，此時聽不下去，喝道：「姓卓的！我們敬你是客，不要太囂張了！」

鐵見春連忙制止師弟，回頭笑道：「卓七俠，你說敝派今日還有其他人得罪你，不知道是怎麼回事？」

卓文君問：「今日早晨，有名玄日宗弟子來向貴派打探卓某人的下落，讓貴派給拿下了。這件事情，可是有的？」

鐵見春神色一凜，連忙陪笑：「卓七俠明鑑，絕無此事。」

卓文君搖頭：「鐵掌門，明人不做暗事。你說絕無此事，不就是說我徒弟撒謊嗎？」

「這個……」

「我徒弟最討厭人家說他撒謊。」

莊森臉色一沉，低吼一聲，神情氣憤。兩師徒一搭一唱，雖然充滿威脅意味，但作戲的模樣十足，倒讓一旁鐵鷹派年輕弟子看得暗自好笑。只不過眾弟子從未見過掌門人在人前如此卑躬屈膝，卻是誰也不敢笑出聲來。

鄧見夏喝道：「掌門，咱們敢做敢當！怕他個鳥！人家都已經找上門來，難道還能抵賴不成？姓卓的，人是咱們拿下的。老子也不妨告訴你，咱們拿人就是爲了引你出來！」

「你給我閉嘴！」鐵見春大吼一聲，如同平地春雷，震得在場眾人耳中嗚嗚直鳴。莊森揚起眉毛，心想鐵見春身爲一派掌門，果然有點門道。鄧見夏見掌門人發怒，終於不敢再說。

卓文君神態自若，恍若不聞，說道：「卓某人隱居吐蕃，可從來不曾得罪過鐵鷹派。貴派說要引我出來，又是從何說起？」

鐵見春原擬拿了玄日宗弟子，廣邀吐蕃境內武林同道設局誘捕卓文君，想不到對方竟然當天便找上門來。他布置尚未妥當，不敢開罪卓文君，於是忍氣吞聲，企圖抵賴。可惜兩個師弟過於自負，一開口便洩了底。這時無可抵賴，他只好正色說道：「卓七俠與敝派並無過節，然則玄日宗卻已得罪了天下英雄。想你玄日宗久爲中原武林之首，貴派趙掌門更已歷任兩屆武林盟主，加上上代崔掌門，你們霸佔武林至寶玄天劍至今已近三十年，趙掌門卻始終沒有作爲，不幹大事。如此怕事，不如把玄天劍交出來，讓有膽有識之人持劍衛道，幹出一番有利天下蒼生的大事業，豈不美哉？」

卓文君道：「玄日宗乃由十年一度的玄武大會推舉出來的武林盟主，大唐國更是天下共主。這些年來，武林中有什麼紛爭，玄日宗始終善加調理，沒有徇私。鐵掌門說玄日宗得罪天下英雄，這又從何說起呢？」

鐵見春搖頭道：「卓七俠說玄日宗趙掌門沒有徇私，這話只怕自欺欺人了點。趙掌門若當眞如此公正不阿，玄日宗若當眞如此光明正大，卓七俠又何必遠走他鄉，退隱江湖？還有那孫六俠又何必反出師門，與玄日宗劃清界線？」

卓文君搖頭：「我們本門師兄弟不和，與掌門人處世公不公正無關。」

鐵見春道：「卓七俠，貴派掌門人武功卓絕，天下第一，武林中人無不佩服。然則要當武林盟主，不能光靠武功。在下認爲，玄武大會的規矩趨於迂腐，早已不合時宜。咱們不能再讓趙掌門繼續留任武林盟主。」

「規矩不合時宜，你該在玄武大會中提出。」卓文君緩緩說道。「說來說去，你們就是想要玄日宗交出玄天劍？」

鐵見春吸一口氣，承認道：「在下不自量力，想爲天下蒼生請命。」

卓文君試圖講理：「鐵掌門，江湖盛傳，玄天劍挾日月精華，負天下運數，上斬昏君，下斬亂臣，誰能執掌此劍，便能一劍定天下。這話大家都是聽過的，可我沒想到當眞有人會信。玄武大會規定武林盟主得以執掌玄天劍，實在只是當作盟主地位的象徵，絕對不是因爲它有什麼神奇之處。」

鐵見春道：「天命之事，實屬難明，在下也不敢說玄天劍當眞有何神效。然則此劍自東漢張陵手上傳下來，數百年間殺了多少昏君、多少亂臣？太宗皇帝玄武門之變，尉遲敬德便持此劍手戮齊王。天寶年間安史之亂，名將郭子儀亦曾以玄天劍擊敗史思明。即便卓七俠授業恩師崔老前輩擔任武林盟主期間，也曾持此劍刺殺濮州王仙芝，差一點就平定黃巢之亂。趙掌門執掌玄天劍，武林人士便指望著他仗劍衛道，建立不世奇功。豈知他掌劍二十年，上不斬昏君，下不斬亂臣，眼睜睜瞧著天下越來越亂。這不是辜負天下人期望嗎？」

「鐵掌門說話正氣凜然，令卓某好生相敬。」卓文君道。「卓某便只一事不明。敢問鐵掌門是大唐子民，還是吐蕃人？你鐵鷹派是中原武林門派，還是吐蕃爪牙？」

鐵見春語塞，說道：「本派身在吐蕃，心繫大唐。卓七俠又何必明知故問呢？」

維州位於吐蕃與大唐邊境，地近成都府。數百年來，兩國相互侵略，邊境時有更動。盛唐時期，維州大半隸屬大唐，歸劍南道管轄。安史之亂後，大唐國力衰竭，維州便落入吐蕃領地。維州城內百姓，唐人與吐蕃人各半。鐵鷹派眼下雖屬吐蕃，不過派內全是唐人。

卓文君道：「鐵掌門是否心繫大唐，外人看不出來。但你鐵鷹派身處吐蕃，這可是大家夥兒瞪大眼睛瞧見的。今日你滿嘴道理，數落中原武林盟主的不是，誰知道你是不是已經投誠拜月教，甘爲番邦奴才？」

「放屁！」鄧見夏怒道：「咱們鐵鷹派……」

卓文君揚手打斷他的話頭，說道：「此事不是貴派跟我可以在此辯出道理的，還是不要浪費唇舌了。有什麼事，玄武大會再說。便請鐵掌門把玄日宗弟子放出來，咱們就此別過。」

鐵見春一愣，與兩名師弟互換神色。鄧見夏喝道：「這是人話不是？你們兩個傢伙跑到咱們地盤來，平白無故就要咱們放人，簡直不把鐵鷹派看在眼裡。」

卓文君仰頭望天，當眞不把鐵鷹派放在眼裡。「想我卓某人威震天下，怎麼會把區區鐵鷹派放在眼裡？你們是什麼角色？憑什麼爲天下蒼生請命？就憑你們擒得住一名玄日宗弟子嗎？」

鄧見夏怒不可抑，大喝一聲，抽出腰間一把鐵鷹爪，朝卓文君撲去。莊森踏步上前，右掌探出，直取鄧見夏面門。鄧見夏變招甚快，翻身迴旋，順勢出爪。莊森原地不動，掌心微沉，一把握住鷹爪柄，跟著連人帶爪將鄧見夏摔了出去。

鐵見春縱身而起，後發先至，趕在頭裡接過鄧見夏肨大身軀，令他不至在眾多弟子面前出糗。鐵見春放下師弟，狠狠瞪他一眼，隨即走回卓文君面前，神色尷尬，一時也找不到什麼場面話可說。

卓文君冷冷一笑，比向莊森：「貴派若是擒得了這名玄日宗弟子，卓某人便承認你們有點本事。」

鐵見春問：「有點本事，那便怎樣？」

「不怎麼樣，一樣要放人。」卓文君道。「頂多我不打你出氣便是。」

鐵見春心下計較。他本是鐵鷹派出類拔萃的人物，功夫比一眾師弟要強上許多。適才莊森舉重若輕，兩招之間便將鄧見夏給甩了開去。儘管他自認也有此本事，但並不表示他就有能耐應付莊森。至於卓文君，那更是毫無勝算。他鐵見春能在江湖上打滾數十年，這點自知之明還是有的。今日局面，有敗無勝，玄日宗女弟子終究得要交出來。自己若是處理不善，搞不好要鬧得鐵鷹派全軍覆沒。但若就這麼依言交人，他以後也不用在眾弟子面前做人了。當此局面，唯有下場硬拚。若能打贏莊森，也算挽回一點顏面。到時候傳了出去，江湖上說他敗在玄日宗震天劍卓七俠的手上，絕不會有人笑話於他。若是敗在卓七俠一個名不見經傳的弟子手上……那他只能期待日後莊森能在武林中揚名立萬了。

他瞧莊森約莫三十歲上下，多半不到三十，即便玄日宗武功精奇，功力畢竟還是有限。自己若在招數上不及對方，內力總能扳回一城。他計較已定，回頭向李見秋吩咐道：「去帶那位姑娘出來。看在卓七俠的面子，這場比試不論勝負，咱們都是要放人的。」

莊森側向師父，低聲問道：「師父，你不是說要大打一場？」

卓文君道：「你打就行了。爲師的想瞧瞧你這一年來有多少長進。」

莊森望向兩旁的鐵鷹派門人：「這麼多弟子在看，要不要手下留情？」

「時間不多，」卓文君道。「速戰速決。」

鐵見春朝莊森一抱拳，說道：「莊世兄，請。」說完沉身紮馬，雙掌呈鷹爪之勢，目光炯炯，英氣逼人，端得是一派宗師風範。

莊森抱拳道：「鐵掌門，請。」跟著一掌拍出，還是跟適才一般攻向對方面門。鐵見春橫臂一封，鷹爪扣向莊森手腕脈門。莊森捻起食指，朝鐵見春掌心彈去。鐵見春右掌微抖，避開此指，左掌趁隙竄出，直指莊森心口。莊森不閃不避，右掌回封，扣住對方左臂。鐵見春感到左臂一陣劇痛，彷彿讓鐵鉗夾住，再也無法寸進。他久歷江湖，心神不亂，當即拳腳齊施，要逼莊森放手自救。莊森手上使勁，在鐵見春手臂上抓出五條爪痕，隨即足下輕點，向後飄出，避開對方拳腳攻勢。

鐵見春逼退莊森，並不立刻追擊，只是站在原地，側頭看著左臂上的爪痕。回想適才情況，莊森若眞有心，當場便能廢掉他一條手臂。抓出幾道爪痕，已是手下留情。莊森見他瞧出此節，當即說道：「多謝鐵掌門賜教，咱們不用比了吧？」

鐵見春卻道：「好歹讓我耍個絕招。」說完不等莊森答話，雙爪一翻，沖天而起，如同大鵬展翅般朝向對手撲下。他這招有個名堂，叫作「群鷹出巢」，乃是鐵鷹派等閒絕不輕易出手的絕招。就看鐵見春兩掌化作數十雙鷹爪，好似雨點般自四面八方擊落。莊森使開師門朝陽神掌，以快打快，應付得從容不迫，一雙肉掌如同絲絲曙光般穿透密不透風的鷹爪，將對方狂風暴雨的攻勢盡數瓦解。鐵見春心下一寒，沉聲大喝，勁透雙爪，使出一招毫不花俏的「鷹從天降」，擬與莊森比拚內力。莊森絲毫不懼，雙掌上挺，與鐵見春結結實實地對上兩掌。鐵見春悶哼一聲，騰空飛出，如同黑鷹般半空翻身，穩穩落在十丈之外。他臉色慘白，氣喘吁吁，嘴角鮮血溢出，顯然已經受了內傷。

這時李見秋正好押了玄日宗弟子步出內堂，見狀大驚，立刻拋下俘虜，與鄧見夏一同衝上前去扶住掌門人。鐵見春揚起手掌，示意兩名師弟退開，隨即深吸一口大氣，吞下口中鮮血，向卓文君師徒抱拳道：「今日領教玄日宗武學，果然名不虛傳。鐵某甘拜下風。這位姑娘，就請兩位帶去吧。」他轉身來到玄日宗弟子面前，一揖到底，賠罪道：「姑娘，今日鐵鷹派多有得罪，還望姑娘海涵。我鐵見春誠心向妳賠不是了。」

那姑娘神色惶恐，忙回禮道：「掌門人不須多禮。敢問鐵掌門，為何釋放小女子？」

鐵見春比向卓文君師徒，說道：「貴派震天劍卓七俠聽說姑娘落難，特地前來搭救。」

那姑娘面露喜色，望向卓文君，說道：「七師叔！姪女可找到您了。」

卓文君打量此女，只見她容顏秀麗，清新脫俗，嬌艷之中帶有一絲英氣，果然是個美人胚子，難怪莊森說什麼也要來救人。只不過她自稱姪女，倒不知是從何而來。卓文君不願在外人面前談論本門中事，只是揮手招呼女子過去，隨即衝鐵見春抱拳道：「鐵掌門說放人就放人，果然言而有信。今日之事，就此揭過。後會有期。」說完帶著兩名後輩離去。

□

三人離開鐵鷹派，轉而向北，朝北城門而去。卓文君邊走邊介紹道：「姑娘，這位是我徒兒，名叫莊森。適才擊退鐵見春，救妳脫險，都是他的功勞。」那姑娘說道：「多謝莊師兄。」莊森傻笑：「師妹不必客氣。」

卓文君問：「姑娘是誰的門下，如何稱呼？」

「啊，七師叔不認得我？」那姑娘說。「是了，上次見到七師叔，我才八歲大呢。這一晃眼，十年就過去了。卓七叔，我是言楓啊。」

「言楓？」卓文君停下腳步，眼望女子，跟著恍然大悟。「哎呀！妳長這麼大啦！」

「我都快十九啦，七師叔。」言楓笑著握起卓文君的雙手。「你不記得我，我可記得小時候你常常抱我去山裡玩水呢。」

卓文君搖頭感慨：「眞是一晃啊。女孩子家眞是……一不小心就晃到認不出來了。」三人繼續行走。他拍拍莊森，說道：「森兒，言楓師妹是你大師伯的愛女。你小時候常逗著她玩，記得嗎？」

莊森還在傻笑：「原來是趙師妹。」

卓文君打他個爆栗。「傻乎乎的，給我正經點。」接著轉向趙言楓道：「楓兒，妳爹娘可好？怎麼讓妳一個人跑到吐蕃來？」

趙言楓收起笑容，說道：「七師叔，我爹娘都好，不過玄日宗近日不太安穩。這次是爹派我前來找您回去參詳大事的。」

「不會又是玄武大會的事情吧？」卓文君問。

「不。」趙言楓正色道：「六師叔回來了。」

卓文君心頭大震，再度停步，望著趙言楓，顫聲說道：「六師兄？他二十年前反出師門，發誓從此不再踏足玄日宗半步。他……竟然會回去？」

趙言楓說：「六師叔是讓人送回來的。」

卓文君心下一涼。「送回來的？」

「是。」趙言楓道。「六師叔是躺在棺材裡讓人送來總壇的。七師叔放心，六師叔沒死，只是傷勢嚴重，昏迷不醒；爹找來了成都府附近所有名醫，但是始終無法救醒六師叔。這些日子來，六師叔一直靠著爹和三位師叔傳功續命。七師叔再不回去，只怕就再也……」

卓文君難以置信，緩緩搖頭：「浩然劍孫可翰名滿天下，武功之強，甚至不亞於大師兄。有什麼人能夠整治得他昏迷不醒，躺在棺材裡面送回玄日宗？」

「姪女不知。」趙言楓道：「爹說七師叔與六師叔素來交好，得知六師叔如此，一定會快馬加鞭趕回玄日宗。於是他派遣姪女前來吐蕃打探七師叔的下落。」

「妳爹早就知道我隱居吐蕃？」卓文君問。

「這十年來，爹一直在留意七師叔的消息，知道您足跡踏遍西域各國。」趙言楓道。「他擔心派遣尋常弟子前來，七師叔不願接見，所以才讓姪女跑這一趟。」

「妳江湖閱歷不夠。大師兄派妳孤身前來，未免太托大了點。」卓文君說。「本來我打算回歸成都府，暗中關注玄武大會。既然知道六師兄的事情，我自當隨妳回總壇一趟。」

「太好了，七師叔！」趙言楓喜形於色。「有你在，爹可就安心多了。」

卓文君一揚眉：「妳爹有什麼不安心的？」

「其實我也說不上來。」趙言楓道。「本門事務都是爹跟哥哥在管，我對門內的狀況不甚了。但我總覺得爹爹最近心事重重，似乎隨時都有放心不下的事情要煩。三位師叔……姪女不好講，總之爹不放心交代太多事情讓他們辦。至於派外之事，近日總壇時常有外人出入，各門各派的武林人士彷彿都約好了般，一個一個來找武林盟主主持公道。河東節度使晉王李克用上個月親自來訪。爹與王爺相談之後，立刻派我趕赴吐蕃恭請七師叔回歸總壇。」

「李克用親自到訪？」卓文君問道。

「是。」

「知道是什麼事嗎？」

「姪女不知。」

卓文君沉吟不語。莊森問道：「師父，河東與宣武節度使乃是中原勢力最龐大的兩大藩鎮。近年來宣武節度使朱全忠聲勢浩大，昭宗皇帝已成他的傀儡。李克用這個時候來找大師伯，商討之事多半十分棘手。」

卓文君緩緩搖頭。「河東節度使專司防範突厥。近年雖有突厥力圖復國的風聲，畢竟還沒成事。李克用來，不會是要大師兄調派武林人士增援邊關。十年前大師兄明令禁止門下結交藩鎮，干涉朝政。十年之後……真不知道十年之後，玄日宗又是一番什麼光景？」

一行人來到平城北門，守城軍官認得卓文君，招呼三人過去。「公孫先生，」軍官笑道：「城門就要關了。現在出城，可趕不到臨淵客棧呀。」

卓文君一作揖，比向趙言楓道：「萬大人，我這姪女自家鄉趕來報信。家母病重，我可得盡快趕回成都府一趟。今日天色晴朗，月光皎潔，咱們星月趕路，當可在午夜前到達臨淵客棧。」

軍官道：「山道難行，公孫先生帶著女眷，可得小心留意。」

「在下理會得，多謝萬大人關心。」

城牆上人影晃動，莊森微微抬頭，正好趕上一顆腦袋縮回牆邊。他與趙言楓一同跟著卓文君步出城門，踏上官道，遠離城門口做生意的攤販後，才側頭向師父道：「師父，咱們給人盯上了。」

卓文君點頭：「是拜月教的人。」

莊森眉頭一皺：「如果是拜月教，爲什麼不讓守城官兵阻止咱們出關？」

「你師父名頭大，他們怕守城官兵攔不住，是以不敢輕舉妄動。」卓文君道。「我料想他們此刻正在調集附近拜月教的高手。香月谷地勢險惡，山道難以行事，他們最保險的做法便是在臨淵客棧埋伏咱們。」

「還是咱們連夜趕路，不要留宿臨淵客棧？」

卓文君搖頭：「我行，你就未必行了，況且還有楓兒同行。你也得體貼女孩子家，怎麼能讓她跟咱們夜行山道，餐風宿露？」

趙言楓道：「七師叔……」

卓文君一揚手，說道：「不妨，他們愛來，便讓他們來。我卓文君豈是藏頭縮尾之輩？拜月教不來便罷，要眞敢來動手，我讓他們吃不完兜著走。」說完哈哈大笑，意氣風發，沿著官道向香月谷揚長而去。

第三章　臨淵

一行人出關不久，便即踏上山道。那呑月谷乃是一座深谷，終年霧氣瀰漫，視線不能及遠，沒人知道究竟多深。安史之亂後，此谷便是吐蕃與大唐的疆界地標。呑月谷只得一條山道，沿山壁開鑿，全長二十里，馬不能行，最窄處只容兩人並肩，僅少數幾處建有護欄，地勢十分險峻，兼之山風強勁，每年都有往返兩國間的商旅墜谷身亡。大唐與吐蕃疆界甚長，交通尚有多條要道，若非為了趕路，鮮少有人取道呑月谷。取道呑月山道可謂舉步維艱，須步步為營，雖只二十里路，尋常百姓卻難在一天之內走完。想要通過呑月谷，就必須留宿山道半途的臨淵客棧。

卓文君三人展開輕功，行走甚速，入夜不久便已趕了五里路。趙言楓功力不及卓文君師徒，如此趕路雖不至失足墜谷，卻難以抵禦刺骨山風。莊森頻頻回首，想要脫下身上衣衫去給師妹穿，卻又不敢。卓文君心下竊笑，咳嗽一聲，說道：「森兒，楓兒衣衫單薄，你脫下外袍給她穿吧。」莊森聞言大喜，立刻除下身上外袍。趙言楓想要婉拒，卓文君已道：「楓兒，穿上，莫要誤了趕路時程。」趙言楓謝過莊森，接下外袍，穿在身上。

莊森趁機落後，與趙言楓並肩同行。走了一段路後，趙言楓見他不說話，開口問道：「莊師兄，你在維州城郊住得久了，可知道這呑月谷的由來？」

莊森想找話說卻又不知從何說起，心下正自尷尬，聽見趙言楓提問，直如溺水之人抓住一根浮木般，忙道：「根據拜月教聖典《拜月經》所載，遠古之時，日月爭輝，有一回，日不滿月爭奪白晝，於是一把將月推下天際。大地見狀，深怕月就此摔死，趕忙裂開山谷，以濃霧爲床，將月呑闔其中，終於保住明月。從此而後，月安分守己，屈就黑夜，再也不敢白晝出沒，與日爭輝。這就是呑月谷的由來。」

趙言楓笑道：「師兄眞會講故事。我一直以爲拜月教以月爲尊，想不到他們的傳說中也有貶低明月的故事。」

莊森點頭道：「在拜月教的傳說裡，明月尊的地位始終不及烈日王。烈日象徵強權，性喜恃強凌弱。拜月教徒崇拜明月，便是爲了時刻提醒教徒世事不能盡如人意；不該我們的，就不要強求。『莫強求』這三個字可以算是拜月教義的中心思想。吐蕃幅員遼闊，生活環境嚴苛，人民自古困苦，始終在與上天搏鬥。拜月教教導人們要逆來順受，不要怨天尤人，無論人生如何艱困，都要以樂觀的態度處世。《拜月經》導人向善，基本教義是很正面的。」

趙言楓瞧著莊森，緩緩搖頭道：「小妹聽說拜月教倒行逆施，殘暴不仁，與師兄所言似乎頗有出入。」

「多年以來，大唐百姓仇視吐蕃，人們在中原談論拜月教，難免有些加油添醋。」莊森輕嘆一聲，繼續說道：「近百年間，吐蕃部族彼此對立，戰禍連年，拜月教統一吐蕃，消弭內戰，儘管手段殘暴了些，百姓的日子畢竟比從前好過。至於拜月教義遭受扭曲，那也是時勢造就的結果。」

趙言楓笑道：「師兄要來講述歷史了。」

「我喜歡借古觀今，可惜人們鮮少自歷史中記取教訓。」莊森道。「拜月教原是吐蕃一個小部族的信仰，屬於傳統苯教的一支，從來不曾在吐蕃民間廣泛流傳。大唐高祖武德年間，部落酋長松贊干布統一各族，建立吐蕃王朝。其後遣使與大唐修好，請求聯姻。太宗皇帝將文成公主許嫁給松贊干布，中華上國的文物工藝隨之傳入吐蕃。自此而後，吐蕃國力興旺，開始與鄰國交流，同大唐一般融會各國文化。大唐的道教、天竺的佛教、波斯的祆教，甚至是遠方大食國的伊斯蘭教都在此時先後傳入吐蕃。佛教深入吐蕃後，獲得赤松德贊的支持，成爲吐蕃國教。一直以來，新興的佛教就與傳統苯教紛爭不斷。吐蕃王朝末代贊普朗達瑪反對佛教，掌權之後明令禁佛，屠殺僧侶、強迫還俗，摧毀寺廟，燒燬佛經，史稱『朗達瑪滅佛』。三年之後，朗達瑪遭佛教僧侶殺害。兩名皇子爲了爭奪贊普大位展開內戰，其他掌權將領也爲了各自的利益互相鬥爭，此後吐蕃大亂二十年，直打到天怒人怨、民不聊生，終於激起平民起義，推翻吐蕃王朝。」

「吐蕃王朝覆滅後，吐蕃境內形成許許多多的部落土邦。各部族間爭奪領地，五十餘年來戰禍連延，始終無人能夠統一吐蕃。上任拜月教主赤月眞人認爲吐蕃之亂，源於外來宗教腐化人心，主張揚棄佛、祆、道等教，改革已遭同化的苯教，回歸傳統之道。他以屠戮外人，割頭挖心，血祭明月尊爲號召，激起平民同仇敵愾之心，終於將拜月教擴張爲吐蕃境內最龐大的勢力。現任教主赤血眞人繼位後，進一步以恐怖手段統治部族勢力，儼然成爲吐蕃共主，只差沒有登基大寶。拜月教武功陰邪怪異，教中高手如雲，遇有部族酋長不服，赤血眞人立刻派人暗殺，曝屍示眾。在我們眼中，這自是殘暴不仁之舉，然則古人也說亂世須用重典。想要結束數十年的亂世，多造殺孽是免不了的。」

趙言楓聽得沉重，輕聲說道：「師兄……大唐自天寶以降，宦官禍國，藩鎮割據，天下大亂，至今早過百年，死傷的人數遠遠超過吐蕃。想要結束中原亂局，是否定要經歷此等殺孽？」

莊森眼望著她，一時無言以對。他好讀史書，以史為鏡，這問題自然早就想過，只是始終不得其解。他自十八歲起跟隨師父周遊列國，過著隱士生涯，閒來研讀各國史書，倒也怡然自得。然則莊森畢竟年少氣盛，滿腔熱血，兼之學了一身本事，如何不想回歸中原，闖蕩一番事業，拯救黎民百姓？只是他自小由師父養大，深覺師父所做的一切都有道理。師父沒叫他闖，他自然便留在師父身邊。況且，師父身懷驚人藝業，卻依然讓亂世逼得歸隱異鄉。自己武功見識皆不如師父，說要出去闖蕩，沒得丟人現眼。

然則丟人歸丟人，天下之大，哪個沒有丟過人的？師父闖蕩過，要歸隱也還說得過去；自己闖都沒闖就跟師父歸隱，那叫什麼道理？

「綜觀歷代史書，總是戰亂的時候多，太平的時候少。想要平亂，談何容易？」莊森緩緩說道。「然則天下形勢，合久必分，分久必合。時局再亂，總也有結束的一天。問題是我輩習武之人，是該等待亂世結束，還是出面結束亂世？」

趙言楓道：「我爹說朝廷政事，不是我們武林中人應該置喙的。」

莊森問：「然則晉王李克用來訪，大師伯卻又與他密談。這算什麼？」

趙言楓沉默片刻，說道：「近年來，盤踞各地的節度使時時遣使來訪，誰都想得到武林盟主的支持。爹爹一開始還推辭不見，後來來訪之人官職越來越大，爹也不好不出面應酬。如今各方節度使都在成都設立辦事衙門。爹不想牽扯朝政，朝廷中人卻放不過我爹。唉……想起那些禮物賄賂……」

莊森皺眉：「妳爹收了？」

「爹沒收過。」趙言楓忙道。「只是……玄日宗內收過官府賄賂的人不在少數。七師叔與師兄離開已久，可不知今日的玄日宗已跟十年前大不相同。」

莊森瞧瞧趙言楓，半晌沒有說話。趙言楓與他對望，亦是無話可說。片刻過後，兩人同時搖頭，轉向前方，各想各的心事。

□

亥時，三人抵達臨淵客棧。夜色茫茫，霧氣森森，臨淵客棧依靠山壁而建，地勢險峻，望而生畏。客棧建於順著山道搭建出來的木棧台上，說好聽點是古色古香，說難聽點是年久失修，彷彿一陣強風便能將整間客棧吹落谷底。若不是附近沒有其他地方歇腳，根本沒人膽敢入宿。三人站在遠處觀看，只見客棧大堂燈火通明，二樓客房一片漆黑，住客大多還待在飯堂喝酒閒聊，打發長夜。卓文君領頭走過客棧外加寬的棧台，推門而入，到櫃台要了兩間客房。三人上樓安頓行李，隨即回歸飯堂，招呼小二過來，點了一桌酒菜。

莊森道：「師父，每回見到王掌櫃，我總覺得不是味兒。」

卓文君問：「怎麼著？」

莊森湊上前去：「荒山野嶺一間野店，我老覺得該當是個風騷老闆娘開的。」

「吃你的飯吧。」卓文君對準他後腦勺便是一個爆栗。

三人累了一天，晚飯又沒吃，菜一上桌便即狼吞虎嚥。飽餐一頓後，卓文君放下碗筷，斟滿自己的酒杯，問道：「森兒，瞧見幾個拜月教的人？」

莊森東張西望。飯堂內連帶他們共坐了五桌住客，印象中並不比平常多到哪兒去。他往後一比，說道：「便只那桌三人。看來拜月教主要追兵尚未趕到。」

趙言楓細看莊森所指之人，見是三個尋常商旅打扮的中年男子，正自喝酒言笑，毫無特異之處。她問：「師兄，我怎麼看都是三個生意人。你怎麼知道他們是拜月教的？」

莊森哈哈一笑，說道：「日後妳功夫練好了，自然也看得出來。」

卓文君眉頭微皺，將杯中酒一飲而盡，說道：「你們在這兒聊會兒。夜長夢多，可別喝醉了。」

莊森問：「師父上哪兒去？」

「出去遛遛。」

「師父是要去找屋頂上的那位師伯？」

卓文君面露嘉許之色。「你小子不錯，倒聽得出是本門師伯。」

趙言楓仰向屋頂，神色茫然。

卓文君問莊森：「聽得出是哪位師伯嗎？」

莊森搖頭道：「我只聽出是玄日宗本門內功，功力頗為深厚，非我所能及，是以假定是位師伯。」

卓文君笑道：「不必妄自菲薄。他既然讓你聽出來了，功力也不會比你深到哪裡去。我瞧不是你五師伯，就是你三師伯了。」

趙言楓訝異道：「五師叔還是三師叔怎麼會在這裡？」

卓文君起身道：「楓兒，妳江湖經驗太差，妳爹豈會放心讓妳一個人前來吐蕃？上面那位師兄多半是來暗中保護妳的。」

趙言楓困惑：「可是我都已經找到七師叔了，他為什麼不現身相聚？」

「我也想知道。」卓文君說著步向大門。「待我去問問他。」

卓文君推開客棧大門，來到屋外棧台，向前走出幾步，轉身望向客棧屋頂。只見一條坐臥人影映在明月之前，看來頗有天外高人風範。對方提起身旁酒壺，朝卓文君比了比，說道：「七師弟，多年不見，上來喝一杯吧。」

卓文君縱身而起，躍上二樓，右腳在客房窗簷上輕輕借力，隨即上了屋頂。他雙手負於身後，信步走向屋頂之人，說道：「原來是三師兄。這麼多年了，師兄還是喜歡待在高處喝酒。」說著在對方身旁坐下。

「登高望遠啊，文君。人總是要往遠處看。」玄日宗三師兄名叫郭在天。此人輕功了得，宛如飛龍在天，江湖人稱「玄天龍」。他倒了杯酒，遞給卓文君，說道：「我本道吞月谷臨淵客棧位居絕頂峭壁，景色定是極佳，想不到大霧茫茫，什麼都看不見。」

卓文君接過酒杯，卻不喝酒，說道：「看風景得挑對地方，師兄。不是登高定能望遠。」

「嗯……」郭在天側頭凝望卓文君，說道：「登高未必望遠，那是不錯。然則把頭埋在沙坑裡肯定望不了多遠。」

卓文君哈哈一笑：「師兄，十年不見，怎麼一見面就要重開臨別前的話題？」

「師兄是惜才。」郭在天道。「憑你人品武功，實乃人中之龍，註定要爲天下蒼生成就一番事業。我便不懂，你當年何以非要隱姓埋名，歸隱江湖？」

卓文君搖頭：「人各有志。師兄一心圖謀霸業，自然不懂小弟與世無爭之心。」

郭在天苦笑：「說什麼圖謀霸業？沒得笑掉人家大牙。人啊，總要有點自知之明。我野心是有的，可惜武功智計不足，人品更難服眾，充其量只能當個第三把交椅罷了。你瞧，我在玄日宗，不就是個第三把交椅嗎？」卓文君尚未開口，他又接著說道：「不過要說你與世無爭，只怕有點胡說八道。你不過是心灰意冷，不想再管江湖中事罷了。若當眞與世無爭，你現在又趕回玄日宗做什麼？」

卓文君道：「我聽說六師兄回來了。」

郭在天輕嘆一聲，點頭不語。

卓文君問：「六師兄重傷昏迷，你竟無話可說？」

郭在天揚眉道：「你要我說什麼？大師兄叫我運功給他續命，我不也續了嗎？他孫大俠當年離開本門時就已經說要恩斷義絕，老死不相往來，現在我幫他保命，已算對得起他了。」

卓文君張口欲言，一時卻想不出能說什麼，最後搖頭嘆氣，說道：「六師兄究竟傷在什麼人手上？」

郭在天道：「不知道，大師兄查了半天，始終沒有頭緒。」

「難道從他的傷勢看不出端倪嗎？」

郭在天搖頭：「驗傷的事情，等你回去，讓四師妹跟你說吧。」

卓文君「嗯」了一聲，繼續問道：「大師兄派你暗中保護言楓？怎麼會保護到讓鐵鷹派的人抓去？」

「言楓那孩子，沒見過世面。不讓她吃點小虧，學點經驗，日後怎麼在江湖上混？」郭在天輕笑：「況且鐵鷹派抓了言楓，自然能把你引出來。如果引不出來，我再去保護她也不遲。」

「你不怕鐵鷹派的人傷了她？」

「不怕。」郭在天道。「有我在，鐵鷹派怎麼傷得了她？」

「既然找到我了，你爲何還不現身？」

郭在天哈哈一笑，說道：「大師兄讓我暗中保護言楓，就是想讓她自己出去闖闖。你這麼一下子把我給揪出來，不是讓言楓難看嗎？她滿心以爲大師兄是肯定她，才讓她獨自上路。這下好了，讓她發現爹爹畢竟還是把她當成小孩啦。」

「本來就不該放她一個人跑來吐蕃。」卓文君道。

「孩子大了，總不能老是擺在身邊。再說你也不要小看言楓，那孩子不是省油的燈。」郭在天說著比比腳下。「倒是森兒一直跟著你，沒得埋沒大好人才。」

卓文君凝望他片刻，緩緩問道：「李克用來找大師兄做什麼？」

郭在天理所當然地道：「當然是談論國家大事。」

卓文君見他不再多說，又問：「那朱全忠呢？」

郭在天笑道：「前幾年有來，不過今年他跟鳳翔節度使李茂貞和解，除掉宦官韓全誨，迎接皇上回歸長安。眼下他權勢滔天，只怕再也沒有用得到武林盟主的地方了。」

卓文君臉色一沉，問道：「之前他權勢尚未滔天之時，又有什麼用得到武林盟主的地方？」

郭在天笑而不答。

卓文君神情不悅：「十年前大師兄嚴令禁止玄日宗弟子結交藩鎮，干涉朝政。這些年下來，你們都幹了些什麼？」

「局勢變了。當年你已經看不下去，如今啊……」郭在天搖搖頭，說道：「聽師兄勸，還是別回玄日宗得好。」

卓文君側頭凝望，試圖從他神情之中看出端倪。看不出來。他轉而問道：「大師兄讓楓兒找我回去，不光只是爲了六師兄的事？」

郭在天微微一笑，喝了杯酒，好整以暇地又將酒杯斟滿，這才說道：「大師兄想做什麼事情，沒有必要跟我商量。」

「從前大師兄做什麼事情，都會跟咱們商量。」

「局勢變了，」郭在天嘆。「人也變了。」

兩人並肩而坐，望向遠方山道，一時之間誰也沒再說話。片刻過後，郭在天仰頭望明月，卓文君則看向大霧茫茫的香月深淵。

「這十年，師兄過得可好？」卓文君問。

郭在天望著月亮愣愣出神，似乎沒有聽見般。卓文君待要再問，他才答道：「汲汲營營，一無所成，過得自然不好。人啊，放不下追求之心，便只好追逐煩惱。」他低下頭來，卻不看卓文君。「能夠退隱江湖，也是一種福分。你既然去了，又何必再回來呢？」

卓文君問道：「師兄這麼不希望我回來？」

郭在天道：「玄日宗夠亂了。你這個時候回來，對大家都沒有好處。」

卓文君緩緩點頭。「看看吧。」

郭在天也點頭。「看看吧。」他向前一比，問道：「你們等人？」

卓文君轉頭一看，只見山道上多了幾支火把，隱約照亮十來條身影，朝向臨淵客棧而來。他道：「是拜月教的朋友。」說著站起身來，向下走出幾步。來到屋簷處時，回頭問道：「師兄，你此行至吐蕃，只是爲了保護楓兒？」

郭在天笑而不答。

卓文君搖了搖頭，縱身跳下屋頂。郭在天待他落地，拾起他沒有動過的酒杯，嘆道：「戒心眞重，連師兄斟的酒都不喝。」他將酒杯提到一旁，倒光其中的酒，百般無聊地看著酒水沿著屋頂向下流去。「不過話說回來，」他笑著自言自語：「要回玄日宗，這點戒心總是要有的。」

他收起酒杯酒壺，自屋頂另外一側翻身下屋。

□

卓文君落回地面，站在客棧門前，遙望山道上的火光。細想適才談話，他越發感到大師兄找他回去並不單純。玄日宗一代弟子自掌門人趙遠志以下，個個身懷絕藝，智計卓絕。若是持劍衛道，行俠仗義，當受萬民敬仰，建不世奇功。若是心存邪念，私慾爲先，亦可腥風血雨，遺臭萬年。玄日宗自上代掌門崔全眞出任武林盟主以來，統御中原武林至今近三十年。在三十年的權力熏陶之下，門下弟子難免持身不正，仗勢欺人，甚至不少新近弟子原本便是爲了趨炎附勢入門學藝。趙言楓說派內有不少人收受藩鎮賄賂；郭在天也暗指玄日宗內部明爭暗鬥，勸他別蹚渾水。看來這次回歸成都，須當步步爲營，不可輕信於人。若是情形不對，他唯一能夠信賴之人只有弟子莊森。

他原想站在門外，直截了當應付拜月教的追兵，此刻心念一轉，大袖一拂，反身推開客棧大門，走回莊森與趙言楓的飯桌。兩人見他回來，立刻起身招呼，卓文君輕輕搖手，坐回原位，說道：「拜月教的人來了。森兒，待會兒便由你出面應付。」

莊森一愣，問道：「我？」

「所謂有事弟子服其勞，殺雞焉用斬牛刀。區區幾個拜月教的鼠輩，用得著師父我老人家出馬嗎？」卓文君刻意大聲說話，讓在一旁假扮商旅的拜月教徒聽見。他們面露怒容，不過並未作聲。

莊森又問：「那師父你要做什麼？」

卓文君拿起酒壺，自斟自酌。「我老人家閒情逸致，喝酒吟詩，便坐在這裡充當世外高人。」

「師父請慢喝。」

拜月教桌上有人沉不住氣，霍然起身，對三人罵道：「兀那唐狗，什麼玩意兒？竟敢跑到吐蕃撒野！眼裡還有我們拜月教沒有？要不是上面吩咐不可動手，老子早把你們宰了！」

卓文君瞧也不瞧他們一眼，只說：「楓兒。」

趙言楓應道：「師叔。」

「打發了。」

「弟子遵命。」

趙言楓站起身來，朝向對方走去。拜月教徒眼看卓文君派個妙齡少女來打發自己，氣得哇哇大叫，喝道：「欺人太甚，看老子把這女娃兒剝光！」

趙言楓捏個劍訣，對準說話之人戳去。那人雙掌成爪，向趙言楓胸口抓下。就聽他怪叫一聲，穴道被封，撲倒著地。餘下兩人大驚失色，動手抽出藏在桌底的大刀。趙言楓身法輕盈，裙襬飛揚，左右劍指齊出，兩人登時手腕痠麻，大刀落地。趙言楓笑道：「坐下了。」雙掌在兩人肩上一按，兩人膝蓋彎曲，頹然坐倒。趙言楓順手封了兩人穴道，拍拍雙掌，走回自己座位。

莊森鼓掌叫好：「師妹好俊的身手啊！」

趙言楓笑道：「師兄見笑了。是這三人太不成器。」

飯堂中其他住客一哄而散，各自奔回客房。

這時門外已經擺好排場，拜月教眾身穿黑色教服，頭裹黑巾，分站兩旁，一排十人，高舉火把，大聲吆喝：「天地萬象，明月獨尊。拜月教主赤血眞人座下左護法月虧眞人駕到！」

那月虧眞人約莫五十來歲年紀，頭包黑巾，身穿黑袍，胸口繡了個圓月，卻是一片血紅。就看他不可一世地走過兩排教眾，跨入臨淵客棧。他身後跟著一名躬身低頭之人，背上揹著長弓羽箭，正是獵戶張三。月虧眞人居中站定，冷冷掃視飯堂，最後目光停留在卓文君一桌人身上，張口言道：「哪位是震天劍卓文君？」

卓文君微笑喝酒，毫不理會。

莊森站起身來，拱手說道：「在下玄日宗二代弟子莊森。不知道月虧眞人駕到，有何指教？」

月虧眞人眉頭一皺，說道：「我是找你師父。」

莊森道：「家師沒空。」

月虧眞人怒問：「那你身後之人是誰？」

「正是家師。」

「你……」

卓文君眼望酒瓶，說道：「森兒，師父明擺著在這兒喝酒，你這麼說話，不是給眞人難堪嗎？」

莊森恭敬道：「徒兒不才，還請師父指教。」

卓文君提壺斟酒，說道：「下回說我不在就行了。」

莊森請教：「可師父坐在這兒，人家會問啊。」

卓文君淺嚐美酒，道：「就說不認識。」

「師父英明。」

月虧眞人大怒，喝道：「本座好歹也是拜月教護法，教中除教主外，便以本座爲尊。即便以你師父的身分，也未必夠格和本座平起平坐。你一個小小玄日宗二代弟子，配不配跟我說話？」

莊森笑道：「眞人明鑑。在下乃是玄日宗二代弟子中出類拔萃的人物，眞要論起輩分，總也能算是玄日宗內第十幾把交椅。想我玄日宗貴為武林盟主，統御中原過百門派，數十年來也沒幾個掌門人膽敢自認與本派掌門平起平坐。你拜月教……請恕在下直言，你拜月教不過是個番邦邪教，有什麼資格跟本門攀排輩分？若是貴教教主親臨，咱們看在武林一脈的份上，自當客客氣氣。眞人一個小小護法，由我這第十幾把交椅出面應付一下，已經給足貴教面子了。」

月虧眞人怒不可抑，待要發作，身後張三已經叫道：「放肆！」就看他拉弓搭箭，一氣呵成，直如行雲流水般，唰的一聲齊出三箭，分別射向玄日宗三人。這一招有個名堂，叫作三弦化一箭，乃是拜月箭法中的絕招，不但三箭齊發，且箭勢詭譎，捉摸不定。就看三箭來到近處，射向趙言楓之箭突然轉向莊森，射向莊森之箭轉向卓文君，便只直射卓文君那箭沒有轉向，不過去勢也是三箭中最疾。莊森冷冷一笑，右手輕揮，一把將三支羽箭抄在手中。

「張三哥，瞧你平日待人熱誠，想不到如此不顧同村情誼。」他將三支羽箭平放在桌上，搖頭道：「要不是兄弟武功高強，這會兒已經死在你箭下啦。」

張三在本教左護法面前出手，自是全力以赴，以求表現。他在這三箭中灌注一身功力，實是嘔心瀝血之作，想不到如此輕描淡寫便讓莊森給破了。一時之間長弓亂抖，冷汗直流，竟然不知如何答話。

月虧眞人輕哼一聲，說道：「丟人現眼，給我退下。」

張三躬身後退，直退到客棧門外。

莊森說道：「眞人究竟有何見教，這便說明來意吧。」

月虧眞人不願與後輩說話，向卓文君道：「敝教赤血教主久聞震天劍卓七俠劍法卓絕，智計過人，實乃武林中一等一的高人。若肯重出江湖，定當有番轟轟烈烈的作爲。今日得知尊駕來到吐蕃，特派本座前來拜會。」他向後揮手，說道：「抬上來了。」

四名拜月教徒應聲進入客棧，在月虧眞人面前放下兩個木箱，打開箱蓋，隨即躬身後退。莊森眼睛一亮，只見一個箱子裝滿金沙，一個箱子裡擺滿珠寶。兩個箱子都抱回去，一輩子便不愁吃穿。

月虧眞人笑道：「區區薄禮，不成敬意，還請卓七俠不吝收受。若是金銀珠寶不合尊駕心意，本教尚且備有美女四名，明日正午另行送來。」

莊森道：「久聞拜月教金銀成山，美女如雲，今日一見，果然名不虛傳。竟然隨時備有美女送人，實在是佩服佩服。」

月虧眞人不去理會莊森挖苦之意，只是看著卓文君道：「敝教與卓七俠誠心結交，送禮唯恐不重，各式禮物自然都得備著點。還盼卓七俠賣個面子，收下禮物，便算是交了本座這個朋友。」

莊森一揚手道：「自古無功不受祿，交朋友也沒這種交法。還請月虧眞人挑明著來說，咱們要收了這禮，得給貴教辦什麼事？」

月虧眞人正色道：「中原大亂，節度使擁兵自重，割據天下。昭宗皇帝名爲天子，實際上打從繼位起便受宦官擺布，鳳翔回歸後更淪爲宣武節度使朱全忠的傀儡。唐宗室早已名存實亡，以朱全忠今日實力，篡唐之日不遠矣。然則朱全忠兵力雖足以篡唐，想要一統天下，卻也未必能夠。敝教教主言道，玄日宗趙掌門二十年來效忠唐室，率領中原武林英雄幫助邊陲節度使對抗外敵。數年前助盧龍節度使劉仁恭鎮守幽州，孤身出城行刺契丹將領，擊退契丹大軍，大仁大勇，神功無敵，實在令人好生相敬。如今唐室覆滅在即，中原失去共主，正需要一位文才武略都能服眾的大英雄出面主持大局。而這樣一位英雄，當世除了趙掌門外，又有誰能擔此大任？」

「敝教教主認爲，趙掌門若爲中原蒼生著想，理應當機立斷，盡早高舉義旗，以勤王爲名，佔領成都，攻克茂州，取代西川節度使，收西疆兵力爲己用。到時候拜月教看在武林同道的份上，必將發兵東進，助趙掌門攻城掠地，收服各方節度使，一舉統一天下，建不世奇功……」

莊森哈哈大笑，說道：「眞人愛說笑吧？你拜月教有何實力，能助本派一統中原？本派掌門若有爭雄之心，取代西川節度使直如探囊取物一般，哪輪得到你來獻計？再說，跟你拜月教聯手興兵，誰知道得天下後，你們肯不肯退回吐蕃？」

月虧眞人隱忍不發，冷冷說道：「今日局勢，與十年前卓七俠歸隱時已然大不相同。貴派掌門有無爭雄之心，兩位隱居關外多年，未必知曉上意。至於拜月教有無實力出兵中原，這點兩位心下自當有數。」

莊森轉頭看看趙言楓，跟著又回頭望向師父。趙言楓若有所思，神色凝重。卓文君卻處之泰然，繼續喝酒。他轉回頭來，向月虧眞人道：「咱們師徒閒雲野鶴，這次回歸玄日宗也只是爲了私事，並不打算多管派內事務。承蒙貴教看重，咱們師徒倆心有餘而力不足，實在勸不動本派掌門。」

月虧眞人道：「趙掌門乃血性男兒，豈能坐視中原百姓連年遭受戰禍之苦？他執掌玄天劍多年，武林人士無不對其殷殷期盼。他之所以遲遲不肯動作，一爲忠於唐室，二爲明哲保身，其實內心深處，他如何不想拯救黎民百姓於水深火熱之中？趙掌門心下早有反意，只欠有人推他一把罷了。敝教也不是要請兩位處心積慮規勸貴派掌門，只希望能在時機成熟時表明立場。」

莊森眉頭一皺，說道：「你們已經買通本派掌門身邊的人了？」

月虧眞人微笑不答。

莊森本想詢問趙言楓，看她對此事是否知情，不過爲了不在拜月教徒面前談論掌門意向而作罷。他沉思片刻，朗聲說道：「這件事咱們辦不了。這份禮咱們不能收。眞人請回吧。」

月虧眞人眉毛一豎，沉聲道：「不是朋友，便是敵人。各位當眞想與拜月教爲敵？」

莊森冷笑道：「那得看看眞人是否敢與玄日宗爲敵了。」

兩人目光如電，相互凝望，一時之間整間客棧裡沒有半點聲息。

卓文君放下酒杯，搖頭晃腦，吟道：「『長安一片月，萬戶擣衣聲。秋風吹不盡，總是玉關情。何日平胡虜，良人罷遠征。』李白這首《子夜吳歌》，盡訴妻子對關外丈夫的思念，比喻淺顯，意境動人。『何日平胡虜，良人罷遠征。』番邦胡虜，拆散無數家庭，誤我大唐良多。森兒，你跟一隻番狗聊這麼多做什麼？」

月虧眞人怒不可抑，身形疾晃，化作一團黑影，朝卓文君撲去。莊森見機甚快，早已跨步擋在師父身前。月虧眞人正要出掌，卻聽風聲四起，無數木筷竄過身邊，去勢甚疾，竟連一支都沒能看清。他大吃一驚，連忙揮掌護住身前，百忙中回頭一看，只見自己門外部屬轉眼間全讓木筷點中了穴道，動也不動地站在原地。月虧眞人尚來不及反應，忽覺掌心一股大力襲來，已然與人對上一掌。他向後飄出一步，站定後定睛一看，只見出掌之人竟是莊森。這一驚非同小可。適才掌力相對，對方功力與己不相伯仲，他本道是卓文君親自出手，哪知道他徒弟竟已如此厲害。

月虧眞人追隨教主赤血眞人東征西討，十餘年來戰無不勝、攻無不克，乃是拜月教內數一數二的絕頂高手，自以爲武功已臻化境，天底下除了本教教主及幾位高手外，多半便只有號稱天下無敵的武林盟主趙遠志可以與他匹敵。想不到玄日宗隨隨便便一個二代弟子就能接下自己的剛猛掌力。難道自己當眞是井底之蛙？

只見莊森臉色一沉，回頭說道：「師父啊，你說讓我出面應付，又丟這些筷子做什麼？你要不要乾脆連這月虧眞人也一併解決了？」

卓文君道：「爲師是在幫你啊。」

莊森搖頭：「你是在外人面前削我面子。」

卓文君說：「我……」

莊森插嘴：「還有在師妹面前。」

卓文君看看趙言楓，揮揮手道：「算了、算了，是我不對，下次不管了。」

莊森回頭面對月虧眞人，拱手道：「眞人請賜教。」

月虧眞人多年來於戰陣中出生入死，悍勇凶殘，此刻氣勢雖餒，卻也絲毫不懼。他雙掌運勁，欺身而上，頃刻間已朝莊森全身連拍八掌。拜月教武功以招式狠辣、詭譎多變聞名，這套奔月掌法在月虧眞人手中使來，掌勁雄渾，聲勢驚人，確實是門極高明的掌法。莊森抖擻精神，施展朝陽神掌應付，便聽碰碰碰碰接連八響，將月虧眞人的掌力盡數化解。

莊森自學成武功以來，一直沒有多少機會與人動手，即便動手，遇上的也都不是什麼高手，直到今日才終於碰到一個與他旗鼓相當之人。以往應敵，他總是從容不迫，行招瀟灑，然則月虧眞人戰意旺盛、氣勢威猛，一上來連番搶攻，竟然攻得他左右支絀，難以招架。他左五掌，右五掌，連接對方一十八掌，只覺雙掌隱隱作痛，手臂發麻。月虧眞人大喝一聲，再度撲上，掌風將他上半身諸般大穴盡數籠罩。莊森一看厲害，不敢硬接，連忙使招破雲見日，身形憑空拔起，自對手行招間的空隙竄出，落在月虧眞人身後，隨即反手一掌，拍向對手腰間。月虧眞人難以閃避，側身輕抖，掛在腰間的弦月刀翻轉而上，莊森這一掌便擊在刀身上。

月虧眞人抽刀在手，展開蝕月刀法，轉眼間砍了五、六刀。就看見刀光霍霍，寒氣逼人，莊森手忙腳亂，奔走閃避，看得卓文君直搖頭。他給趙言楓斟杯酒，說道：「楓兒，臨陣對敵，首忌托大。遇上功力相若之人，只要失了先機，立刻便是開膛剖腹之禍。森兒臨敵經驗不足，取勝之心亦不如人，要不是本門武功比月虧眞人所學精妙，只怕他早已落敗。妳日後行走江湖，可得引以爲鑑。」

趙言楓急道：「師叔，你得幫幫師兄啊。」

卓文君搖頭：「幫不得啊。幫他還嫌我多事呢。他喜歡在妳面前逞英雄，我這個做師父的怎麼能不給他機會？」

莊森側頭避過一刀，喝道：「師父，我聽見啦！」

「聽見就繼續聽著。」卓文君喝了口酒，問道：「楓兒，妳學過旭日劍法吧？」

趙言楓道：「那是本門入門劍法，姪女自然學過。」

卓文君輕笑：「旭日劍法乃是本門劍法總綱，其餘高深劍法都是由旭日劍法演變而來。旭日劍法練到深處，武林中其他門派的劍客就不容易是妳對手了。」他示意趙言楓取下配劍，拔劍出鞘，望著劍身上刻的古篆，讚道：「好劍。四師姊已將師門祖傳的大荒劍傳給了妳。」他睹物思情，想起四師姊崔望雪，心中陡生感慨。跟著他微微搖頭，拋開雜念，說道：「月虧眞人所使的乃是拜月教蝕月刀法。據說是由天狗蝕月之異象中演化而來，也不知道是不是瞎說。這套刀法與拜月教其他武功一般，以狠辣詭譎、變幻無方見長，配合形狀奇特的弦月刀，常常能自令人意想不到的方位來襲。功夫稍差的人突然遇上，自會給人打得措手不及，毫無招架之力。」

他最後這幾個字說得格外大聲，彷彿深怕莊森聽不見般。他嘿嘿一笑，繼續說道：「不過這蝕月刀法爲求變幻多端、擾人心神，招數過於繁複，虛招太多，十招中往往有五、六招砍在虛處，根本不必理會。妳瞧，他剛剛這三刀砍向森兒下盤，嚇得森兒好似猴兒般亂蹦。其實這招『醉翁撈月』撈的都是水中倒影，眞正的明月可在上面呢。」他將長劍交予趙言楓，以掌作刀，朝她下盤迅速比劃三刀，最後掌勢一翻，砍向趙言楓心口，招式便與適才月虧眞人所使的一模一樣。他收回手掌，問道：「楓兒，這麼一刀，妳要如何以旭日劍法抵擋？」

趙言楓道：「姪女先使狂風步避開下盤刀招，跟著再以『拂曉雞鳴』取他眉心。」

卓文君點頭：「想得不錯。然則那撈月三刀根本無須閃避。妳只須與他對攻，一上來便直取眉心，他立刻便要撒刀投降。」

趙言楓搖頭：「師叔，你熟知這門刀法，自然可以這樣破它。姪女初次交手，哪裡知道哪些是虛招，哪些是實招？」

「妳功夫不到家，自然不行。」卓文君道。「然則有那嘴裡說些『日後妳功夫練好了，自然也看得出』的小子，如果連這點虛實也看不出，那還自吹自擂個什麼勁兒？」

莊森耳聽師父指點，閃避間細看對方刀招，果見其中不少虛招，純粹點到爲止，虛張聲勢。他師父綽號震天劍，師門武功中以劍法見長，莊森自然也是劍法學得最精。此刻他一面細觀敵招，一面以心中旭日劍法對照，手捏劍訣，躍躍欲試，只礙於對方刀勢狠辣，一時不敢躁進。要是他手中有劍，此刻早已出招反擊。

月虧眞人久攻不下，初上來那股狠勁兒早已洩了。待得聽到卓文君講解蝕月刀法，竟連招式名稱都講得出來，只聽得他心驚膽顫，戰意全消，開始凝思遁逃之策。再戰片刻，看那莊森閃避時已不似之前忙亂，顯然已經看出自己刀中虛實。他驚慌片刻，心下氣惱，犯了狠勁，心想敗象既成，多鬥無益，當即把心一橫，決定來個一招定勝負。就看他大喝一聲，提刀直進，欺到莊森面前，這才翻身砍落。這一刀喚作「月逐天狗」，乃是蝕月刀法最後一招。此刀一出，能夠斬殺天狗，令明月再現光明。月虧眞人豁盡全力，打算將莊森一刀斬首，趁勢闖出客棧，逃出生天。至於地上的財寶及外面的下屬，一時之間也顧不了那許多了。

莊森以指作劍，點中月虧眞人手腕脈門，弦月刀脫手而出，插入屋梁抖動。月虧眞人大駭之下，不及變招，讓莊森一指點上心口。他命懸人手，無法動彈，只好長嘆一聲，閉目待死。

莊森收回劍指，笑道：「今日莊大俠我心情好，饒你不殺。去吧。」

月虧眞人撿回一條性命，不敢再說什麼，默不作聲地走出客棧，幫一眾屬下解穴。解完穴後，他來到門口，望著地上兩箱金銀珠寶，不知該如何開口。

莊森哈哈大笑，說道：「打輸了還想把錢要回去？眞人沒皮沒臉，多半是怕你們教主怕得凶了。」見月虧眞人神色悻然，轉身欲走，又道：「這錢反正我們不會拿，眞人就帶回去吧。你若覺得拿得不安心，明日撥點出來，修修這條呑月山道得了。」

月虧眞人命屬下抬出木箱，在客棧外拱手說道：「今日領教玄日宗神功，在下敗得心服口服。莊大俠不殺之恩，在下銘記在心。這顆腦袋，暫且便寄放在我這脖子上。他日立場相左，各爲其主，莊大俠要取在下首級，在下自當雙手奉上。」說完一揖到底，率領拜月教眾離開臨淵客棧。

第四章　歸鄉

這一夜三人輪流守夜，拜月教未再來襲。第二天清晨，三人用過早飯便即出發。午後出了吞月谷，離開吐蕃，入劍南道，回歸大唐疆域。每日白晝趕路，莊森都會講點西域的奇聞軼事給趙言楓聽；趙言楓則說些中原武林近期要事。卓文君和莊森遊歷多年，過慣餐風宿露的日子，此次因有趙言楓同行，他們每晚都覓地投宿住店。晚間，卓文君督促兩人練功，並且指點一些行走江湖的要訣。趙言楓年紀雖輕，卻已初窺本門上乘武學門徑，礙於功力不足，尚未躋身高手之林，然則在武學上的見識已然不凡。卓文君見她一點就通，心裡高興，教起來特別有勁。

莊森盡得師門眞傳，已有兩年不曾蒙獲師父傳授武功。這幾日見卓文君勤加指點，心知師父另有深意。想起離開吐蕃之前，師父接連讓他出面應付鐵鷹派與拜月教。鐵鷹派也還罷了，似拜月教月虧眞人這等當世高手，以往都由師父親自出面解決。師父近日經常提點行走江湖的要訣，似乎是有意讓他出去闖蕩。

這天晚上用過晚飯，莊森向師父問道：「師父打算回成都後，派弟子出門辦事嗎？」

卓文君道：「聽言楓說道，玄日宗暗潮洶湧，節度使虎視眈眈。這次回去，咱們多半不能置身事外，總要管點閒事才能離開。既然爲師的要重出江湖，你這做徒弟的自然得要體體面面，不能丟人現眼。」

「師父放心。」莊森神情興奮，躍躍欲試。「弟子絕不丟人現眼。」

唐設西川節度使，主要在於防禦吐蕃。成都距離吐蕃疆界不遠，然則蜀道難行，三人還是行近半月方才抵達成都。這日正午時分，三人來到成都西城，兩名守城衛士一看趙言楓，登時迎上前來，笑道：「大小姐師叔，妳平安回來就好了。這幾日四師叔祖一直問起妳呢。」

「我娘總當我是小孩兒。」趙言楓說著往卓文君一比，道：「這位是你們七師叔祖，叫人。」

兩名衛士連忙行禮道：「七師叔祖好。」

趙言楓又往莊森一比：「這位是莊師伯。」

「莊師伯好。」

卓文君輕聲問道：「守城衛士是玄日宗弟子？」

趙言楓道：「是啊，師叔。」說完又向衛士問道：「你們五師叔祖回來沒有？」

衛士回話：「一直沒有消息。少門主已經派了邱長生師叔暫代守城都尉一職。」

趙言楓皺眉：「怎麼是我哥哥派人？我爹呢？」

衛士道：「門主於半個月前離開成都，聽說是上長安去了。此刻派內事務，暫由少門主打理。」

三人步入城門，守城衛士連忙派兵護送。卓文君使個眼色，趙言楓便將兵馬撤了。走上熱鬧的成都大街，遠離城門衛士之後，卓文君才問道：「怎麼連守城都尉都是本派弟子？節度使的兵馬呢？西川節度使還是王建吧？」

趙言楓點頭：「師叔，五年前王大人將成都府交予玄日宗託管，節度使的兵馬移防茂州城。

此刻全城官兵都由玄日宗弟子出任。」

卓文君難以置信：「成都向來是西川節度使的駐地，劍南道首府。王建讓出成都，移防茂州？他這西川節度使豈不淪爲笑柄？」

趙言楓搖頭：「這等官場事務，姪女是不懂的。」

卓文君雙眼精光一現，問道：「妳爹可有受封朝廷官職？」

「爹並無正式官職。」趙言楓又搖頭，繼而心虛道：「然則宣武、河東、西川三位節度使大人過去數年間曾先後遣使賜爹武林盟主虛銜，贈折沖都尉兵符，備而不用，當入三節度使管境時得便宜行事，調度兵馬。」

卓文君臉色難看，又問：「封賞呢？」見趙言楓不答，說道：「王建把成都封給他了？」

趙言楓嘆氣：「爹本不想要。然則王大人撤離茂州，爹也不得不派遣弟子守城。」

「成都的官員呢？」

趙言楓不答。

「都讓妳爹給換了？」

趙言楓辯道：「爹本來沒打算換的，是哥哥和幾位師叔執意要換。而且爹只換了地方官員，三省六部的中央副手還是朝廷官派。」

卓文君拂然道：「成都已經是玄日宗的了。」

莊森跨步擠到兩人之間，陪笑道：「師父，這又不是師妹能管的事情，你何必跟她這樣說話呢？」

卓文君自知失態，搖頭長嘆，說道：「走吧。十年前退隱江湖，爲的就是不要看到玄日宗淪喪至此。想不到短短十年……唉……」他邁開步伐，趕往玄日宗總壇，走了一會兒又問：「妳剛剛問五師兄還沒回來？」

趙言楓點頭：「五師叔本來擔任守城都尉，不過兩個月前突然不告而別，至今依然下落不明。」

「五師兄不告而別也不是什麼新鮮事，多半是看到什麼發財的機會就跑了。」卓文君想起這位不肖師兄，嘴角微揚。「妳爹派他負責守城，肯定只是虛銜。眞正在打理事務的，本來就是邱師侄吧？」

趙言楓笑道：「師叔眞是看透五師叔了。」

玄日宗總壇位於成都城東，從前是座莊嚴肅穆的大宅邸，如今不但比十年前大了數倍，房舍多數十間，雕梁畫棟，美輪美奐。外圍石牆高築，守衛森嚴，遠遠一看，簡直是座小城池。卓文君神色懷疑地望著紅漆大門後隱約可見的七級高塔，莊森更是讚歎到嘴巴都闔不起來。師徒倆對看一眼，跟著同時望向趙言楓。趙言楓輕輕一笑，領頭來到門口。總壇守門弟子早已接獲城門衛士傳訊，在大門口排成兩排，同聲吆喝，恭迎七師叔祖回歸總壇。卓文君瞧這排場，心下厭惡，跟在趙言楓身後快步來到門口。兩名弟子推開大門，恭請七師叔祖入內。

從前一入總壇便是一座練武場，眾師兄弟在此切磋武藝，指點徒弟，那景象自然不再復見。如今玄日宗總壇一進門是座大庭院，假山假水，鳥語花香，饒是卓文君見多識廣，也不曾在哪家暴發戶中見過如此奢華景象。庭院中有十來個人一字排開，爲首的是個二十來歲的青年男子，英氣勃勃，服飾華麗，眉宇之間頗有玄日宗掌門人趙遠志的風采，與趙言楓亦有幾分神似，正是玄日宗少門主趙言嵐。他身後之人年紀不一，打扮迥異，似乎都是派外人士。卓文君仔細打量，認出幾名從前會過的武林高人。玄日宗總壇向來都有武林人士出入，此刻距離玄武大會尚有近兩個月，這些人不會是爲了與會而來，多半是出了什麼糾紛，跑來找武林盟主請命定奪。

「七師叔！多年不見，可想煞小侄了。」趙言嵐笑著迎上。

卓文君從前十分喜愛這個侄兒，時常帶著他在成都城郊玩耍。然而趙遠志家教甚嚴，自小便督促兒子練功，盼他成就大器。是以趙言嵐稍微懂事之後，便即收起童心，謹言慎行，處處學著其父嚴以律己的模樣。他十三歲那年，卓文君離開玄日宗前夕，兩叔侄還一起窩在書房裡道別老半天。卓文君一直記著當時趙言嵐那副強忍淚水的模樣。如今一別十年，當年的小侄兒長大成人，氣度不凡，儼然成爲雄霸一方的玄日宗少門主。卓文君見到故人，心裡高興，適才對玄日宗的不滿之情一掃而空，當即攤開雙手，迎了上去。

「嵐兒，你長這麼高了。這些年師叔也時常惦記著你呀。」要是四下無人，卓文君多半已經伸手摸摸侄兒腦袋。然則此刻眾目睽睽，趙言嵐在派外人士面前又是玄日宗主人身分，他自不能表現得太過親暱，只是出手輕拍侄兒肩膀。

趙言嵐身爲主人，禮數不缺，當下轉身爲卓文君引見身後之人。裡面有天師道的太平眞人、靈山派掌門郭老英雄、少林寺神拳僧妙法禪師等等武林中成名許久的人物。眾人笑容滿面，寒暄客套，好不親熱。卓文君急著想見孫可翰，然則在這些賓客之前又不得不客氣幾句，況且太平眞人和妙法禪師都是舊識，也不好不加理會。拜來拜去好一陣子，卓文君這才說道：「各位遠道而來，自有要事與本門門主相商，還是別讓在下打斷各位勾當大事。卓某先行告退，各位繼續忙吧。」

趙言嵐將卓文君拉向一旁，道：「師叔，娘請您回來後先去後堂見她。」

卓文君沉吟道：「我想先去看看六師兄。」

趙言嵐道：「六師叔傷勢嚴重，至今尚未甦醒。他剛回來時，我娘苦心思索、遍查醫書、不眠不休了四天三夜才終於保住六師叔一條性命。兩個月來，都是由娘悉心照料。他的傷勢，我娘最清楚。師叔要看六師叔，還是由我娘陪同前往比較妥當。」

卓文君想不出理由不先去見崔望雪，只有說道：「那就讓言楓帶我去見四師姊吧。」

趙言嵐領著眾武林人士回歸正日廳談論正事，卓文君一行人則經偏廳往內堂而去。路上，卓文君問道：「妳爹不在，都是嵐兒在主持玄日宗嗎？妳二師叔呢？」

趙言楓道：「小時候爹出遠門都會交給二師叔代理掌門。兩年前哥哥武功大成，隨爹赴嶺南守禦南疆，率武林同道攻破南詔大軍，在江湖上聲名大噪。那之後，爹有時便將掌門事務交給哥哥打理。」

「嗯，」卓文君撚撚鬍鬚。「年輕人歷練歷練，也是好的。」說著想起二師兄來。玄日宗二師兄名叫李命，江湖人稱神判，爲人沉默寡言，嫉惡如仇，黑道人物聞風喪膽，就連白道人物等閒也不敢招惹他。多年以來，他始終跟在大師兄身邊辦事，乃是趙遠志手下最得力的師弟。

這些年玄日宗總壇擴建不少，不過原先房舍的格局並無更動。卓文君行走片刻，知道掌門夫婦的居所「養氣閣」將至，於是刻意放慢腳步，拉過莊森，在徒弟耳邊輕聲說道：「森兒，一會兒四師伯若要遣走你們，與我私下交談，你千萬不可走開。」

莊森點頭，繼而問道：「那爲什麼？」

「小孩子不要多問。」

「是，師父。」

來到養氣閣，趙言楓輕敲房門，朗聲道：「娘，女兒帶七師叔和莊師兄來見妳了。」

木門呀的一聲開啓，崔望雪立於門後，嫣然笑道：「文君，一別十年，你終於肯回來了。」

崔望雪身穿尋常仕女服飾，臉上化著淡妝，年近五十，麗色猶存，和她女兒站在一起，誰也不會說是母女，頂多說是姊妹。她的容貌依稀有著趙言楓的影子，不過鼻子挺點、眼睛大點、嘴唇厚點、比起女兒更爲美艷，卻給人一種脫俗之感，彷彿她整個人是從畫裡走出的菩薩，可遠觀卻不可褻玩。

莊森看得痴了，連忙低下頭去。卓文君面不改色，拱手說道：「師姊，別來無恙？」

崔望雪幽幽嘆道：「原先不太開心，你回來就好多了。」

卓文君聽不明白這話中含意，忙道：「師姊……」

崔望雪搖頭：「你與六師弟歸隱山林，多年來不與本門互通聲息。如今六師弟弄成這個樣子，你讓我這做師姊的怎麼不擔心你呢？」

卓文君暗自吁了口氣，說道：「累得師姊掛心，小弟過意不去。」

崔望雪笑道：「進來說話吧。」

趙言楓走進門內，隨即讓到門旁。卓文君拉著莊森一起步入養氣閣。崔望雪望向莊森，輕笑道：「你是森兒？這些年成熟了不少，臉上的稚氣都不見了。」

莊森臉色一紅，目光不敢與崔望雪相對，只說：「弟子向四師伯請安。」

崔望雪凝望他片刻，說道：「倦了吧？讓楓兒帶你下去找些吃的。師伯和你師父有要事商議。」

莊森立刻應道：「是，師伯。」

卓文君回頭對他連使眼色。莊森扮個鬼臉，退往門邊，朝趙言楓道：「有勞師妹帶路。」兩弟子向師長告退，當即退出門外。

卓文君揚聲道：「房門不必帶上。」

崔望雪道：「我倆商議的是機密大事。森兒，房門帶上了。」

「是，師伯。」

卓文君望著徒弟的面孔消失在房門之後，長嘆一聲，無奈轉回頭來，面對四師姊。崔望雪玉手輕擺，盈盈笑道：「師弟，請坐。」卓文君拉開椅子，背對房門，於崔望雪對面隔桌坐下，一副隨時打算奪門而出的模樣。

崔望雪提起桌上茶壺，爲卓文君倒上一杯熱茶。杯上白煙裊裊，茶香四溢，卓文君卻如坐針氈，聞都不敢多聞。崔望雪雙手捧著茶杯，放到他面前，回身時右掌微晃，似是要向卓文君手臂摸去。卓文君戰戰兢兢，如臨大敵，一見風吹草動，立即縮回雙掌，起身欲走。崔望雪嫣然一笑，坐回原位，彷彿什麼都沒發生般。卓文君不知她究竟有心無心，自覺失態，只得尷尷尬尬地又坐了下去。

崔望雪掩嘴而笑，說道：「文君……」

這聲叫得殊不親暱，也聽不出調笑意味，便只是尋常長輩呼喚晚輩的語調，卻聽得卓文君面紅耳赤，坐立難安，連忙說道：「四師姊，請自重。」

崔望雪似笑非笑：「我沒不自重呀，是你自己心虛，想起當年之事？」

卓文君神態扭捏，低頭道：「師姊，咱們早已說好再也不提當年之事。請妳……請妳自重。」

「唉。」崔望雪輕嘆一聲。「師姊就是不懂，當年咱們倆規規矩矩，什麼事也沒做過，你老惦記著當年做什麼？」

卓文君心想什麼事都沒做過是不錯，規規矩矩倒也不見得。他不願多談尷尬之事，於是搖頭不答。

崔望雪悠悠嘆息，語氣怨懟：「你啊，當年就這麼走了，不會是爲了避開師姊吧？」

卓文君揚聲道：「師姊，我這次回來，是爲了六師兄的事情。如果妳沒什麼要事相商的話，我想先去探望六師兄。」

崔望雪秀眉微蹙，凝望卓文君片刻，緩緩說道：「二十餘年前，玄日七俠縱橫江湖，懲奸除惡，快意恩仇。自從兩位師弟出走之後，當年的光景不復存在。這些年來，玄日宗在大師兄的帶領下日益壯大，扶搖直上，各大節度使著意巴結，就連契丹共主耶律阿保機也曾遣使結交。你師姊養尊處優，不必跟著師兄弟東奔西跑，日子過得是比從前舒服多了，但我心裡還是常常想起從前闖蕩江湖的生活。」

卓文君道：「師姊，六師兄……」

崔望雪搖頭：「可翰人事不知，未嘗不是好事。二十年前爲了貪官鄭道南之事，弄得師兄弟反目成仇，可翰憤而出走。如今要讓他瞧見玄日宗這個模樣……唉。」她取起茶杯，輕吹口氣，又道：「眼不見爲淨。」

卓文君道：「六師兄孤身闖蕩江湖，二十年來名滿天下。玄日宗變成什麼樣子，他自然都看在眼裡。」

崔望雪問：「你也很不以爲然，是嗎？」

卓文君不答，反問：「師姊以爲如何？」

崔望雪喝了口茶，輕輕放下茶杯，說道：「我還在這兒住著，不是嗎？」

卓文君點頭：「道不同，不相爲謀。我這次回來，只想看看六師兄。」

「人在江湖，身不由己。你既然回來了，豈有看看可翰便能離開的道理？」崔望雪收起慵懶姿態，正色道：「這次大師兄讓楓兒找你回來，是希望你能在他遠行期間代爲掌管玄日宗。」

「有這種事？」卓文君神色訝異。「我前面排了這麼多位師兄，嵐兒更是一等一的人才，有什麼理由要找我回來？」

崔望雪望著茶杯，搖頭說道：「大師兄這一去，不知道什麼時候才會回來。嵐兒雖是人才，畢竟年輕識淺。適逢玄武大會將至，各派高人都將齊聚成都。今年形勢，又不比從前，天下之亂，更勝往昔。各方節度使目無天子，謀朝篡位爲期不遠。面對亂世，各派人士存在不同想法。有人主張擁立勢力鼎盛的宣武節度使朱全忠，集中原武林人士之力助其一統天下，結束亂世局面。有人認爲朱全忠殘暴不仁，善變難測，絕非明君，主張擁立唯一能夠與其對抗的河東節度使李克用……」

「非要擁立節度使不可嗎？」卓文君問。

「文君，天下亂了。」崔望雪揚眉道：「如今不是咱們習武之人能夠置身事外的時候。若非時局如此，你想你大師兄會蹚這渾水嗎？」

「難道沒人擁立唐宗室？」

「有。」崔望雪苦笑。「大師兄擁立唐宗室。」

卓文君無言以對。

「可想而知，本屆玄武大會肯定暗潮洶湧，不是選選武林盟主便能了事。即便只選武林盟主，你也見識過上兩屆玄武大會的景象。嵐兒武功聲望都不足以服眾，壓不住玄武大會那種場面。此刻距離大會尚有近兩個月，成都城內便已聚集了不少武林人士。他們天天帶著無謂的紛爭來找嵐兒主持公道，說穿了就是想要看看嵐兒究竟有多少斤兩，會不會任人欺負。目前爲止，嵐兒尚且應付得宜，可誰知道他們會做到什麼地步？從前各門各派跟隨大師兄抵禦外辱，齊心合力，那是沒話說的。如今大唐百姓關起門來內鬥，大家各自爲了各自的利益，擁立不同的勢力，臉皮撕下來，什麼事都做得出。莫說玄日宗變了，其實整個中原武林都和十年前大不相同。」

卓文君不曾如此料想，但也並不如何吃驚。他道：「嵐兒壓不住，眾位師兄姊卻都成名多年。」

崔望雪伸出四指，首先彎下小指，道：「你五師兄成名雖早，名聲卻臭，誰也不會讓他代掌玄日宗。」她跟著又彎下無名指：「崔望雪一介女流，自從嫁給大師兄後，武林中人早已忘了我玉面華佗這號人物。」

「三師兄呢？」

「三師兄野心勃勃，嚮往權力，多年前便不顧大師兄反對，四下結交藩鎮，培植官場勢力。」崔望雪彎下中指，續道：「這幾年三師兄幫著大師兄應付各方節度使，倒也出了不少力。玄日宗能有今天，三師兄功不可沒。」最後這句話是褒是貶，一時倒也聽不出來。「總之，大師兄不能輕信於他，起碼不能信任到將玄日宗交給他掌管的地步。」

卓文君點頭，問道：「二師兄總行了吧？」

崔望雪道：「二師兄跟大師兄一起去辦事了。」

卓文君皺眉：「什麼事情棘手到要他們兩人一同出馬？」

崔望雪望著唯一伸直的食指，緩緩說道：「事情棘不棘手，我不敢說。我只知道，大師兄不放心二師兄留守玄日宗。」

卓文君吃了一驚，問道：「妳是說大師兄把二師兄帶在身邊，是爲了提防他？」繼而搖頭：「二師兄跟著大師兄辦事多年，始終盡心盡力。若連二師兄都信不過，大師兄還能相信誰？」

「他相信你，文君。」崔望雪說。「所以他才找你回來。」

卓文君愣了一愣，心想這麼說也有道理，但他依然難以置信：「可是二師兄……二師兄做了什麼事情？」

「什麼都沒做。」崔望雪搖頭。「起碼在外人面前，什麼都沒做。私底下，他曾數度質疑大師兄的決定，特別是關於擁立唐宗室的問題。」

卓文君皺眉：「大師兄忠於大唐，這點並沒有錯。」

「大唐氣數已盡，誰都看得出來。」崔望雪說著輕嘆一聲。「其實二師兄也是爲了玄日宗著想。大師兄若是繼續擁立唐宗室，遲早要與各方節度使爲敵。到時候只要一步走錯，便會鬧個灰頭土臉，說不定就此賠上玄日宗上上下下幾萬條人命。這話咱們幾個做師弟妹的，人人勸過大師兄，可大師兄就是聽不進去。他說亂世之中，更該重視皇室正朔，名不正，則言不順。若是人人都想當皇帝，天下百姓還能妄想過好日子嗎？」

卓文君微微搖頭，說道：「大師兄這麼說，也不能算錯。」

「你怎麼又不說他說得對了？」崔望雪道。「唐宗室若扶得起，哪怕只是一點可能，咱們跟著大師兄出生入死，誰又會有半句怨言？然則當今天子當慣傀儡，事事聽從宦官與藩鎮擺布，從不力圖振作，實乃胸無大志之典範。這幾年在各方節度使手中被搶來搶去，顛沛流離，他倒也隨遇而安，誰保得了他，他就聽誰的。乾寧二年，爲了河中節度使繼任人選爭位之事，鳳翔節度使李茂貞率軍攻入京師。皇上就聽他的。其後李克用發兵勤王，趕跑李茂貞，皇上立刻封他爲晉王，對他言聽計從。光化四年，朱全忠進軍長安，李茂貞挾天子以令諸侯，脅迫皇上遷往鳳翔。其後朱全忠圍城鳳翔，李茂貞糧草不繼，只得向朱全忠乞和，歸還昭宗。唐宗室至此，可謂名存實亡。普天之下，便只你大師兄一個人看不透這個事實。」

卓文君沉吟道：「大師兄就算救得了皇上，皇上也不過變成大師兄手中的傀儡而已。」

「這麼說你就懂了。」崔望雪道。「唐宗室早就亡了。當今天子不過是各方節度使用以談判的一枚棋子。」

卓文君道：「然則朱全忠與宰相崔胤合謀，大權在握，當此局勢不定之時，未必當眞會動手篡唐。」

「你剛歸唐土，尚未聽說。」崔望雪道。「兩個月前，朱全忠下令誅殺天下宦官。長安城內一日之間便給殺了數百人，韓全誨的黨羽無一倖免。這些日子以來，朱全忠四下派兵搜捕派駐在京師外的宦官。眾宦官爲了保命，紛紛投靠當地武林門派。太平眞人和妙法禪師等閒不會輕易下山，據我猜想，他們這次多半就是爲了該如何處置宦官之事而來的。」

「誅殺天下宦官？」卓文君駭然道。「雖說宦官禍國，那也只是少數宦官把持朝政而已。把他們全部殺光？這……」

崔望雪搖頭嘆道：「本來要問我的話，我會說此事並非你我所能置喙。然則如今形勢，玄日宗已難置身事外。嵐兒見識不足，你師姊我又一介女流，如何能夠決定此等大事？文君，師姊請你莫要推卻，便當是爲了本門聲望，放下成見，挺身而出。」

卓文君斜眼凝望崔望雪，試圖自其殷殷期盼的神情中看出端倪。看不出來。他心裡明白，崔望雪雖是女流，卻向來胸懷大志、絲毫不讓鬚眉。這些年儘管退居幕後，玄日宗裡裡外外的事務卻也不曾少管了。趙遠志出外期間，趙言嵐表面上當家主事，骨子裡多半還是崔望雪在裁定主意。據卓文君所知，崔望雪不但有處事之能，同時敢做敢當，絕不會爲了推卸責任而將擔子丟到他頭上。她堅持要自己代理掌門，多半是難以違拗大師兄的意思。至於趙遠志爲什麼要在玄武大會將至的節骨眼上找他這個早已不相往來的師弟回來執掌玄日宗？他一時之間只能想到兩個可能。一是趙遠志身邊當眞沒有可信之人；二是要找個倒楣鬼回來當冤大頭。不管是哪種可能，他只要接下掌門，肯定後患無窮。

「師姊，」他開口道。「我這次回來，只想看看六師兄，查清楚是誰把他害成這個樣子。本門之事，我無力多管，亦無心多管。」

崔望雪道：「可翰之事，你無頭無緒，要怎麼查？再說，對方能將浩然劍孫可翰害成這個樣子，你勢孤力單，如何應付得來？依師姊的，只要你答應暫掌玄日宗，為可翰報仇之事，包在師姊身上便是。」

卓文君皺眉：「難道我不答應，你們就不幫六師兄報仇了嗎？」

「何必說這麼重的話，文君？」崔望雪柔聲道：「你明知道不是這樣的。」

卓文君深怕她軟語相求，當即轉移話題。「嵐兒知道大師兄要我暫掌玄日宗？」

「我跟他說過了。」崔望雪點頭。「你們叔侄自小投緣，聽說大師兄要找你回來，嵐兒心中只有歡喜而已。所有師叔之中，唯一讓他心服的人便是你了。或許這也是大師兄找你回來的原因。」

卓文君沉吟半晌，抬頭望著崔望雪，正色說道：「我要知道大師兄到底出去辦什麼事情？有什麼重要到得找我回來？」

「此乃本門機密，總壇內也只有我和嵐兒知道。你若答應代理掌門，我自然會告訴你。」

卓文君哼了一聲：「那就不用說了。」

「唉，師弟。」崔望雪輕聲呼喚，語氣中多了一份嬌嗲，聽得卓文君心驚膽顫。「不要意氣用事。」

卓文君冷冷瞧她，說道：「這潭渾水，跳下去就洗不乾淨了。爲了我的身家性命著想，還是問清楚比較妥當。」

崔望雪放慢動作，舉杯喝茶。放下茶碗之後，她輕嘆說道：「爲了自宦官韓全誨手中救回皇上，崔胤迫不得已只有聯合朱全忠對付李茂貞。迎回皇上不久，他便發現自己引狼入室，再也壓不住朱全忠的氣燄。爲求自保，也爲了保住大唐宗室，崔胤派人聯絡晉王李克用，希望能夠聯合諸藩勢力牽制朱全忠。」

卓文君道：「朱全忠雖然勢大，卻也未必能夠同時與各方節度使爲敵。然則眾節度使各懷鬼胎，人人都想自立爲王，要他們聯手保皇，只怕不大容易。」

「照李克用的說法，那是痴人說夢。」崔望雪道。「如今朱全忠宰殺宦官，順勢廢了神策軍。京師失去禁軍，完全落入宣武節度使的掌握。崔胤見朱全忠誅戮宦官，殺得性起，難保哪天不會殺到京師官員的頭上。於是他再度聯絡晉王，做出最壞的打算。」

「就是李克用來找大師兄商談的事情了？」

「是。」崔望雪點頭。「李克用要大師兄喬裝入京，與崔胤裡應外合，救出皇太子李裕，交由河東節度使守護。如此，即便皇上遭遇不測，總不至於斷了唐室香火。」

卓文君彷彿置身夢中，自覺聽見荒謬古怪之事，偏偏又不至於難以置信。從前跟著大師兄辦事，總是處理武林紛爭，最多不過就是協防邊疆，上陣殺敵。這等密謀朝廷之事，不但從未想過，當年趙遠志也絕不允許門下弟子牽涉其中。如今物換星移，天下大亂，聽見這種事情簡直順理成章。

卓文君苦苦一笑，問道：「太子李裕曾在宦官劉季述安排下發動政變，囚禁皇上，登基自立。後來還是崔胤拉攏左神策軍指揮使發兵打敗劉季述，這才平定政變，擁立皇上復位，貶太子回東宮。崔胤跟李裕梁子結得大了，他會幫助李裕逃離京師？」

崔望雪道：「官場上只要牽扯到利害關係，沒有永遠的敵人，也沒有永遠的朋友。崔胤近年來雖然做過不少……大事，但他終究還是忠於唐室。既然晉王信得過他，你大師兄便信得過他。」

「大師兄爲何如此相信李克用？他畢竟是個藩鎮，同樣野心勃勃。誰能保證他比朱全忠好，不會謀朝篡位？」

「李克用曾數度發兵勤王，儘管未必是出於忠心，至少他不曾露出反意。多年以來，他一直跟朱全忠明爭暗鬥，普天之下，也只有他有實力與之對抗。」崔望雪眼望卓文君，搖頭道：「不是大師兄信得過他，而是沒有其他人可信了。想要保住唐宗室，大師兄就必須跟李克用合作。」

卓文君沉吟片刻，突然恍然大悟，說道：「局勢大亂，你們慌了手腳。」

崔望雪並不否認，只道：「回來幫忙，文君。此乃危急存亡之秋，師姊……玄日宗需要你。」

卓文君站起身來，在門前來回踱步。片刻過後，他坐回原位，深吸口氣，說道：「要我代掌可以，不過要答應我兩個條件。第一，六師兄的事情一定要查得水落石出，就算到大師兄回來，或我卸任之後，也要繼續查下去。第二，我只代掌到玄武大會結束爲止。等到一切塵埃落定，我就帶著森兒離開。之後玄日宗何去何從，我無力管，也無心管。」

「那就這麼說定了。」崔望雪緩緩點頭，繼而輕聲說道：「你想此後……還有塵埃落定的一天嗎？」

「天下不會永遠亂下去的。」卓文君說著起身。「走吧，帶我去看看六師兄。」

第五章　接掌

莊森與趙言楓兩人各端一碗湯麵，坐在假山旁一棵柳樹下，面對大門緊閉的青囊齋，邊吃麵邊閒聊。

「相傳神醫華佗晚年遭曹操囚禁，於獄中將畢生精妙醫術撰寫成一部青囊書，贈予獄卒傳世。可惜那獄卒怕事，不敢收書，以致華佗絕技失傳。」莊森望著青囊齋門上的牌匾，搖頭嘆息。「當年青囊書要是傳了下來，數百年間可不知道能救活多少人。」

趙言楓望著他道：「師兄對於醫道也有研究？」

「有研究不敢說。」莊森笑道。「我這個人沒點定性，偏偏又喜好讀書，看到什麼就想學什麼。醫書我是讀過幾本，稱不上什麼高明醫術。」

「是了，我聽娘說過，小時候你就喜歡跟著她問東問西。」趙言楓道。「我娘常感慨這輩子沒收到一個好徒弟，玉面華佗後繼無人。」她抿嘴而笑。「說給你聽，可別太開心啦。我娘說她一生中只遇上過一個資質過人的後輩，可惜讓七師叔給搶先收去當徒弟啦。」

莊森摸頭傻笑，說道：「這……四師伯太抬舉了。我這點微末道行，給玉面華佗提鞋也不配。」

趙言楓搖頭：「可惜我太笨，針灸把脈都學不來。爹爹又一直督促哥哥練功，要他心無旁騖，不要分心學醫。這些年來，我娘忙著打理本門雜務，空有一身天下無雙的醫術，卻連個傳人也找不著。」

莊森吃一口麵，神色感慨，說道：「本門學問，博大精深，自大師伯以降，六位師伯和我師父各有所長。聽說師祖他老人家更集所有學問於一身，乃是百年難得一見的絕世高人。可惜我連師父的功夫都只學到一點皮毛……」

趙言楓笑道：「師兄過謙了。小妹連你這點皮毛都望塵莫及呢。」她捧起麵碗，喝了口湯，抿抿嘴唇，又道：「說起七師叔，我眞羡慕你們兩師徒的情誼。這些日子，看著你們有說有笑，名爲師徒，情同父子……」她搖了搖頭。「我娘老是要我規規矩矩，像個大家閨秀，不要出門闖蕩。我爹總是身有要事，日理萬機，偶爾有空陪伴家人，也盡是在督促我們練功讀書。莊師兄就好了，可以跟著師父行走天下，增廣見聞。上一回我爹帶我出城都已經是三年前的事了，而當時他還是爲了前往鶴鳴山拜會太平眞人才順道帶我出門的。那一路上，爹都在爲江南道水患賑災之事憂心，沒有心情遊玩，也沒跟我說上幾句話。我娘說身爲武林盟主的家眷，總要爲天下蒼生多多擔待。」

「師妹……」莊森放下麵碗，輕聲道：「大師伯俠義爲懷，恩澤四海。我想他也不希望如此冷落家人……」

「我知道。」趙言楓望著碗裡清湯，緩緩搖頭。「我只是……羡慕你和七師叔。」

兩人默默吃了幾口麵。莊森喝乾麵湯，見趙言楓心下惆悵，便即岔開話題，說道：「妳哥哥跟妳應該比較說得上話？」

「從前比較親，這兩年爹讓哥哥接管門內事務，他也沒空理我了。」趙言楓說著轉向莊森，笑道：「哥哥說等我迎回七師叔，他要再來找『莊森那小子』比劃比劃。怎麼著，莊師兄，你跟我哥哥從前常常打架嗎？」

莊森尷尬笑道：「小時候的事，妳哥哥倒記得清楚。」

「你們誰輸誰贏呀？」

莊森搖頭：「當年我大他五歲，十歲打十五歲，談什麼輸贏？不過這十年來，妳哥哥在大師伯苦心調教之下，功夫一定練得比我強了。他要再來找我比劃，我多半討不到好去。」

趙言楓一臉正經，說道：「我哥哥的武功自然高強，但是莊師兄也未必輸給他了。他如果眞來找你，我倒希望莊師兄能夠挫挫他的銳氣。這兩年來，武林中人賣他玄日宗少主的面子，人人把他吹捧上天。就連五師叔也在半年前一次私下較藝之時敗在他的手上。我怕他如此自負下去，總有一天在外人面前栽個大跟斗。」她輕嘆一聲，問道：「當年我年紀太小，什麼都不記得，你們兩個究竟爲什麼打架？」

莊森苦笑道：「當年妳爹教子心切，常拿我去跟妳哥哥比較，總說森兒什麼什麼好，嵐兒哪裡哪裡不行。其實那時妳哥哥不過十歲，哪裡強得過十五歲的少年？我明白大師伯的苦心，知道他想刺激兒子上進。妳哥哥受激不過，老想著在父親面前證明自己，每次學到高明招數，他就跑來找我比試。我看在大師伯的面子上，本想處處忍讓。不過大師伯本意便是如此，往往視而不見，刻意縱容，加上我年少氣盛，讓妳哥哥多激幾句就打起來了。」

「每次都是你贏？」

「每次都是我贏。」莊森點頭道。「我師父雖然行七，本門二代弟子中卻屬我入門最早。當年我師父也很寵愛妳哥哥，總勸妳哥說大師伯武功天下無敵，調教出來的弟子總有一天會強過他的弟子。儘管如此，師父卻從來沒吩咐我故意相讓，甚至也不教我刻意容忍。他說同門兄弟，相待以誠，寧可得罪，也不可欺騙。」

趙言楓語氣敬佩：「七師叔眞正直。」

「或許就是因爲這份正直，開罪太多人，最後只好離開玄日宗。」莊森搖頭。「我深信師父的處世之道是正確的。只不過當此亂世，正直之人當眞有容身之地嗎？」

趙言楓歎道：「亂世之中，什麼樣的人都難有容身之地。能夠堅持正直，那也十分難得了。」

莊森笑著望她，側頭說道：「師妹如此感慨，倒似歷經風霜。」

「師兄莫取笑小妹了。」趙言楓道。「在玄日宗長大，總會見識一些匪夷所思之事。要說正直之人，我還眞沒見過幾個。」

身後腳步聲響，卓文君與崔望雪一道走來。趙言楓連忙起身，揮手讓在附近掃地的玄日宗弟子接過兩碗湯麵，隨即理理衣衫，與莊森一同迎向兩人。

崔望雪道：「楓兒，我讓妳帶莊師兄去飯堂設宴款待，誰教妳端了麵坐在樹下吃？」

趙言楓忙道：「娘，是莊師兄說要親自下麵……」

「沒規矩。女孩兒家本當……」

卓文君向莊森道：「森兒，樹下賞景吃麵，意境眞高。」

莊森道：「師父有興，我再去廚房下兩碗麵來讓你和四師伯……」

崔望雪瞪向卓文君：「文君，我教女兒，你跟我唱反調？」

卓文君笑道：「咱們打擾人家吃麵，已是不該，何必再教訓人家？」他跟崔望雪獨處時戰戰兢兢，處處避嫌，如今到了有人的地方就不再怕她，玩世不恭的態度也故態復萌。

崔望雪瞧瞧兩個後輩，搖了搖頭，說道：「進去吧。」

四人來到青囊齋，守門弟子躬身行禮，打開大門。青囊齋是玄日宗總壇治療傷患之處，由崔望雪親自打理。其中照料傷患的都是崔望雪親傳弟子，個個醫術高明，勝過尋常名醫。武林中人遇上疑難雜症，往往也會趕來青囊齋求醫。崔望雪說玉面華佗絕跡江湖，實乃自謙之詞。江湖上人人知道玉面華佗崔望雪的醫術天下無雙，只是自從她嫁給趙遠志後，二十餘年來不在江湖上行走，武林中再也無人見過她的身手。如今崔望雪以醫術享譽天下，從前闖蕩江湖的俠名已然遭人遺忘。

大堂之中，十來名弟子躺在病榻上，數名女弟子忙進忙出，診斷用藥。這些弟子年紀甚輕，卓文君一個不識，見他們中的都是刀傷，問道：「什麼事情，傷了這麼多弟子？」

崔望雪道：「河南道金刀門聚眾作亂，這些弟子是在平亂時受的傷。」

「金刀門？」卓文君揚眉。「金刀門主王天正忠肝義膽，怎麼會聚眾作亂？」

「年月不好。」崔望雪邊走邊道。「金刀門吃不上飯，就談不上什麼忠肝義膽了。」

四人穿越大堂，經煎藥房路過後院，來到內堂。青囊齋內堂是專供玄日宗首腦人物靜修養傷之所。崔望雪推開右首第一間房門，四人步入其中。此處擺飾十分樸實，便只一張床鋪、一套桌椅，以及窗口一張茶几。茶几上點有檀香，卻掩飾不了滿屋藥味。孫可翰躺在床上，臉色慘白，雙目緊閉，臉頰凹陷，形容憔悴，若不細看，直與死屍無異。

卓文君來到床邊，望著近二十年不見的六師兄，一時百感交集，忍不住落下淚來。莊森不識六師伯，但久聞浩然劍孫可翰俠名，見到一代大俠落得如此下場，心下亦感惻然。崔望雪母女候於兩旁，眼看卓文君伏在孫可翰床頭哭泣，一時不知該如何勸說。片刻過後，莊森輕拍師父肩膀。卓文君擦拭眼角淚痕，緩緩起身。

「六師兄的傷……」卓文君話聲哽咽，噓了噓氣，繼續問道：「是怎麼回事？」

崔望雪來到床頭，望著孫可翰半晌，開口解說道：「六師弟讓人送來時，身上衣衫破爛，大大小小開了三十七條口子。我細看衣料開綻模樣，認出是由刀、劍、斧、鉤四種兵刃所傷，不過多半只是兵刃掠過，劃破衣衫。他身上眞正的傷口只有三處。」她轉向莊森，吩咐道：「森兒，拉開你六師伯右邊衣襟。」

莊森依言行事，只見孫可翰右肩上有條直砍的刀傷，正下方右胸口又有一處傷口，似是刀尖直刺而入。兩道傷痕都不深，如今俱已結疤。崔望雪運掌成鉤，自孫可翰肩膀比至前胸，說道：「此二傷口一氣呵成，對手自後方砍落，使的是鐵鉤之類的兵器。江湖上擅長使鉤的門派不多，眞正堪稱上乘武學的只有天罡派的流星鉤及柳泉門的鬼牙鉤。只不過即便兩派門主親自動手，也未必能在可翰手下走上三招五式，更別提是要傷他。」

趙言楓插嘴道：「娘，我們在吐蕃見到拜月教的人使過一把弦月彎刀，似乎也能砍出這種傷口。」

崔望雪點頭道：「弦月刀我倒是聽說過，但卻不曾親眼見過。文君，你怎麼看？」

「有可能。」卓文君沉吟片刻，問道：「另外一道傷口呢？」

崔望雪道：「傷在右腕內關穴上。」

莊森拉開孫可翰身上被褥，舉起右腕，只見內關穴上一條細縫。創口極淺，已然癒合。崔望雪道：「對手以劍尖點其穴道，要他撤手脫劍。可翰既被點中，足見對方劍法高明。然而可翰內力深厚，世上能夠破他護身氣勁之人屈指可數。此劍落點雖精，多半還是無功而返。」

卓文君道：「這些都是小傷。」

「是。」崔望雪點頭：「眞正重創可翰的乃是心口那一掌。」

莊森拉開孫可翰左衣襟，只見一個殷紅如血的掌印結結實實地印在孫可翰心口。卓文君與莊森神色駭然，同聲倒抽一口涼氣。崔望雪伸手輕撫掌印，搖頭說道：「兩個月來，掌印不消。不論我們師兄弟如何運勁，始終無法驅逐其中瘀血。掌印四周的血肉彷彿凝結成冰塊般包覆心臟。我們每天灌功幫可翰續命，就是爲了疏通心臟四周的氣血。」

莊森將孫可翰衣襟拉得更開，細看天池、天泉兩穴，問道：「師伯灌功是從手厥陰心包經入手？」

崔望雪道：「不錯。」

莊森輕觸掌印，但覺一陣寒意直入掌心，不禁打個寒顫。他轉頭向崔望雪道：「師伯可曾嘗試針施天池，灸灼天泉，輔以本門玄易功來拔除寒毒？」

崔望雪臉色一沉，說道：「師伯醫人，還要你教嗎？」

莊森連忙躬身：「弟子不敢。」

崔望雪語氣稍緩，說道：「你想得出這種療法，也算十分難得。這些年來跟著你師父東奔西跑，醫道上的學問畢竟沒有擱下。這次回來，你就多在青囊齋裡待著。四師伯每日未時在此開堂授課，你有空也來聽聽吧。」

莊森喜道：「多謝四師伯。既然四師伯也說難得，不如待會兒就讓弟子來試試……」

崔望雪臉色又沉，當場便要發作。卓文君熟悉她的脾氣，深知她生平最忌諱人質疑她的診斷，醫她醫過的病人。這時一看情況不對，連忙斥道：「森兒！四師伯醫術天下無雙，你別拿那三腳貓的功夫出來丟人現眼。」

莊森心裡不服，卻懂察言觀色，一看這下僵了，立刻低頭認錯：「是，師父。」轉向崔望雪道：「弟子不自量力，膽大妄爲，還請師伯責罰。」

崔望雪瞪他片刻，緩緩搖頭，嘆道：「這些年來，我一共收了七名弟子。醫術精的，功夫就不好；功夫好的，又不是學醫的料。你這法門兒，醫術、內功都要紮實，我那些徒兒就算想得出來，也無力施展。」她揚起手臂，輕拍莊森右肩，面露惜才之色，點頭道：「好，森兒，你很好。師伯前幾年整理本門醫書，集先人之大成，去蕪存菁，寫成一部玄日醫經，可算是我畢生心血。晚點我讓楓兒給你送去。居住總壇期間，你若有什麼看不明白的地方，儘管來找我。」

莊森受寵若驚，忙道：「多謝師伯！多謝師伯！」

崔望雪點點頭，轉向卓文君，說道：「文君，這一掌至陰至寒，掌勁深入臟腑，你怎麼看？」

卓文君道：「敵人正面出掌，那便不是偷襲。即便與人聯手，能夠正面擊中六師兄胸口，此人招式精純，不在妳我之下，功力更是深不可測。要說陰寒掌勁……當今武林最陰寒的掌法首推天山派的寒冰掌，其次是拜月教的冷月功……天山派現任掌門……我忘了他叫什麼名字，總之是後生小輩，功力尚淺，不能是六師兄的對手。至於拜月教……」

崔望雪問：「你在吐蕃多年，對於拜月教武學可有研究？」

卓文君搖頭：「沒有多年，我們搬到吐蕃不過一年有餘。半個月前出走吐蕃途中，森兒曾與拜月教左護法月虧眞人交過手。據我估計，拜月教中一般高手不足爲懼，唯有七星尊者的七星陣較爲棘手。至於拜月教主赤血眞人的武功究竟有多高？吐蕃民間傳得出神入化，簡直可與明月比高。師父當上武林盟主那年，曾在玄武大會上會過前任教主赤月眞人。師姊可還記得當年那場比試？」

崔望雪點頭：「赤血眞人若有學到他師父八成功夫，這一掌他便打得出來。」見卓文君沉吟不語，她問：「你想可翰惹上拜月教了嗎？」

「難說。」卓文君搖頭。「師姊，拜月教與本門可有往來？」

崔望雪道：「赤血眞人每年中秋遣使拜會。大師兄始終推辭不見。」

「大師兄不見，其他師兄有見嗎？」

崔望雪側眼瞧他，卻不答話。

卓文君等待片刻，又問：「什麼事情不好讓代掌門知道？」

崔望雪輕嘆一聲，說道：「五師弟有收禮。有無幫拜月教做事就不得而知了。」

卓文君回想月虧眞人收買他們時所說的話，心想收禮之人多半不只梁棧生。只不知崔望雪是給蒙在鼓裡，還是想將他蒙在鼓裡。他問：「知道五師兄上哪兒去了嗎？」

崔望雪搖頭道：「棧生不告而別也不是什麼新鮮事，咱們早就習以爲常。總之等他走投無路或是錢花光了，自然就會回來。」

一名女弟子來到門外，恭敬說道：「啓稟師父，少門主請七師叔前往正日廳議事。」

崔望雪問：「七師叔尚未安頓好。什麼事，這麼急？」

女弟子道：「弟子不知。」

「知道了，先下去。」崔望雪轉向卓文君道：「多半是爲了包庇宦官之事。你說去不去？」

卓文君苦笑道：「我既已答應暫代掌門，豈有不去之理？」

崔望雪步出房。莊森幫孫可翰穿好衣衫，蓋上被褥，連忙跟了出去。他來到卓文君身後，低聲問道：「暫代掌門？」

「晚點再說。」

□

四人來到正日廳外，一聽裡面正吵得熱鬧。

「宦官禍國殃民，保他們做啥？我說通通交出去！全部殺了乾淨！」

「宦官也是人……」

「自殘身體，算什麼人？」

「自殘不算人？老子去年打賭輸了，自己拿刀剁掉小指，算不算人？」
「就算宦官算人，也是惡人。天底下有那麼多人不幫，去幫宦官？咱們吃飽了撐著？」
「阿彌陀佛，宦官也很慘……」
「慘個……妙法禪師，你說他們慘在哪兒？」
「這還用問方丈大師？人家卵蛋都沒了，這還不夠慘的？」
「要保宦官，就得得罪宣武朱全忠。」
「朱全忠大逆不道，意圖謀朝篡位。得罪他不過遲早之事。」
「你得罪得起嗎？」
「靈山派勢孤力單，自然得罪不起。然而趙盟主絕對不會坐視朱逆篡唐。」
「篡唐就篡唐，大唐早就名存實亡，只看哪個夠膽先篡罷了。」
「你大逆不道！」
「你睜眼瞎子！」
「我操……」
守門弟子趁亂入內通報。趙言嵐站起身來，沉聲說道：「各位掌門，敝派掌門夫人偕同一代弟子震天劍卓文君前來正日廳參與議事。」
眾掌門當即停止爭吵，讓道兩旁。崔望雪一行人當中而過，與一眾掌門輕笑招呼，一路來到主位。趙言嵐步下台座，讓向一旁，恭恭敬敬地道：「娘。七師叔。」
崔望雪微微點頭，於主位前一站，揮手比向卓文君，揚聲道：「諸位掌門，家夫外出辦事，臨行之前囑咐將玄日宗本門事務託付七師弟卓文君代管。這陣子江湖上有什麼事情，就請各位與敝派代掌門商量。」

眾掌門聞言譁然。十年前卓文君悄然出走，玄日宗起初並未公告天下，及至武林同道察覺震天劍卓七俠久未露面，趙遠志才對外放話，宣稱卓文君遠走異域，覓地歸隱。一時之間，江湖上人人都在揣測卓七俠歸隱的緣由。由於浩然劍孫可翰反出玄日宗時鬧得風風雨雨，一般相信卓文君亦是因為師兄弟失和而離開。至於失和原因，有人說他看不慣玄日宗處世方式；有人說他見不得大師兄意氣風發，自己卻老是被踩在腳下；有人說他武功聲望逐漸蓋過趙遠志，終於遭到師兄排擠，以致被迫離開；還有一個沒人敢在玄日宗弟子面前提起的說法，就是卓文君苦戀師姊崔望雪，終於激得趙遠志打翻醋罈子，祭出家法將他掃地出門云云。

打從趙言嵐率領眾掌門出外迎接卓文君後，眾人便開始猜測他這次回來的目的。有人認為他是為了調查孫可翰受傷之事而來；有人認為他是為了幫玄日宗壯大玄武大會聲勢而來；更有人暗自期盼他是看不下玄日宗墮落至此，終於回來重振門風。無論群雄如何猜測，總之沒人想到他竟然一回來立刻執掌玄日宗門戶。

趙言嵐取下腰間木牌，恭恭敬敬高舉過頭，向卓文君道：「恭請七師叔執掌玄日聖令。」

卓文君接過掌門令牌，不疾不徐地掛在腰間。他清清喉嚨，朗聲說道：「諸位掌門請坐。」群雄紛紛回座。崔望雪、趙言嵐、趙言楓及莊森分站卓文君下首。待得眾人就座，弟子送上熱茶。卓文君喝口熱茶，放下茶杯，眼望廳上十二名掌門人，氣定神閒地說道：「諸位掌門，在下剛回成都，午飯都還沒吃，客套話就先不多說了。對於宣武節度使誅殺宦官之事，諸位掌門有何看法？」

適才各派掌門在趙言嵐面前肆無忌憚，大聲嚷嚷，如今換上卓文君，一時之間竟然無人吭聲。卓文君今年四十五歲，在場掌門過半比他年長，不過沒人膽敢在他面前倚老賣老。當年震天劍卓七俠武功高強，俠名遠播，江湖上人人都說他雖然排行第七，其實武功早已超越一眾同門，比之武林盟主趙遠志亦是不遑多讓。趙遠志對這個小師弟十分看重，武林中遇上重大糾紛往往派他出面排解。看在外人眼裡，卓文君實乃玄日宗第二把交椅，遲早會繼趙遠志之後當上武林盟主。是以當年他年紀雖輕，卻在武林中佔有舉足輕重的地位，不少武林高人都有心巴結他。然而卓文君少年老成，潔身自愛，等閒不輕易與人結交。江湖上認得他的人很多，眞正和他有交情的卻寥寥無幾。儘管卓文君退隱十年，在這些掌門人眼中，他的地位依然遠在趙言嵐之上，誰也不敢在他面前放肆。

太平眞人當年與他私交甚篤，見到無人吭聲，揚手言道：「宦官長年廢立天子，把持朝政，世人對其觀感是不好的。這回宣武打著勤王旗號，誅殺天下宦官，可謂大快人心，深符百姓期待。然則眞正掌握大權的宦官，向來不過寥寥數人，多數宦官也只是在皇城內混口飯吃。如此不由分說，一網打盡，實在有違上天好生之德。再說誅殺宦官之舉，表面上爲勤王，骨子裡還是爲了奪權鋪路。韓全誨死後，京城宦官分黨結派，惡鬥不休，短期內不足爲患。宣武誅殺宦官爲輔，主要的目的還是趁機將大軍開入京師，解除禁軍將領兵權，一舉廢了神策軍。從此朝廷再無直屬兵力，凡事都得聽他宣武節度使分派。」

「阿彌陀佛，」妙法禪師道。「太平道兄的見解再精闢不過了。只因宣武奪權，全天下宦官皆受誅連，委實無辜。來此之前，少林寺中已然收留了宦官二十四人。出家人慈悲爲懷，要少林寺交出這麼多人讓宣武殘殺，老衲辦不到。」

神拳門主邱彥說道：「少林寺與天師道不但是武林大派，尙爲佛道重地。朱全忠爲求收買人心，自不會拿他們開刀。可咱們神拳門與武林中多數門派都沒那麼大來頭。萬一朱全忠來找咱們要人，你說交是不交？不交，他隨便調個千人隊來，神拳門從此絕跡江湖。就爲了幾個宦官？犯得著嗎？」話一說完，台下登時傳來附和聲浪，顯見大部分掌門都在顧忌朱全忠。

卓文君點頭說道：「道長和方丈大師說的不錯。急人危難，本是我輩應爲。然而邱兄顧慮亦是合情合理。」他轉向趙言嵐，問道：「咱們收留了多少宦官？」

趙言嵐回道：「啓稟師叔，至今已經收留五十六人。」

「這麼多？」卓文君微感詫異。「朱全忠有來要過人嗎？」

「宣武辦事衙門兩度前來要人，都讓侄兒打發回去了。」

「嗯，」卓文君點點頭。「你怎麼跟他們說的？」

「就說不交。」

「說得好。」卓文君神色嘉許，轉回頭向一眾掌門人道：「各位掌門，玄日宗既爲武林盟主，凡事自當爲人表率。行俠仗義，扶傾濟弱向爲本門宗旨，卓某絕對不能坐視濫殺無辜之舉。包庇宦官一事，本門一力承擔。便請各掌門即刻傳下號令，將託庇在各門派底下的宦官送往成都，交予玄日宗統一庇蔭。朱全忠要殺宦官，儘管衝著玄日宗來。」

眾掌門交頭接耳，議論紛紛。邱彥站起身來，抱拳說道：「卓七俠處事果斷，仁義過人，邱某深感佩服。」

三峽幫主楚大河道：「卓七俠如此裁斷，不但爲宦官著想，更爲武林同道著想。果然是胸懷天下，器度不凡。」

長安城虎威鏢局蔡總鏢頭說：「卓七俠胸襟廣闊，識見卓絕，眞令蔡某大開眼界。了不起。了不起。」

眾掌門紛紛發言，都說卓七俠夠膽識，有擔當，端得是名家風範，不愧是前輩高人。總算各家掌門自重身分，算不上諛詞泉湧，不過已經聽得卓文君眉頭緊蹙，心生厭惡。

太平眞人沒跟眾人起鬨，只道：「事不宜遲，咱們這就回去交代。」

卓文君點頭。「勞煩各位掌門了。」

眾掌門告辭離去。太平眞人和妙法禪師來到主位向卓文君辭別，太平眞人道：「道友，貧道暫居城東洞天觀，方丈大師則在附近的浮雲寺掛單。明日有空，請兄弟前來一敘。」卓文君道：「那是一定要敘的。」

一眾掌門走光之後，卓文君轉頭問道：「嵐兒，宦官安置在何處？」

趙言嵐道：「稟師叔，當下安置在西市百鳥樓。等各門派陸續把人送來，侄兒再另行覓地安置。」

卓文君忍俊不住：「你當眞讓宦官住在百鳥樓？」

趙言嵐道：「那是三師叔安排的。」

「好，百鳥樓便百鳥樓。」卓文君道。「分派弟子前往各道分舵傳訊，將庇蔭宦官之事通知其他門派。」

趙言嵐召來弟子吩咐。卓文君向崔望雪道：「師姊，我與森兒先去安頓。我們以前的屋子還空著嗎？」

崔望雪道：「我已經吩咐弟子打掃乾淨，日常事物亦已備妥。我先讓伙房準備些酒菜送到你房裡，晚上總壇設宴，爲你接風，順便宣布代掌門戶之事。」

「有勞師姊了。」

□

卓文君與莊森的住所喚作煮劍居，內有一座小院子、一間廳堂以及兩間臥房。兩人推開大門，來到內院，從前莊森種植的花草藥材依然綠意盎然，顯見十年之間一直有人打理。莊森關上大門，剛一轉身，頭上已然挨了個爆栗。

「哎喲，師父，你怎麼打人呢？」

卓文君道：「我打你這欺師滅祖的小子。師父吩咐的話，都讓你當作耳邊風了？」

莊森賊兮兮地道：「不是啊，師父。徒兒是想您老人家跟四師伯十年不見，自然有許多貼心話要說。況且四師伯叫我出去，我怎麼好賴著不走？」

卓文君伸手又是一爆栗。「四師伯讓言楓陪你，你就巴不得盡快把我支開。柳樹下吃湯麵，虧你想得出來。」

兩人推開廳門，只見裡面已經擺滿一桌酒席。菜色豐盛，香味四溢，旁邊還站著兩名弟子盛飯伺候。卓文君打發兩人出去，與莊森各自回房看看。一會兒工夫之後，卓文君回到廳上，於飯桌旁坐下。莊森打來一盆清水，放在師父面前。卓文君洗手完畢，莊森把水倒掉，去飯桶裡盛了碗飯，恭恭敬敬遞給師父。

「師父，請用膳。」

「好。」卓文君道：「你也坐下來吃點。」

莊森坐在下首，拿起碗筷，見師父吃了起來，問道：「師父，咱們不用提防飯菜了嗎？還是要弟子再去廚房下碗麵來？」

卓文君道：「爲師的既然暫代掌門，他們總不會在伙食裡動手腳。不過咱們吃歸吃，照子還得放亮點。」

師徒倆邊吃邊談。一頓飯吃完，卓文君已將代掌門戶之事交代完畢。莊森問：「師父，你想大師伯此舉究竟有何玄機？」

「玄機肯定有，咱們靜觀其變。」

「要是大師伯沒趕在玄武大會之前回來，師父你這渾水可蹚大了。」

「見機行事。」卓文君沉吟道。「你大師伯這回幫李克用迎回太子，那是打定主意要跟朱全忠翻臉了。包庇宦官之事，咱們可得謹慎以對。要是處理不當，便會讓朱全忠逮著藉口對付武林人士。」他放下筷子，沉思片刻，問道：「六師伯之事，你怎麼看？」

莊森道：「照四師伯所言，似是拜月教所爲。」

「似是……」卓文君喝了杯酒，沉吟片刻，又道：「似是……」

莊森幫師父斟酒，問道：「師父以為？」

卓文君望著酒杯，緩緩說道：「天下兵器，數之不盡。即便同一種兵器，在不同工匠手中鑄來，也是不同風貌。單憑幾道外傷，豈能斷定是哪家哪派的兵器所傷？」

「師父所言甚是。」莊森點頭，又問：「那胸口那一掌呢？」

「天下武功，數之不盡。」卓文君道。「況且那一掌如何，也是你四師伯片面之詞。隨隨便便幾句話，就把一個掌印算在拜月教冷月功頭上，未免太兒戲了點。」

「師父的意思是……」莊森謹慎問道。「四師伯故意引導咱們疑心拜月教？」

「師父，」莊森嘆道。「咱們這樣疑神疑鬼，豈不是凡事都要親力親為？玄日宗內總有值得信任之人吧？」

卓文君半晌不語，片刻後道：「此事不可妄下斷言。」

「說得好。」卓文君道。「咱們當務之急就是要弄清楚能信任誰。」

莊森道：「我想言楓可以信任。」

卓文君揚起眉毛，不置可否。

「師父？」

卓文君搖頭言道：「你找機會混入青囊齋，看看六師伯的傷勢究竟如何。」

「是，師父。」莊森道。「師父對於那門陰寒掌法，可有見解？」

卓文君凝望著自己的手掌，緩緩說道：「本門有套失傳兩代的玄陰掌，據說是由玄陽掌演化而來……」

莊森心下一驚。聽師父此言，竟似疑心到本門師長頭上。他問：「師父，此掌既然已經失傳，還提它做什麼？」

「爲師擅長師門劍法，於掌法一道向來不精。我的玄陽掌自然出類拔萃，不過跟你大師伯相比還是差了一截。」卓文君喝了口酒，繼續說道：「玄陰掌乃是本門開山祖師玄日老祖成名武學。據說祖師爺四十歲前左手玄陰，右手玄陽，單靠陰陽雙掌打遍天下無敵手。創建玄日宗後，他老人家有鑑於玄陰掌過於陰損，中掌者即便痊癒，也會寒毒纏身，三年內體弱多病，不能人道，於是捨棄玄陰掌不用，亦不傳授徒弟。」

莊森問：「既然開山祖師沒有傳授，又怎麼會才失傳兩代？」

卓文君一飮而盡，放下酒杯，說道：「因爲玄陰掌與玄陽掌系出同源，相輔相成。本派歷代出了不少天賦異秉的掌法高手，每隔數代，總會有人自玄陽掌中領悟出玄陰掌。不過這些高人都跟玄日老祖一樣，不曾將玄陰掌傳授後人，是以玄陰掌始終算是玄日宗失傳的武功之一。」

莊森神色疑惑，問道：「師父，小時候你跟我提過一門晨星劍法，似乎也與玄陰掌一樣，在祖師爺手中失傳，又讓後世高人領悟而出？」

卓文君點頭。「玄日老祖出身魏晉，其時名士主張避世，崇尚清談，老祖沾染當時飮酒派的風氣，不顧禮教，恣意癲狂，早年的武功流於狠辣，行事亦正亦邪。楊堅建隋之後，老祖有感天下一統，武林人士亦當結束亂局，於是捨棄早年狠辣武功，憑藉高深的正道修爲開宗立派。眞說起來，本門這些失傳武功並非失傳，而是當初老祖根本不曾傳授本門弟子。其後老祖鑽研玄門正功，修為越發精湛，儘管捨棄年少時大半武學，依然成就卓然，奠定下玄日宗數百年的基業。」

莊森悠然神往，歎道：「祖師爺眞乃神人也。」

卓文君緩緩搖頭，沉吟道：「當今本門一代弟子中，大師兄劍掌雙修，二師兄則以掌法見長。單以資質論，兩人都有可能悟出玄陰掌。當然咱們不可胡亂推測，況且他們二位也沒理由加害六師兄。至少據我所知沒有理由。為師的只是想說，天下武功，數之不盡，咱們不可單憑片面之詞，就把罪過推到拜月教頭上。」

「弟子知道。」

卓文君望向酒杯。莊森拿起酒壺倒酒。卓文君搖頭道：「不了。晚上接風宴，尚有一番忙碌。師父回房打坐，這裡你收拾收拾。」

「是，師父。」

第六章　夜宴

當晚玄日宗於正日廳開席，二代弟子與有職司的三代弟子齊聚一堂，其餘閒雜弟子則在正日廳外的武場與宴。趙言嵐於席間宣布卓文君暫代掌門一事，跟著一一叫來弟子，介紹各人職司，向代掌門報告現況。如此邊吃邊談，熱熱鬧鬧忙到戌末亥初，這才終於介紹完畢。

卓文君吩咐吃飽的弟子自行離席，自己則與主桌眾人繼續吃喝。待得廳上弟子走得差不多了，他讓莊森跟趙言嵐換個位子，坐到自己旁邊相談。

「嵐兒，傍晚時分有弟子送來今日的陳情書。我稍微看了看。」卓文君道。「淮南道武漢門門主逝世，二弟子江虎來信述說其師兄方大龍的不是，希望玄日宗擁立他繼任掌門。這件事情，你怎麼看？」

趙言嵐道：「啓稟師叔，方大龍的武功、人品都在江虎之上，但他近年跟宣武節度使走得很近，引起同門師弟不滿。江虎的父親死在宣武軍手下，對朱全忠恨之入骨。五年前他曾稟明師父，率領幾名師弟投入河東節度使麾下，協助李克用擊退宣武軍。武漢門門主若由江虎出任，對玄日宗而言有利無害。」

卓文君點點頭。「所以本宗的立場是擁戴李克用？」

趙言嵐忙道：「稟師叔，本宗忠於唐室，沒有立場。」

「是了。」卓文君揚眉又問：「咱們現在已經管起各派門戶之事了嗎？」

趙言嵐沒想到他有此一問，停頓片刻，答道：「本門僅僅提供意見，不會強加干預。」

卓文君微微一笑：「有玄日宗支持之人，爭奪掌門大位總是方便。」

「師叔……」

卓文君揚起一手，說道：「你回覆他們，就說無論武漢門門主是誰，玄日宗都絕對支持。本派不會干涉各派派內之事，如此方能保持武林盟主超然地位，避免妨礙咱們排除各派糾紛。」

趙言嵐欲言又止，一時沒有答應。

「怎麼？」卓文君問：「咱們常常干涉各派內務，參與廢立掌門？」

崔望雪接過話頭，說道：「文君，近年來朱全忠勢力龐大，不停收買武林中人。咱們也不得不防著點。」

卓文君眼望師姊，緩緩點頭，轉回去向趙言嵐道：「此事我再想想，明日跟你說。」他喝一口酒，繼續問道：「河南道黃沙派掌門盛南天來信，說起汴州土匪猖獗，黃沙派配合朝廷出兵勦匪，卻因匪徒武功高強，又佔地利，屢戰無功，希望咱們派人支援。」他皺眉看著趙言嵐。「信上說他已三度請援，始終未獲下文。這是怎麼回事？」

趙言嵐道：「此事說來為難。那汴州土匪的首領乃本門舊識，師叔從前也曾會過，便是天河幫幫主上官元浤。這幫土匪原由天河幫眾組成，其後殺官造反，勢力越來越大，眼下已經有五千之眾。他們本是武林同道，上官元浤江湖名聲響亮，與我爹私交甚篤。黃沙派數度請援，我爹心下為難，原打算親自前往汴州處理此事。適逢李克用來訪，商議大事，便將天河幫的事情給擱下了。此事我爹難為，侄兒也不好作主，還請師叔拿個主意。」

卓文君問：「天河幫幫產甚豐，良田無數，本是河南道數一數二的大幫會。怎麼會淪為土匪，殺官造反？」

趙言嵐答：「天河幫的良田都讓朝廷給強行徵收了。上官元迹數度陳情戶部，都遭戶部尚書飭回。最後戶部尚書不堪其擾，乾脆下令扣拿上官元迹。上官元迹一怒之下，動手殺了戶部尚書，逃回天河幫後落草為寇，據地為王。這是名符其實的官逼民反。」

「原來如此。」卓文君沉吟片刻，問道：「二代弟子中，有誰能言善道？」

趙言嵐答道：「二代弟子中口才最好的乃是三師叔的大弟子安永康。安師弟深得三師叔眞傳，不但能言善道，尚善察言觀色，評量時勢。本門對外交涉談判，除了三師叔外，就是安師弟了。」

「好，讓他上汴州走一遭，看看能否勸得上官幫主散了幫眾，遠走他鄉。如果他執意不肯，就讓永康把他捉來總壇，由我發落。切記不可把他交給官府或是黃沙派。黃沙派與天河幫爭奪地盤數十年，上官幫主要是落在盛南天手上，下場必定十分淒涼。」

「就怕安師弟不是上官元迹的對手。」

「讓他挑兩名二代弟子同去。」

「是。」

「話說，」卓文君道。「三師兄回來了沒有？」

趙言嵐道：「三師叔尚未回歸總壇。」

「他此行吐蕃，保護言楓，照理說應當跟我們同日抵達成都。」他轉向崔望雪。「師姊，三師兄此行還有其他事情要辦嗎？」

「他沒提。」崔望雪搖頭。「言楓跟著你，自然不需要他繼續保護。三師兄或許在路上遇上什麼閒事，路見不平，拔刀相助，是以回來遲了。」

「或許。」卓文君伸手入懷，掏出一封蓋有官璽的公文。「大理寺少卿宋百通一個月內投書求見八次。爲何咱們始終拒而不見？」

趙言嵐面有難色，望向崔望雪。卓文君伸手在他眼前揮動，說道：「別看你娘，我在問你。」

「是，師叔。」趙言嵐咳嗽一聲。「近年時局不定，戰禍連年，不少江湖上的朋友都迫於無奈，幹起……打家……那什麼……劫富濟貧的勾當。由於江湖人物涉案日眾，大理寺往往查到犯案之人，卻難以逮捕歸案。打從五年之前，大理寺就經常派人來求助本門，要咱們協助緝拿……所謂武林敗類。三年前，朝廷發不出俸祿，大理寺大幅縮編，他們就更常上門求助，什麼疑難雜事通通跑來，好像他們自己都不會辦案了般。平日咱們人手充足，也還罷了；如今玄武大會將至，咱們騰不出人手，是以不加理會。」

卓文君冷冷看他，說道：「信上署名是大理寺少卿，不是尋常司直，咱們豈能如此怠慢？再說『冷眼判官』宋百通在江湖上也是響噹噹的人物，你將他拒於門外，豈不影響本門聲譽？」

「師叔教訓得是。」

卓文君瞧他那樣兒，似是有事瞞著自己。他暗嘆一聲，心想十年不見，連從前敬重自己的侄兒，如今也對他有所隱瞞。他收起心中無力，問道：「那宋百通下榻何處？」

趙言嵐道：「長安客棧。」

「明日我親自去見他。」

崔望雪道：「文君，他小小大理寺少卿，犯得著讓武林盟主親自造訪嗎？派人捎個信，教他前來總壇便是。」

「不妨。我明日要去拜會太平眞人和妙法禪師，回程順道去長安客棧走走。」

「你身爲代掌門，武林盟主的身分可得顧慮……」

崔望雪正勸著，廳外傳來騷動。一名弟子急奔而入，報道：「啓稟少門……啓稟七師叔祖，西城門傳來警訊。」

趙言嵐及莊森同時起身，奔向廳外。兩人往西一看，只見夜空中遠遠一點紅光墜落，跟著又竄起幾團飛火，依高度方位傳達警訊。趙言嵐轉向隨後而來的卓文君等人說道：「三師叔遇襲，西城門外五里處。邱師弟已經帶領守城衛士出城接應。」

卓文君遙望夜空，說道：「嵐兒，森兒，去看看。」

兩人領命而去。

「師姊，玄天劍還是收在鎮天塔裡？」

崔望雪答是。

「請師姊速去青囊齋守護六師兄。我到鎮天塔看看。」

崔望雪問：「你怕有人聲東擊西？」

卓文君點頭：「不可不防。楓兒坐鎮正日廳，有事情立刻派人來報。」說完轉向內庭，直奔位於玄日宗總壇中央的鎮天塔。

□

鎮天塔乃是玄日宗藏寶庫。塔分七層，其中一到五層收藏了歷代高人行走江湖所取得的各式奇珍異寶。從文人墨寶、珠寶首飾、寶刀寶劍、武功圖譜、陳年老酒等一應俱全。第六層中便只藏了象徵武林盟主地位的玄天劍，由三班守衛嚴密把守。第七層空置，留待日後補齊。卓文君來到塔前，本待跟守門弟子知會一聲便即入塔，卻見負責守塔的二代弟子齊天龍迎了上來。

「七師叔。」齊天龍體格精壯，雙目炯炯，太陽穴高高鼓起，一望而知是內家高手。趙言嵐適才介紹，說他是二代弟子中的一流好手，把守鎮天塔至今三年，不曾遺失過任何寶物。

「這麼晚了，還在輪班？」卓文君問。

齊天龍恭敬道：「弟子聽說城門警訊，深怕宵小趁亂行事，是以趕來加強戒備。七師叔是來巡塔？」

卓文君點頭。「嗯。」

「有師叔在，那便不怕宵小猖獗。讓弟子陪伴師叔巡塔。」

「好。」

卓文君跟隨齊天龍入塔。十年之前，鎮天塔莊嚴肅穆，樸實無華。如今的鎮天塔雕梁畫棟，金碧輝煌。齊天龍一面巡塔，一面向卓文君介紹塔內新進珍藏。這邊是三師叔在關外打來的白老虎皮；那邊是二師叔自嶺南扛來的千年石碑。第四層裡多了一批先秦文物，那是五師叔祖前兩年迷上盜墓挖出來的。卓文君多看了幾眼，只見都是一些青銅器皿，顯然值錢的寶貝都讓梁棧生先行變賣了。若不是要跟總壇報帳，只怕這些青銅器皿也不會搬回來放。

第五層裡多了一塊頭蓋骨，相傳是從天寶逆賊安祿山頭上砍下來的。李命吩咐好好看守，日後用來占卜，可知天命。

來到第六層，齊天龍與守門弟子分別取出鑰匙，解開巨鎖，運起師門內功中的轉勁訣推開石門，與卓文君一同進入寶庫。這道石門重達千斤，乃是前代高人設計打造，得要懂得玄日宗轉勁訣，並且內功達到一定火候方能推動。派外人士想推自然也成，不過必須齊聚三、五名絕頂高手才能成事。卓文君隨手帶上石門，來到石室中央的一座石台，側頭瞧著插在台上的玄天劍。

「師叔，」齊天龍語氣敬畏，問道：「你可拔過玄天劍？」

卓文君輕笑：「我又不是武林盟主，拔它做什麼？」

「寒光吞吐，靈氣逼人……」齊天龍望著玄天劍道。「弟子恐怕這輩子都不敢拔它。」

「不過是把寶劍，別把它想得太神。」

齊天龍搖頭。「相傳玄天劍挾日月精華，負天下運數，上斬昏君，下斬亂臣，誰能執掌此劍，便能一劍定天下。」

卓文君側眼瞧他，說道：「你師父執掌此劍二十年，他可定了天下沒有？」

齊天龍一愣。「師叔？」

卓文君道：「天下掌握在人的手上，不是掌握在劍的手上。你師父文武兼修，智勇雙全，乃是當今世上第一流的人物。他定不了天下，你認為這把劍握在你的手裡，能夠做些什麼？」

「弟子……」

卓文君本以為這話能讓齊天龍語塞，想不到他卻欲言又止。卓文君鼓勵道：「你想做什麼？但說無妨。」

「玄天劍若是握在弟子手上，我當執劍殺了朱全忠。」

卓文君微微一笑，神色嘉許。「好，有志氣，有作為。不知道朱全忠怎麼得罪你了？」

「朱全忠大逆不道，意欲篡唐，人人得而誅之。」齊天龍忿忿說道。「天下這麼亂，百姓日子這麼苦，都是因為朱全忠，要是把他殺了……」

卓文君搖頭道：「各方節度使，個個都想篡唐，差別在於有無實力罷了。要把天下形勢怪到一個人頭上很是容易，但不切實際。你殺了朱全忠，難道李克用就不會篡唐嗎？再殺李克用，還有李茂貞。把他們殺光，誰去應付吐蕃、南詔、契丹等外族？天下大事不是那麼簡單的。」

「師叔，」齊天龍道。「凡事想得那麼複雜，那就什麼事都不用做了。」

卓文君冷眼望他，問道：「你就是這樣看你師父的？」

齊天龍低頭。「弟子不敢。」

卓文君望他片刻，伸手拍他肩膀，點頭道：「年輕人有自己的想法，很好。」他轉過身去。「咱們到外面瞧瞧。」

兩人離開石室，鎖好石門，沿石室外緣繞行鎮天塔，打開各方窗戶，檢視塔外景象。由於城門警訊之故，儘管夜深，玄日宗總壇依然燈火通明。卓文君從前喜歡自鎮天塔上俯瞰成都，遠瞭四方，可惜今晚星月無光，稍微遠一點的地方便瞧不見了。他自每扇窗口探頭出去，打量高塔外牆，尋找有人盜寶的蛛絲馬跡。片刻過後，他與齊天龍繞完一圈，回到樓梯口。

「師叔，要上第七層瞧瞧嗎？」

卓文君看著向上的樓梯，緩緩搖頭。「下次再說。」他吩咐齊天龍加強戒備，隨即離開鎮天塔。

□

莊森與趙言嵐策馬奔出總壇，疾往西城門而去。一路上勁風撲面，兩人沒有交談，只是有意無意地催趕座騎，馬上較勁。趙言嵐騎的是從小養大的北地寶馬，人騎之間默契十足。莊森騎的也是好馬，不過不熟悉馬性，趕到西城門時已經落後數個馬身。

城門弟子來報：「啓稟少門主。三師伯求援，邱師兄已經帶領二十名好手前去支援。」

只見天上一亮，城外又來飛火，卻是邱長生請援。趙言嵐道：「挑齊一百衛士，隨後趕去救援。」說完翻身下馬，向莊森說道：「莊師兄，山道馬行不便，咱們跑上一程。」不等莊森答話，當即展開輕功，衝出城門。

莊森一聲清嘯，自馬鞍上飛身而起，穩穩落在趙言嵐身後，隨即拔足狂奔。趙言嵐奔出片刻，刻意放慢腳步，待莊森與其並肩而行後，這才轉頭笑道：「莊師兄，多年不見，不知道功夫進展如何？咱們哥兒倆來比比腳力。」

莊森本想說：「師弟深得大師伯眞傳，做師兄的比不上你。」轉念想起趙言楓之前所言，又覺得不該與他這般客氣。他說：「好，趙師弟，咱們看看這十年大家有何長進。」

兩人同時提氣，腳下輕盈，直如足不點地般在道上奔行。趙言嵐熟悉附近地勢，觀察飛火方位，沿途指路。他有時說聲：「抄個捷徑。」登時飛身上樹，於樹梢上急速縱躍，莊森也始終緊跟在旁。這場比試可謂不分軒輊。莊森未盡全力，趙言嵐多半也有所保留。此次相聚，情況未明，雙方都不打算這麼快就洩底。

五里路程，轉眼即至。兩人縱身下樹，落在林間一片空地上，只見場上打得正熱鬧著。玄天龍郭在天手持單刀，獨鬥三名黑衣人。就看他刀光霍霍，虎虎生風，雖不至游刃有餘，一時間倒也沒有敗相。邱長生率領五名玄日宗弟子對抗另外兩名黑衣人，打得是左右支絀，險象環生。餘下的玄日宗弟子個個身上負傷，躺在地上，也不知道是死是活。

對方黑袍黑巾，胸口繡有血月，瞧模樣是拜月教的人。莊森與趙言嵐互使眼色，兵分兩路，各自躍開。莊森攻向攻打邱長生等弟子的敵手，趙言嵐則趕去幫助郭在天。

敵人之中有人叫道：「玄日宗好大名頭，不過就是仗著人多！這會兒又來了幫手啦！」另外一人笑道：「咱們五人對上玄日宗二十來人，那也算不了什麼。大哥早就說過，玄日宗只能在中原武林逞逞威風，遇上咱們拜月教，還不是得向明月尊低頭。」

趙言嵐怒斥：「番邦賊子，今日讓你們領教玄日宗絕學！」說完搶到適才說話之人身旁，一上去便下重手。對方倒也了得，一看趙言嵐掌勢沉重，心下犯了狠勁，當即大喝一聲，運勁於臂，出掌硬拚。兩人雙掌相交，爆出一聲巨響，跟著同時向後躍開。趙言嵐空中迴旋，翩然落地，神態自若，姿勢瀟灑。對方面紅耳赤，氣息窒礙，落地後連退三步方才站定。

另外兩名合攻郭在天之人連忙問道：「怎麼樣？」

之前那人深吸一口，順暢氣息，說道：「有兩下子。小心在意。」

三人齊聲大喝，攻勢變化，兩人攻，一人守，彼此間相互支援，組成一個小陣法。趙言嵐本道對方功力稍遜於己，他與郭在天聯手定然拾奪得下。想不到陣法一經催動，竟將他叔侄二人攻得手忙腳亂。他收拾心神，運起自小習練的朝陽神掌穩紮穩打，逐一化解對方凌厲攻勢。

郭在天一邊揮刀一邊苦笑：「嵐兒，要是這麼好打發，我豈會飛火求援？他們這門陣法古怪得緊，似乎人越多越厲害。」

趙言嵐道：「三個人還不算多，今日讓咱們玄日宗兩大高手聯手教訓這些旁門左道。」

另一邊對付玄日宗眾弟子的兩名拜月教徒一使明月劍，一使弦月刀，招式狠辣霸道，比之在臨淵客棧會過的月虧眞人似乎不遑多讓。玄日宗弟子中僅邱長生一名好手，其餘弟子功夫都不到家，而邱長生的武功亦及不上對方任何一人。若非對手刻意玩弄，早已將他們通通砍倒。莊森眼看地上躺著十餘名弟子，深怕自己出手慢了，又有弟子遭遇毒手，當即長嘯一聲，拔出腰間長劍，朝向手持弦月刀的對手攻去。

他在臨淵客棧破過月虧眞人的蝕月刀法，對於這套虛實不定的刀法了然於胸。這一劍刺去，正是對方虛招將盡，實招未出的破綻所在，嚇得對方膽顫心驚，不架而走。他見對方退走，也不乘勝追擊，順勢側過劍鋒，朝向使劍的拜月教徒砍去。對手見他一招逼退自己夥伴，詫異之下不敢怠慢，長劍化作點點劍花，同時攻向莊森上半身七大穴道。莊森抖手變招，長劍輕挑，劍尖指向對方咽喉。這一劍後發先至，內力雄渾，逼得對方迴劍自保。雙方長劍交擊，拜月教徒向後盪開，落在使刀教徒身旁。莊森踏前一步，站在他們與玄日宗弟子之間。

他眼望對手，側頭問道：「邱師弟，可有受傷？」

邱長生趁隙調息，說道：「多謝師兄。我挺得住。」

莊森點頭：「你我並肩迎敵，讓其餘弟子下去照顧傷患。」

邱長生一看弟子沒有動靜，斥道：「愣著做啥？照莊師兄的話去做。」

眾弟子下去救人。

使劍的拜月教徒喝道：「好個目中無人的小子。今日讓你知道拜月教的厲害。」

使刀的教徒心有餘悸，拉拉教友的衣袖道：「六哥，這人劍法厲害，一上來就看出我刀中破綻。咱們還是別挑釁他。」

使劍的教徒大怒，罵道：「沒出息！給我打！」

兩人刀劍齊發，說上就上。莊森一挺長劍，使出旭日劍法攻向使刀教徒。當日與月虧眞人交手過後，莊森曾細細思量對方武功，遇有不明白的地方便向師父討教。卓文君除指點他蝕月刀法的破法之外，對於拜月教掌法、劍法、爪法等功夫都略有提及。卓文君早年曾與拜月教高手交手數次，對於他們的武功有所心得。

拜月教武學甚雜，搭配弦月刀、明月劍、血月槍、冷月爪等武器各有一套高明武功。據卓文君所說，拜月教最高深的武學乃是一路以冷月功爲基礎的凝月掌，便是假想中能將孫可翰打殘的功夫。拜月教歷代教主盡皆擅使凝月掌，不過此掌並非只傳教主。凡教中武功高強之人皆可獲傳，然則眞正敢學之人不多，能夠學會的更少。相傳此掌極爲難練，運功時稍有不愼便會走火入魔，全身僵硬，血液凝結，死狀便與身中此掌而亡之人無異。適才趙言嵐出掌攻人，拜月教徒挺掌硬拚，莊森本想出言示警。不過兩人出手太快，他嘴才剛張，這掌已然比完。待見趙言嵐安然無恙，莊森這才鬆了口氣。眼前五名拜月教徒，分使劍、刀、槍、爪、掌，既然使掌之人不會凝月掌，莊森也不去懼他。

兩名拜月教徒刀劍齊施，步法精妙，一個在前迎敵，另一個從旁偷襲。莊森本想盡速刺倒弦月刀，再來專心對付明月劍。可惜每當他將要刺中對方之際，旁邊總有一把長劍騷擾，逼得他不得不迴劍過招。使劍教徒的武功明顯高出使刀教徒不少，莊森連接數劍，已然緩不出手來對付弦月刀。

邱長生的武功內力略遜一籌，此刻對手全力施爲，一時間竟然近不了身。他本是玄日宗二代弟子中出類拔萃的人物，否則也不能擔任守城都尉。這時眼看技不如人，他並不氣餒，當下放慢劍招，潛心觀戰，一見有機可乘，立刻出手襲擊。如此打法與拜月教徒的陣法倒有異曲同工之妙。兩名拜月教徒擅長這麼打，可不擅長被這麼打。邱長生三度出手，兩人便已手忙腳亂。莊森趁對方分神之際，長劍快如疾風，勢若雷電，穿透刀招間隙，直指使刀教徒眉心。使刀教徒大驚失色，百忙之中倒縱而出。莊森本該乘勝追擊，將其斃於劍下。然而一來他與對方無怨無仇，無心下此重手，二來也擔心自己追得遠了，卻讓邱長生傷在使劍教徒手下，是以捨棄追敵，長劍指地，蓄勢待發。

使刀教徒落地之後，伸手一摸，只見眉心多了一道血痕。他回想適才景象，兀自心驚肉跳，竟給嚇到腿軟，顫聲說道：「六……六哥……我動不了。快來救我哇！」

這時使劍教徒再也不敢托大，劍尖指向莊森，緩步退向同伴。他斜眼瞄向同伴，檢視傷勢，說道：「皮肉傷，不礙事。」

使刀教徒心有餘悸，抖道：「六哥，咱們……咱們……」

使劍教徒望向另外一邊，只見郭在天等五人正打得熱鬧，一時間也看不出哪一方佔了上風。他說：「各自為陣，討不到好處。咱們結七星陣。」最後這句結七星陣說得異常響亮，顯是講給其他三人聽的。此言一出，另外三名教徒同聲吆喝，飛身而起，落在頭兩名教徒身前。五人神色凝重，站好位置，拉開陣勢，殺氣騰騰。

郭在天與趙言嵐走去站在莊森與邱長生身旁，四人一字排開，威風凜凜，正氣浩然。

莊森側頭招呼：「三師伯。」

郭在天微微一笑：「森兒。」

趙言嵐低聲問道：「師叔，這些人什麼來頭？」

郭在天道：「拜月教七星尊者。」他一一指出對手。「使掌的是祿存尊者，使爪的是文曲尊者，使槍的叫廉貞尊者，使劍的叫武曲尊者，使刀的是破軍尊者。」

趙言嵐道：「原來這七星尊者以北斗七星為名，那還少了貪狼和巨門。」

莊森朗聲道：「少了貪狼和巨門，那就沒什麼好怕了。七星陣缺了兩星，那不是丟人現眼嗎？各位尊者，我勸你們還是趁早離去吧。」

破軍尊者忙道：「閣下說得是……」

「閉嘴！」武曲尊者怒斥，破軍當即閉嘴。武曲轉向玄日宗眾人道：「玄日宗好大名頭，果然有點門道。然則遇上咱們七星陣，照樣讓你們吃不完兜著走。七星尊者手下不殺無名之輩，三個玄日宗的小子，速速報上名來。」五星尊者個個五、六十歲年紀，玄日宗眾人裡除了郭在天外，其餘人在他們眼中都是「小子」。

莊森與趙言嵐聽他說得無禮，不願報出名號。郭在天哈哈一笑，說道：「各位口氣好大，可惜毫無自知之明，不知天高地厚，直如井底之蛙。」武曲尊者怒叱一聲，郭在天也不理會，繼續說道：「祿存、文曲、廉貞三位尊者，你們追了我三天三夜，途中七度交鋒，三場大打，要不是靠著車輪戰，哪容你們活到現在？郭某本不將你們放在眼裡，就當是旅途寂寞，調劑身心。豈料今晚武曲、破軍兩位趕到，各位竟然膽大包天，追我追到成都城外。此地是玄日宗的地盤，豈容各位如此放肆？」

武曲尊者道：「玄日宗又怎麼樣？姓郭的，你在玄日宗排行第三，連咱們拜月教三名尊者都拾奪不下，我看你們玄日宗根本不怎麼樣。」

郭在天嘿嘿笑道：「拜月教三大尊者連我郭某人都拾奪不下，我看你們家的武功也是稀鬆平常。所謂拳怕少壯，棍怕老狼。莫說我郭某人你們不是對手，我身旁這三位師侄年紀輕輕，功夫卻也不會弱於各位了。難道你們當眞以爲結個掐頭去尾的七星陣就討得到好去？」

破軍尊者拉拉武曲，低聲道：「六哥，他說的不無道理。少了大哥、二哥，咱們沒有必勝的把握。」

武曲哼了一聲，自懷中取出火摺，點燃一根信號飛火，就聽咻的一聲，紅光沖天，照得四周樹木一片血紅。他道：「我們大哥、二哥轉眼即至，到時候七星陣起，除掉你們直如探囊取物。」

郭在天哈哈大笑，指示邱長生也放飛火。「各位愛開玩笑，在成都城外等待援手？就你們能叫人，我們不會叫人嗎？我剛剛隨便一叫就來了二十來個人。且看是貪狼、巨門腳程快，還是成都守軍住得近。」他轉頭問道：「嵐兒，你們出城之時，有叫人吧？」

趙言嵐說：「稟師叔，叫了一百衛士，隨後趕到。」

郭在天點頭：「一百衛士？夠了，夠了。」說完笑盈盈地望著五星尊者。

祿存、文曲、廉貞、破軍尊者一起看向武曲。若依星辰排行，眼前五星尊者當以祿存為尊，然則他們顯是指望著武曲尊者拿主意，看來此人若非地位特殊，便是武功高強。祿存尊者輕聲道：「六弟，咱們三人結陣對付這姓郭的，也不過打個平手。他身旁那兩個小子武功似乎也只比他略遜一籌。咱們五星結陣，未必能夠取勝。」

武曲尊者長劍顫抖，躍躍欲試。他武功高過其餘四尊，原道祿存等人拾奪不下郭在天，自己出馬定是手到擒來。豈料今晚竟連個玄日宗二代弟子都難以擊退。他衡量形勢，心知即便能靠陣法取勝，也得鬥上百餘招方分勝負。百餘招後，對方援軍早就殺到，己方的援軍可還不知道在哪裡逍遙快活……

郭在天喝道：「要打便打，要走便走，如此優柔寡斷，算是什麼？」

武曲尊者當機立斷：「走。」五人隨即飛身上樹，縱躍離開。

趙言嵐愣了一愣，望向郭在天，見他沒有要追之意，轉頭大喝：「往哪裡走？」正要提氣追趕，又讓郭在天給拉了回來。

「嵐兒，別追了。」

趙言嵐不解：「師叔，縱虎歸山……」

郭在天嘴角滲血，說道：「今晚師叔是幫不了你了。你有把握一個打五個，但追無妨。」

莊森和趙言嵐連忙搶上，一左一右攙起郭在天。莊森把脈探息，說道：「師伯脈象紊亂，氣息窒礙……」說著指尖一寒，神色一凜，續道：「似乎是給一股陰寒掌勁所傷。傷勢不重，不過連日奔波，難以調息，掌勁散入經脈，倒也麻煩。」

郭在天側頭看他，神色微顯訝異，說道：「不礙事，休息一天就沒事了。」

莊森向趙言嵐道：「師弟，師伯需要休息，咱們還是先回總壇，再做打算。」

郭在天道：「是呀，先回去吧。我查到一件急事，要盡快告知七師弟。」

趙言嵐問：「什麼急事？」

「拜月教僱請高人盜取玄天劍。」郭在天道。「這兩天就要動手了。」

第七章　訪友

次日清晨，卓文君起床練完晨功，用畢弟子送來的早飯，隨即前往青囊齋探望郭在天。經過一夜調養，郭在天氣力已然恢復大半，正坐在青囊齋後堂讓崔望雪把脈。卓文君進入後堂，也不打擾他們，逕自去茶几倒茶等候。

據郭在天所言，與卓文君作別後，他又在臨淵客棧待了數日，靜待拜月教追兵。三日後正午，貪狼、巨門兩尊者趕到。郭在天暗中偷聽，得知拜月教買通中原高手盜取玄天劍一事。之後行跡敗露，於臨淵客棧展開一場惡鬥，他與貪狼尊者對了一掌，雙雙身受內傷。郭在天輕身功夫天下無雙，儘管身上負傷，依然撇開追兵，逃出重圍。一路無話，直到三天前又在道上遇上祿存三尊，雙方且戰且走，終於打回成都。

崔望雪提筆書寫藥方，讓女徒弟下去煎藥，說道：「師兄，這帖藥喝下去，寒毒便清得差不多了。請你待在青囊齋靜養，不要運功調息，三天之後，內傷自可痊癒。」

卓文君放下茶杯，走到桌前，招呼道：「師兄，師姊。」

郭在天問道：「文君，鎮天塔可有加派防守？」

卓文君道：「昨晚嵐兒親自鎮守第六層。今早我已讓森兒前去換班。」

郭在天點頭：「兩個孩兒都是人才，有他們負責守塔，錯不了。」

「師兄靜養便是，這些瑣事不煩操心。」

崔望雪輕聲嘆息，說道：「咱們加倍提防，對頭再難得手。文君，抓到盜劍之人，你打算如何處置？」

卓文君望望師兄，瞧瞧師姊，說道：「先關起來，等大師兄回來發落。」

崔郭二人對看一眼，神色遲疑。

卓文君問道：「師兄、師姊已然料到盜劍者何人？」

崔望雪道：「若是尋常盜賊，再多咱們也不放在心上。怕只怕眞正有能得手之人。」

郭在天接著道：「日防夜防，家賊難防。當今世上，熟悉本宗人員部署與鎭天塔守衛機關，又擅長竊取寶物及藏匿行蹤的，想來想去也只有一人。」

「你們是說五師兄？」卓文君問。「這話可是聽拜月教徒說的？」

郭在天搖頭。「就算當眞聽到，我也會懷疑是離間之計。只不過……普天之下，除了『蜀盜』梁棧生外，再無他人可盜玄天劍。」

卓文君皺眉沉思。

崔望雪問：「文君，若是棧生來盜，你要如何處置？」

卓文君揚眉說道：「師姊以爲交予大師兄發落不妥？」

崔望雪道：「大師兄待人寬厚，不會從重責罰。棧生打從出道以來，一直在給玄日宗添麻煩。今天得罪這個，明天又出賣那個，爲了錢財，他什麼事都做得出來……」

卓文君插嘴：「師姊言重了。五師兄縱然行止不端，亦稱不上十惡不赦。」

「但他畢竟是在敗壞本宗名譽。」崔望雪道。「大師兄貴爲武林盟主，連個不肖師弟都無法管束，這些年江湖上不知道有多少人拿此事來大作文章，暗地笑話咱們。」

卓文君知她所言不虛。梁棧生名聲不佳，多年以來確實拖累玄日宗聲望。每年總壇總會接到幾封投訴蜀盜作案，不顧武林同道義氣的信函。爲了幫他收拾殘局，玄日宗自趙遠志以下，一代弟子個個都曾前赴武林各派道歉賠禮。江湖中人看在武林盟主的面子上，吃了虧也不好當眞與他爲難。總算梁棧生天性不壞，闖出禍事頂多躲起來避風頭，不至恃強凌弱，殘殺無辜。否則他要當眞作起惡來，武林中治得了他的人可眞不多。「蜀盜」這個綽號本已不太好聽，江湖人士背地裡還會腹誹，叫他「鼠盜」。蜀鼠同音，即便當面這麼叫，他也不能多說什麼。有時吃虧的人氣不過，便跑到他面前多叫幾聲，聊以自慰。

卓文君問：「照師姊的意思，要如何處置五師兄？」

崔望雪與郭在天對看一眼，一時並不答腔。

卓文君心下一寒，緩緩說道：「師兄、師姊有何想法，但說無妨。」

郭在天道：「這回盜劍之人若非棧生，自然最好。但若眞是棧生……盜玄天劍可是背叛本門之舉，更遑論他還是受番邦邪教所託前來盜劍。此舉不但背叛師門，更是背叛大唐……如此罪名加諸其身，咱們自當……清理門戶。」

卓文君冷冷看他，一言不發。片刻過後，他伸起小指，掏掏耳朵，側過頭去，說道：「請師兄再說一遍。」

郭在天深吸口氣，說道：「我說清理門戶。」

「是，我當是聽錯了，原來師兄眞這麼說。」卓文君轉向崔望雪。「師姊也是這個意思？」

崔望雪輕輕點頭，沒有說話。

卓文君端起茶杯，喝一口茶，緩緩放下，說道：「小弟只是暫時代掌門戶，怎麼好不稟明大師兄就幹清理門戶這等大事？」

郭在天道：「稟明大師兄就不用清了。」

卓文君點頭：「原來師兄是要我擔責任。」

「文君，」崔望雪勸道：「棧生也不是沒有對不起你過。當年之事，難道你當真沒有放在心上？」

卓文君側頭望她，說道：「我遠走他鄉，退隱山林，便是要將當年的一切通通拋下。」

郭在天道：「如今你回來了，當年的一切自然又找上門來。」

卓文君望著茶杯，沉吟片刻，說道：「此事我會考慮。若是五師兄盜劍，咱們暫且活捉，日後從長計議。總之，我會在大師兄回來之前給你們一個交代。」

郭在天還要再勸：「師弟……」

卓文君起身離座。「我今日要上洞天觀找太平真人與妙法禪師敘舊，有什麼事等我回來再說。」說完刻意不理會兩人，大步離開青囊齋。

□

玄日宗掌門人出門，自有一番排場。總壇中掌管司儀的弟子一見卓文君往外走，立刻迎上前來，請掌門人稍待片刻，他去叫二十名輪班弟子敲鑼打鼓，列隊開道。卓文君推說私人訪友，不需隨從。司儀弟子脾氣極拗，說什麼也不肯聽。卓文君點了他穴道，讓他坐在門口，逕自步出總壇，朝向城東而去。

他刻意路過鬧市，只見人聲鼎沸，熱鬧喧囂，店家多，生意好，比他印象中更加繁榮。不一會兒工夫轉了個彎，來到一條鬧中取靜的小巷中，一看地上坐了六、七名乞丐，個個蓬頭垢面，衣衫破爛，偶爾開口乞討，卻是中氣不足，虛脫無力。卓文君取出幾錠碎銀，於每人的破碗裡丟上一錠，最後扶起一名老丐，問道：「這位老丈，乞討該到街上去討。窩在這兒，人跡罕至，是能討到幾個子兒？」

老丐嘆道：「大爺是從外地來的？官府定下規矩，說乞丐有礙觀瞻，不得上街要飯。想要，得在巷子裡要。上街要飯若是讓官差瞧見，上來就是一頓毒打。咱們在成都城裡要飯，哪個身上不帶點傷的？」

卓文君細看眾乞丐，果然人人鼻青臉腫，皮開肉綻。他自懷中取出錢袋，將身上的銀子盡數散給群丐。

來到洞天觀，他讓門口道童入內通報，只說姓卓，要找太平眞人。片刻過後，太平眞人與妙法禪師一同出門迎接，領著卓文君進入內院，於牆邊石亭喝茶敘舊。故人相見，分外欣喜，三人放下昨日在正日廳上的拘謹姿態，肆無忌憚，暢所欲言，互訴別來之情，直到將近一個時辰後，這才進入主題。

卓文君道：「道長，方丈，兄弟十年不涉江湖，不熟悉江湖近況。此次執掌玄日宗，有些不明白的地方要向兩位請教。」

太平眞人笑道：「道友不必客氣。老道與方丈大師今日請道友來，不就是爲了這個嗎？」

「道長一如往常，快言快語。」三人哈哈一笑。卓文君問道：「武漢門門主逝世，二弟子江虎投書玄日宗，述說其師兄方大龍的不是，希望玄日宗擁立他繼任掌門。據我師姊所言，方大龍親朱全忠，江虎親李克用。玄日宗爲了平衡藩鎮勢力，偶爾參與各派內務，干涉掌門廢立。這等事情，兩位可曾聽過？」

太平眞人道：「江湖規矩，各門派掌門更替，向來會行書知會武林盟主。曾幾何時，這份書信已成制式公文，須經過武林盟主批示，掌門方能做得穩當。」

卓文君吃了一驚：「有這等事？」

「阿彌陀佛，」妙法禪師道：「確有此事。」

卓文君問：「難道連少林寺和天師道都要經過同意才能當掌門嗎？」

「不知。」太平眞人道：「老道和方丈大師命大，至今尚未駕鶴西歸。咱二人的繼任人選要不要武林盟主批准才能當，那可得要等咱們死了才知道。」

「阿彌陀佛，」妙法禪師又道：「老衲不急著知道。」

「豈有此理。」卓文君語氣憤慨。「這會是我大師兄的意思嗎？」

「是不是趙掌門的意思，貧道身爲外人，不可亂說。」太平眞人道。「不過，既然此事全武林的人都知道了，若說趙掌門不知，只怕有點說不過去。」

妙法禪師道：「卓施主，貧僧知你素來敬重趙掌門，不願相信這些事情與他有關。然則偌大一個玄日宗腐敗到如此田地，要說趙掌門渾然不知，豈非昏庸無能？」

「有多腐敗？」

太平眞人道：「道友可知武林各派掌門廢立，看何條件？」

卓文君皺眉問：「不是看擁戴藩鎭嗎？」

「當此亂世，武林人士只求混口飯吃，除了趨炎附勢之徒，多少人當眞在乎藩鎭鬥爭？擁戴宣武還是河東，玄日宗或許有其考量，卻不會拿來當作評斷各門派的標準。試想，要當眞這麼幹的話，玄日宗豈不明擺著跟朱全忠翻臉了？」太平眞人輕輕搖頭，繼續說道：「說來說去，還不是爲了錢。」

卓文君一口熱茶差點噴出，問道：「爲了錢？」他自回歸玄日宗後，事事表現得處變不驚、高深莫測，此刻在兩名老友面前，他終於放下前輩高人的姿態，展露眞實本性。「爲了錢？」

太平眞人點頭：「想當掌門，當得隨信附上一千兩白銀。想搶掌門，那得付出更多。道友只見到江虎的訴願信，那銀子定是一早讓人收走了。貧道聽說各門各派每年尙須繳納貢金給玄日宗，不過從未有人來跟天師道與少林寺要過錢，因此我也不知確實數目。」

「豈有此理！」卓文君怒道。「那些小門小派哪有這許多錢財？他們這麼做，不是逼得武林人士欺壓百姓嗎？」

「本屆玄武大會，與會的門派比十年前要少得多。」

「那又爲什麼？」

太平眞人道：「只因玄日宗定下規矩，參加玄武大會須得繳納會費一千兩，繳不出來，恕不招待。」

卓文君氣極，正要發作，妙法禪師補充道：「這一千兩，除了會費，還包含與會期間在成都城的食宿安危。各派上路赴會時，玄日宗亦會派遣弟子隨行護送。卓施主也知道，各派為了在玄武大會嶄露頭角，往往於大會之前便會先起衝突，更有不少人打定主意要趁著各門派齊聚一堂的機會清算舊帳。玄日宗要排解這些紛爭，花費的人力物力也不算小。貧僧認為，收一點錢，倒也合理。只不過收一千兩，未免太多了點。」

卓文君緩緩搖頭。「如今天河幫主上官元泷於汴州據地稱王，黃沙派掌門盛南天三度來信請援，玄日宗始終不肯出手相助，莫非……莫非也是因為盛南天沒有付錢？」

太平真人道：「盛南天乃趨炎附勢之輩，長年疏通官場，左右逢源，不會不懂玄日宗的規矩。想是因為汴州土匪勢大，上官元泷武功高強，玄日宗索價甚高，兩邊價碼談不攏之故……」

「行了，行了，行了……」卓文君手撫太陽穴，嘆道：「兄弟實在聽不下去了。」

太平真人幫卓文君倒滿一杯茶，苦心勸道：「道友這次回來，究竟所為何事？是打算整頓玄日宗，還是只想完成趙掌門的託付，撐過這幾個月交差？老道以為，道友若無心置喙江湖之事，還是不要知道這麼多得好。睜一隻眼，閉一隻眼，待得玄武大會一了，拍拍屁股走人便是。」

卓文君喝一口茶，沉吟半晌，跟著閉上左眼，以右眼望向太平真人；隨即又閉上右眼，以左眼望向妙法禪師，三人會心一笑。卓文君睜眼說道：「一眼見佛，一眼見道。若是睜一隻眼，閉一隻眼，天下可得讓我瞧得小了。」

「阿彌陀佛，」妙法禪師合十說道。「施主滿腔熱血，實乃性情中人。能夠隱居十年，可真不容易。」

「大師說笑了。」

太平眞人正色道：「既然道友有心振作，貧道有話代趙掌門轉述。」

卓文君神色一凜，問道：「兄弟不知道長與我大師兄有這麼大交情。」

「承蒙趙掌門看得起，貧道不敢有負所託。」太平眞人說著轉向妙法禪師。「方丈大師不是外人，然則此乃玄日宗門戶之事，還請大師暫且避讓。」

妙法禪師微笑。「貧僧腹中飢餓，正要去伙房走走。」說完步出涼亭，朝玉皇殿中而去。

太平眞人待妙法禪師走遠，這才說道：「十五年前，趙掌門將玄日宗一份重要事物私下交由天師道保管，囑咐貧道除了玄日宗繼任掌門外，萬萬不可跟任何人透露此事。」

卓文君問：「道長可知是什麼東西？」

「貧道不知。」太平眞人道。「趙掌門說此物乃是玄日宗祖傳之寶，凡玄日宗後世弟子，不得隨意翻閱，即使掌門人亦不得違逆。他說這便是他將東西寄放在天師道的緣故。道友可知道那是什麼？」

卓文君點頭：「有個底。」

太平眞人道：「此物連趙掌門亦敬而遠之，道友自然也不會來取了？」

卓文君道：「此物不祥，有勞道長多多費神，繼續保管。」

「那也不必費什麼神。武林中無人知曉此事。十五年間，從來沒人前來鶴鳴山盜過這份寶物。」太平眞人頓了頓，又道：「半個月前，趙掌門飛鴿傳書，信上說道倘若玄日宗門戶有變，掌門更替，要我查探繼任掌門的人品才略，自行決定是否轉述此事。」他揚眉望向卓文君：「聽趙掌門的意思，似乎認定自己掌門做不長了？」

卓文君眉頭緊蹙，說道：「六師兄生死未卜，五師兄下落不明，大師兄不但要我回來代理掌門，暗地裡竟然還有這等交代？」

太平眞人道：「總之，知道繼任的是道友，貧道就放心多了。」

卓文君皺起眉頭。「我這代理掌門乃是大師兄遠行之前交代下來的，算算跟道長收到傳書的時日差不多。看來大師兄是算準我不會長久做下去，又或許他知道有人覬覦掌門之位。」

「瞧趙掌門這兩年來的行事處斷，似乎有意讓他兒子繼任掌門。」

卓文君點頭。「嵐兒天資聰穎，見事明白，假以時日，必成大器。本門二代弟子中，就屬他最合適接任掌門。但以他此刻武功威望，尚不足以服眾。若是我那些師兄裡有人想要爭奪掌門，倒也不是不可能的事情。」

太平眞人道：「這麼說倒似趙掌門已經讓出掌門大位一樣。」

太平眞人問：「道友可知趙掌門此行究竟前往何處？」

卓文君神情凝重。「大師兄此行，或許並不單純。不弄清楚詳情，好生令人不安。」

「他去長安辦事。」

太平眞人點頭：「是了。貧道會讓門下弟子多加留意趙掌門的動向。不過要是牽扯到玄日宗門戶大事，只怕趙掌門也不會希望天師道插手。」

卓文君拱手道：「道長好意，兄弟心領了。此事我自會安排，不勞道長掛心。」

「大家武林一脈，自當互相照應。」太平眞人道。「這次包庇宦官之事，難保朱全忠不會借題發揮。他既除宦官，野心已露，接下來剷除滿朝文武，收拾反對勢力，都已經勢在必行，只是時間問題罷了。貧道與方丈大師徹夜商談，都認爲他極可能會趁這次玄武大會對武林人士不利。道友爲武林同道著想，一力承擔包庇宦官之責，實乃天下大仁，然則天師道和少林寺可不能讓玄日宗專美於前。我們回歸本門後便會知會武林，收留兩派附近宦官。朱全忠若要借題發揮，也好分散他的實力。」

卓文君問：「難道兩位不來參加玄武大會嗎？」

「少林寺人才濟濟，高手如雲。方丈大師回去分派之後，便會趕回成都相助道友。」太平眞人緩緩搖頭。「貧道打算留守天師道，除了包庇宦官外，尚可分派人手接應趙掌門。再說，不參加玄武大會，還可省下一千兩銀子，倒也划算。只是有點不給道友面子便是。」

卓文君笑道：「道長如此爲本門著想，已經給足兄弟面子。」

妙法禪師於玉皇殿內朗聲問道：「道長與施主聊完了沒有？」

太平眞人道：「已經聊完了。」

「那便吃飯吧。」妙法禪師領著洞天觀弟子開上素齋，三人於石亭內飽餐一頓。餐後，妙法禪師與太平眞人不再逗留，各自出城趕回本門。卓文君一路送到城門口，這才回頭認明方向，朝向大理寺少卿宋百通下榻的長安客棧走去。

□

一路無話，不一會兒工夫轉上西大街，眼看便要抵達長安客棧，卻見前方鬧烘烘地圍了一大群人，原來有人打架。卓文君一面推擠，一面聽到圍觀百姓叫囂。

「三個打一個，害不害臊啊！」

「別這麼說，人家一對一打不過，自然多拉幫手一塊兒打。」

「多拉幫手還打這麼久？行不行啊？」

「嘿！那位老兄右手淨往懷裡揣，我瞧他準是要放暗器，咱們看熱鬧的可得留神。」

「怕什麼？這位官爺兩把判官筆使得出神入化，再快的暗器也擋得下來。」

「你又知道了？他老兄那麼厲害，怎麼左手又讓人開了一道口子？」

「哎呀？你不信？開賭！」

「賭就賭！誰怕誰？」

「開賭了？我也要，我也要啦！」

卓文君擠到前排，一看有三、四十人圍成一個大圈子，中間四個人打得正熱鬧。其中以一敵三的是個中年漢子，身穿錦衣官服，手持兩支判官筆，右手出筆甚快，好似狂草奔放不羈；左手出筆工整，點橫豎勾井井有條。這雙筆齊出有個名堂，喚作狂楷訣，乃是江州蘭亭派的鎮派絕學。江湖上擅使此訣的僅只一人，便是人稱「冷眼判官」的大理寺少卿宋百通。敵對三人中有兩人武功招式如出一轍，認出是拜月教的人。另外一人右手使短刀，左手放飛鏢，瞧身手似是關中一帶的功夫，不過認不出門派。

左邊一名長者品評道：「久聞冷眼判官的筆法天下無雙，今日一見，確實不凡。」

右邊的漢子卻道：「老丈人如此吹捧，我瞧也不怎麼樣。這位大理寺的官爺打了老半天了，連三個毛賊都拾奪不下。你說說，這麼點功夫，如何捍衛王法，懲奸除惡？」

長者道：「這三人可不是尋常毛賊。」

漢子道：「不是嗎？要有玄日宗的爺兒們在場，三兩下便將他們收拾乾淨。」

長者冷笑一聲，望向對面道：「光在場可不算，還得願意出手才行呀。」

卓文君順著他的目光瞧去，只見對街長安客棧二樓窗口站著五名巡城衛士，領頭的是名二代弟子，昨晚接風宴裡會過，叫作陳良傑。眾玄日宗弟子冷眼旁觀，完全沒有出手管事的意思。「老丈人，」卓文君側頭問道。「這些玄日宗弟子不是該管城內秩序嗎？為什麼光是站在旁邊看呢？」

長者尚未答話，旁邊的漢子接過來道：「兄台有所不知，這位大理寺的官爺乃是為了調查玄日宗而來，你說說看，玄日宗的衛士怎麼會出手幫他？沒有親自動手已經算很客氣了。」

卓文君心中一驚，問道：「怎麼大理寺要調查玄日宗？」

那長者心細，見卓文君是生面孔，怕多說是非會惹禍上身，朝那漢子猛使眼色。那漢子並不理會，說道：「此事也不是什麼天大的祕密。這冷眼判官宋百通在成都城內四下打探玄日宗的事情，稍微留意江湖事務的人哪個沒有聽說？哼，大理寺如今無權無勢，薪餉都發不出來。什麼東西？該管的不管，放任各方節度使魚肉百姓，卻來找咱們武林人士的麻煩。玄日宗就算收錢，也是有在為武林盡心做事。成都百姓能夠安居樂業，還不是庇蔭在玄日宗之下的緣故？放眼天下，還有哪座城鎮比成都更加繁華的？」

長者搖頭：「兄弟這麼說就不對了。這三個人光天化日之下，在成都大街上毆打朝廷命官。要是玄日宗連這種事情都放任不管的話，你怎麼放心把成都的安危交給他們？」

卓文君點頭道：「老丈人說得是。待兄弟去提點他們一番。」

長者和漢子忙道：「使不得！莫要惹惱了玄日宗的人……」

卓文君微笑：「沒法子，誰教他們惹惱我了。」說完沿著人牆邊繞，朝向長安客棧走去。到得客棧樓下，斜裡突然飛來一把飛鏢，嚇得圍觀群眾一陣驚呼。卓文君順手接下飛鏢，反身便往客棧二樓投去。就聽見嗔的一聲，飛鏢插入客棧二樓的圍欄中，正對玄日宗眾衛士。玄日宗弟子大吃一驚，紛紛開罵：「什麼人這麼好狗膽？」「活得不耐煩了？」「有種的站出來！」

卓文君雙手扠腰，惡狠狠地叫道：「陳良傑，給我下來！」

眾弟子還待再罵，爲首的陳良傑已然認出卓文君，當場嚇得兩腳一軟，幾欲摔倒，幸虧兩旁弟子及時攙住他雙臂，這才不至當眾出糗。他忙道：「原……原來是掌門師叔駕到。弟子……弟子……」

卓文君道：「下來！」

玄日宗眾弟子連忙下樓，形容狼狽地奔出客棧大門，來到卓文君面前畢恭畢敬地行禮。圍觀百姓紛紛交頭接耳，終於知道玄日宗代掌門原來是如此長相。

卓文君道：「光天化日之下，三名匪徒圍毆朝廷命官。你們瞪大眼睛瞧著，也不上前勸架，算是什麼？」

「師……師叔，那朝廷命官……」

見卓文君臉色一沉，陳良傑當即住嘴，說道：「師叔教訓得是。」

「還不給我拿下了？」

「是……是……」陳良傑神色遲疑，低聲問道：「敢問師叔，是拿那三名匪徒，還是拿那朝廷命官？」

卓文君心下氣極，不怒反笑，冷冷說道：「你自己看著辦。要拿錯了人，提頭來見。」

卓文君搖了搖頭，嘆道：「我上二樓喝酒。等你們弄完了，請宋大人上來一敘。」說完不再理會他們，逕自步入客棧，上二樓找張空桌坐下，吩咐小二打上酒菜。

「是……師叔……」陳良傑轉過身去，望著手下，吞口口水，一時之間不知該如何下令。

不一會兒工夫，樓下打鬥漸歇，喧譁人聲也逐漸散去。就聽見樓梯口腳步聲響，陳良傑領著宋百通步上二樓，來到卓文君面前。陳良傑恭敬說道：「啓稟掌門師叔，大理寺少卿冷眼判官宋百通大人到。」

卓文君站起身來，還沒開口，宋百通已經一步搶上，拱手說道：「宋百通多謝卓掌門相助之恩。」

卓文君搖頭道：「宋大人無須言謝。成都治安本該玄日宗所管，宋大人不來怪罪咱們救助來遲，已算很給面子。那三名匪徒，宋大人要領回去親自審問嗎？」

宋百通道：「匪徒是貴派抓到的，自然由卓掌門發落。」

卓文君微微一笑，說道：「請坐。」趁宋百通就座時，他轉向陳良傑道：「良傑，把三名匪徒押回總壇審問。有什麼結果，派人來跟宋大人知會一聲。」

「是，師叔。」

「對了，良傑。」

「師叔？」

「我身上沒帶錢。你出去的時候先跟掌櫃的結個帳。」

「是，師叔。」陳良傑道：「稟師叔，凡玄日宗弟子在成都城內飯館用膳，只要記在玄日宗的帳上便可。每個月月底，自有人來與飯館結清。」

「這樣啊？」卓文君說。「那你們先回去吧。」

陳良傑領著一眾衛士，押著三名匪徒離去。卓文君幫宋百通斟了杯酒，宋百通直呼不敢當。卓文君問道：「這三名匪徒跟宋大人有何過節，竟然在成都大街上當眾衝突？」

宋百通道：「倒也不是當眾衝突。他們其實是來客棧暗算我，只不過事跡敗露，無力得手，這才打到街上去。」

卓文君問：「宋大人可知他們所為何來？」

宋百通道：「咱們在大理寺當差，自然會結不少仇家。這等行刺暗算之事，每年總要碰上兩、三回。要說他們是為了什麼特定目的而來，在下可拿不準。適才三人，放暗器的那個使的是京兆府飛蝗門的功夫，或許是打從長安一路跟蹤在下而來。另外兩個使的番邦功夫，在下見識不廣，認不出來。」

「那是吐蕃拜月教的武功。」

「拜月教？」宋百通皺眉。「成都城內怎麼會有吐蕃人？」

「成都地近吐蕃，原本就常有吐蕃商旅走動。加上玄武大會將至，拜月教自然也會派人前來參加。」卓文君想到昨晚追殺郭在天而來的五星尊者，不知拜月教已經派了多少人混入成都，緩緩搖了搖頭。「宋大人跟拜月教有過節？」

宋百通搖頭：「據我所知沒有。」

卓文君道：「如此說來……要就是宋大人最近查案不小心查到他們頭上，不然就是有仇家買通他們來對付你。」

宋百通沉吟半晌，說道：「想不出來。」

卓文君舉杯敬酒。宋百通連忙回敬。卓文君放下酒杯，這才開口說道：「卓某昨日回歸成都，隨即受命代理玄日宗掌門一職。宋大人昨日來書請見，卓某看過，也向我四師姊問起此事。據我師姊說，那是因爲玄武大會將至，本門諸事繁忙，騰不出人手協助大理寺辦案，是以一直沒請宋大人過去。我今日登門造訪，就是想要問問宋大人此行究竟所爲何事。」

宋百通忙道：「不敢有勞卓掌門走這一趟……」

卓文君繼續說道：「適才在人群中聽說，才知道宋大人此行成都乃是爲了調查玄日宗而來，難怪我師姊他們不願見你。」

宋百通笑容一僵，神色尷尬，只道：「這個……在下……也不是……要調查玄日宗。只不過……這個……」

「宋大人，卓某歸隱已久，這次回來，並不是爲了接掌玄日宗，而是爲了探望六師兄。剛好適逢其會，答應出面代為掌理一下本門事務罷了。玄日宗若有什麼事情驚動大理寺調查，還請直言相告。卓某對派內事務不甚熟悉，難以向宋大人保證什麼。但教宋大人信得過卓某，便還是包在卓某人身上，給大理寺一個交代。」

宋百通道：「卓掌門言重了。其實在下此行，也不是為了什麼大不了之事。大理寺這兩年狀況不佳，在武林中早已不是祕密。當今天下，各地實權都掌握在藩鎮手中，中央賦稅收入一年不如一年。國庫逐年空虛，朝廷只有從精簡官職上著手。照崔胤崔大人的意思，大理寺與刑部職掌重複，應當擇一用之。如今大理寺已被裁撤到剩下幾個空銜，手下根本無人可用。重大案件全都轉由刑部負責。上面怕大理寺閒著，於是讓咱們回頭重開一些陳年懸案來辦。其實這種案子，上面壓根沒有指望能夠破案，只是咱們還是得要做個樣子，盡盡人事。這麼說，卓掌門應當能夠諒解。」

卓文君皺眉問道：「宋大人是為了哪件陳年懸案而來？」

宋百通道：「中和三年安定縣令鄭道南滅門血案。」

卓文君心中一驚，當下不動聲色，說道：「二十年前的案子？怎麼宋大人認為此案跟玄日宗有關？」

宋百通道：「在下不知。根據二十年前的調查，鄭道南貪贓枉法，勾結黃賊，判了不少冤獄，害許多百姓家破人亡。當年適逢武林召開玄武大會，令師兄趙掌門首度執掌武林盟主。大理寺調閱玄武大會記載，查到京畿道共有五門七派的掌門人連署上書，希望武林盟主出面主持公道，私下懲處鄭道南。大會記載中，趙掌門並未答允。然則鄭道南畢竟還是死了，而且不單僅是鄭府一家二十三口慘遭滅門，連安定縣衙一眾衙役、師爺、捕快等人亦無一倖免，一夜之間盡數死絕。此事絕非尋常盜賊所能爲，定有武林高手參與其中。依常理判斷，即便玄日宗沒有親自動手，必定也對此事有所聽聞。在下此行成都，便是想向玄日宗探聽此事。」

卓文君道：「當年黃巢禍國，天下大亂。長安城破，僖宗皇帝出走成都，滿朝文武都讓黃巢收去當他大齊國的官員。中央都沒了秩序，地方還能指望什麼節操？似鄭道南這等地方縣令，即使不被黃賊幹掉，亦難保哪天不會遇上暴民。黃賊作亂的最後幾年間，全國死傷百姓逾數百萬，堪稱大唐開國以降最混亂的時局。宋大人想要調查亂世中一個縣令的死因……」他搖了搖頭。「只怕不大容易。」

「上面交代下來，在下總得辦理。」宋百通道。「在下投入公門之前，也曾行走江湖一段時日。貪官污吏勾結盜匪，荼毒百姓，所在多有，在下看在眼裡，亦感義憤塡膺。江湖俠士按捺不住，私下動手懲奸除惡，其實也算人之常情。然則國有國法，家有家規；當此亂世，若是人人罔顧法令，殺官造反，天下豈有回歸太平的一日？」

「是了。」卓文君道。「如此說來，宋大人投身公門，原是爲了剷除貪官污吏，爲天下蒼生謀福利？」

「時局已經這麼亂了，貪官還要魚肉百姓。這等事情，在下實在看不下去。」宋百通道。「可惜在下有心無力，在大理寺幹了這麼多年，貪官還是抓不勝抓。如今貪官沒得抓了，卻讓上面交代了這樣一件差事。唉……」他搖搖頭。「在下也是千萬個不願意呀。」

卓文君問：「宋大人來到成都這些時候，可有查出什麼線索？」

宋百通道：「實不相瞞，此案難查得緊。二十年前，黃巢亂世，玄日宗上代前輩高人……於亂世中元氣大傷。二十年來，玄日宗在趙掌門帶領下好生興旺，開枝散葉，門徒滿天下，然則鄭道南案案發之時……貴派的人數並不太多。如今他們在玄日宗內個個位高權重，在下想見一面都極爲困難。卓掌門說在下在成都城內探聽消息，其實哪裡是探聽什麼消息，根本是在打探哪位大俠什麼時候會出總壇，在下可以上哪兒去刻意相會。這幾個月來，一點兒消息都沒打探到。」他搖了搖頭，繼而問道：「敢問卓掌門，那孫六俠的傷勢可有好轉？」

卓文君緩緩搖頭，問道：「宋大人識得我六師兄？」

宋百通道：「孫六俠急公好義、嫉惡如仇，這些年間時常協助大理寺追捕匪徒。在下有幸，曾與孫六俠合力查辦過幾件案子。這回孫六俠受傷，在下好生掛念。」

「我六師兄至今依然昏迷不醒，不過傷勢並無惡化。」卓文君道。「宋大人可知道我六師兄究竟是何人所傷？」

宋百通口說不知，眉宇間卻頗有遲疑神色。

卓文君語氣誠懇：「卓某這次回歸成都，完全是爲了六師兄受傷一事而來。宋大人若是知道些什麼，還請明言告知。」

宋百通忙道：「此事在下確實不知。」卓文君冷冷瞧他，只看得他渾身不自在，他這才道：「實不相瞞，孫六俠出事之前，曾經託人捎信給在下。信上說他得知在下正在成都追查此案，要我稍安勿躁，不可輕舉妄動，等他忙完手頭上的事情，趕來成都與在下會合之後再做打算。」

卓文君皺眉：「有這等事？」

宋百通道：「是。可惜沒過多久便聽說孫六俠受傷的消息。儘管不知與此案有無相關，在下依然深感內疚。」

卓文君問：「你可知道他之前在忙什麼事情？」

宋百通道：「近兩年來，孫六俠一直在留意宣武節度使的動態。前一陣子他曾與在下提起，說接到玄日宗故人傳來消息，朱全忠有意聯合外族勢力，一舉擊潰各方節度使。想來他近日便是在追查此事。」

「玄日宗故人？」卓文君疑問。「六師兄當年與本門師兄弟割袍斷義，立誓不再與玄日宗門人往來。二十年來，我曾數度登門拜訪，六師兄始終拒而不見。玄日宗故人……」他望向宋百通，問道：「他可曾說過這位故人是誰？」

「沒有。在下也沒有問過。」宋百通等待片刻，見卓文君出神不語，便又說道：「朱全忠手下網羅了不少武林高手。依在下推斷，孫六俠多半是在梁王府裡遭人圍攻……」

卓文君揚起眉毛：「梁王府的高手中，可有擅使寒冰掌之類陰寒功夫的？」

宋百通沉吟片刻，搖頭道：「不曾聽說。」

卓文君微感失望，嘆道：「這麼說，一切都只是猜測罷了。」

宋百通見他難過，勸道：「孫六俠武功蓋世，內力深厚，不管受到多嚴重的傷，總有痊癒的一天。卓掌門也不須要太難過了。等孫六俠醒轉過來，自然會說出事發經過。」

卓文君聽說此言，靈光一現，心下思量，嘴裡說道：「多謝宋大人關心。待六師兄傷勢好轉，我會派人通知宋大人前來探病。」說著站起身來，作揖道別。

宋百通連忙起身回禮，欲言又止，只道：「卓掌門……」

「怎地？」

「那鄭道南案……不知卓掌門……」

「回頭幫你問問。」卓文君不再多說，下樓離去。

第八章　盜寶

卓文君回到總壇，直奔鎮天塔。路上兩名弟子來報，都說四師叔請掌門師叔回來後前往青囊齋說話。卓文君不予理會，一路來到鎮天塔六樓。只見莊森搬了套桌椅放在石門口，一面喝茶一面閱讀崔望雪送來的玄日醫經。他看見師父到來，當即放下書本，起身迎上。

「師父。」莊森恭敬請安。

卓文君點頭。「可有異狀？」

「無。」莊森翻過一只扣著的茶碗，倒杯熱茶端給卓文君。「師父請用茶。」

卓文君接過茶碗，喝了一口，擺在桌上，在莊森剛剛坐的椅子上坐了下來。他比比桌上的醫書，問道：「看書？」

「是，閒著打發時間。」

「你四師伯的醫書，看得懂嗎？」

「四師伯醫術精湛，令弟子好生佩服。我不過翻了前兩章，便已茅塞頓開好幾回了。」

「聽你那胡捧什麼？」卓文君道。「四師伯的醫術究竟比你高明多少？」

莊森摸摸腦袋，遲疑說道：「師父，這話怎麼回答？」

卓文君想了想，問道：「要是四師伯在病人身上玩把戲，你能看得出來嗎？」

莊森心照不宣，知道師父是指六師伯之事。他說：「光用看的，自然看不出來，總要把脈診斷，才是道理。」他側頭揚眉，輕聲問道：「師父以爲……四師伯動了手腳？」

卓文君點頭：「你六師伯功力精湛，內力修爲已臻化境。以他此時功夫，不管身受多嚴重的內傷都能自療，絕無道理昏迷兩個月依然毫無進展。」

「師父的意思是……」莊森問，「有人不想六師伯醒來？」

「旁人要在青囊齋中搞鬼，必定躲不過你四師伯法眼。」卓文君沉吟道。「除非是你四師伯親自動手。」

莊森脫口問道：「四師伯有什麼理由……」

卓文君長嘆一聲，搖頭不語。

莊森愣了片刻，說道：「手足相殘乃本門大忌。師父，這種事情，咱們可不能妄加推斷。」

卓文君喝一口茶，望著石門出神半晌，這才說道：「那大理寺少卿宋百通此行成都，原是爲了調查二十年前貪官鄭道南滅門血案而來。你六師伯出事之前，曾與宋百通相約在成都會合。或許六師兄打算揭發此案，是以……遭人封口。」

莊森著實吃驚，問道：「師父，弟子還記得小時候曾數度聽眾位師伯提起鄭道南之名，並且常常因此口角爭執。當時弟子年幼，不敢多問，師父也從不多提此人……」

「師父不提，只因我不清楚，亦不想弄清楚。」卓文君長嘆一聲，繼而深吸口氣，說道：「當年黃巢爲禍，天下大亂。玄日宗上代在你師祖的領導下，本來好生興旺，只因幫助朝廷平亂，你一眾師叔祖先後辭世。到得亂世後期，黃巢稱帝，偌大一個玄日宗便只剩下你師祖嫡傳一系。」

這段歷史，莊森幼時常聽師父提起。三十年前上代掌門崔全眞出任武林盟主時，玄日宗的勢力雖不能與今日相較，依然門徒近千，於各道之中都設有分舵。及至中和二年，黃巢之亂經歷八載，玄日宗眾弟子援助朝廷東征西討，直打到崔全眞十二名師弟盡數死絕，全宗人數僅存不及百人。武林各大門派亦在武林盟主的帶領下死傷慘重。崔全眞有感愧對玄日宗與武林同道，不願繼續出掌武林盟主，是以宣布退隱，將玄日宗掌門之位傳予大弟子趙遠志。其後趙遠志發奮振作，加上三師弟郭在天奔走協商，六師弟孫可翰運籌帷幄，終於聯合黃巢叛將朱全忠與沙陀將領李克用，齊心合力將黃巢逐出長安。

中和四年，郭在天用計挑撥黃巢殘部，於泰山狼虎谷勸服黃巢外甥林言刺殺黃巢，斬其首級，投降唐軍。林言於獻功途中遭唐兵殺害，割下首級，與黃巢一併上呈朝廷。至此，延燒十年的黃巢之亂平定，天下終於恢復太平。

「當年僖宗皇帝退走成都，對本門著實重用，時常請大師兄進宮商談勦匪策略。中和三年，大師兄於玄武大會中技壓群雄，繼任武林盟主。其時黃巢已是強弩之末，完全不是朱李聯軍的對手。大師兄不忙勦匪，便即開始幫助朝廷整肅中央地方官吏，懲處投靠大齊的官員。」

莊森道：「這麼說鄭道南是本門奉皇上號令動手處決的？」

卓文君苦苦一笑，緩緩搖頭。「若只爲了處決反叛，又怎麼會滅他滿門，同時還帶上安定縣衙所有衙役？」

「那是……」

卓文君嘆道：「實情便是……亂世之中，人心麻痺，燒殺擄掠的事情見得多了，人在道德上難免鬆動游移。當年玄日宗百廢待舉，庫房空虛，所缺者，錢矣。要想復興本宗，總是需要用錢。你五師伯給拿了主意，讓咱們趁著整肅反叛的同時……奪取貪官不義財。此事引發眾師兄弟強烈爭執。到得後來，大家都讓你三師伯的三寸不爛之舌勸服，便只剩下你六師伯一個人獨排眾議，堅持不可爲。」

莊森瞪大雙眼，問道：「師父……你也……」

卓文君搖頭。「我當年初出茅廬，只是他們眼中的小師弟。這等重大決策他們根本沒打算跟我商量。」

莊森鬆了口氣。「原來師父並不知情。」

「你也別把師父想得太好了。」卓文君道。「我只是不曾參與，並非毫不知情。或許，當年師兄姊們基於愛護師弟之心，刻意不讓我參與這等骯髒事。或許這也是他們對自己表現良知的做法，想爲玄日宗留下一股清流。他們將我排除在外，每每在出門對付反叛時要我留守總壇。」

「而他們就將反賊的財物佔爲己有？」莊森語音顫抖，難以想像眾位師伯竟然做過這等事情。

卓文君緩緩搖頭，說道：「六師兄始終跟去盯著，說什麼也不讓他們霸佔非分之財。當年皇上應承過大師兄，待亂事抵定之後將賜給本門江南道沃地千頃。只待妥善利用，眾弟子辛勤耕作幾年，亦足夠本門休養生息。六師兄向來都是咱們同門師兄弟中最正直之人。儘管排行老六，只要他決定的事，眾師兄姊通常不會與他作對。幾個月下來，他們懲處了十來名反叛官員，所得金銀都在六師兄的監督下盡數上繳朝廷，本門分文未取。」

莊森語氣嚮往：「六師伯堅持立場，無愧天地，實在令人好生敬仰。」

卓文君想起孫可翰重傷不醒的模樣，忍不住心中一陣難過。他長嘆一聲，說道：「中和三年十月，六位師兄姊齊赴京畿道，聯手對付安定縣令鄭道南。我雖然不知那鄭道南是何等人物，但看眾師兄姊慎重其事，便知此人絕不簡單。想他小小一個縣令，何以勞師動眾，讓玄日六俠聯手出擊？果不其然，他們回來之後……」

莊森見師父沉吟不語，問道：「回來之後怎麼著？」

「回來之後……」卓文君無奈說道，「六師兄沒跟他們回來，從此再也沒有回來過。」

莊森等待片刻，見師父不再說話，問道：「就這樣？師父也沒問他們究竟發生什麼事情？」

「還有什麼好問？」卓文君苦笑。「看他們帶了一箱箱金銀珠寶回來，不用問也知道發生什麼事情。大師兄稟告師父，說六師兄與師兄弟理念不合，爲恐傷師門和氣，決意浪蕩江湖，請大師兄代爲謝過師恩。次年，黃巢伏誅，師父他老人家留書出走，說是雲遊四方，不過我們都清楚他心灰意冷，不會再回來了。鄭道南滅門血案……導致玄日宗折損兩大高手，於本門中種下難解陰霾。爲師……也在當時便起了求去之心。只不過年少氣盛，總還盼望留在師門之中能夠有所作爲。」

莊森待師父感傷片刻，問道：「師伯他們當年究竟帶回多少錢財？」

「我沒問，也沒管。」卓文君道。「修繕總壇分舵，支付日常開銷，償還欠債，疏通官府……」

「還有欠債？」

「玄日宗貴爲武林盟主，排場派頭總是得要經營的。再加上當年主辦玄武大會，咱們欠的債可多了。若非如此，大師兄怎麼會同意奪取貪官財物？總之，據為師估計，他們至少帶回了五萬兩白銀。」

莊森瞪大雙眼，嘆道：「原來縣令這麼好貪。」

「我原先也是這般想法，以為鄭道南取財有道，貪得比常人多些。雖說當年局勢混亂，武林中各大門派多少都曾幹過這等殺賊取財之事，然則玄日宗畢竟是武林至尊，要是傳了出去，沒得落人口實。是以大師兄他們肯定籌劃許久，精心挑選目標，務必一勞永逸，一票收手。」他喝口茶，續道：「鄭道南有錢，他們早就知道了。」

「滅人滿門，剷除衙役……」莊森心下冰涼，遲疑說道。「都是為了殺人滅口？」

卓文君並不答話，只道：「朝廷重開鄭道南案，不會是讓大理寺有事做這麼簡單。依我看，若不是為了挖玄日宗瘡疤，便是那錢的來歷有問題。」

「錢再有問題，也早已花光。」莊森道。「我看還是有人想要對付本宗。」

卓文君默默喝茶，沉思片刻，說道：「此事或許無關緊要，或許關係重大，我可得想辦法弄個明白才好。一會兒你先下去休息，養精蓄銳。晚上若有人來盜劍……」他揚首望向徒兒，微微笑道：「你就趁亂去青囊齋走走。」

莊森躍躍欲試，說道：「是，師父。」

「鑰匙交給我。這裡由我親自把關，你下去吧。」

莊森交出玄天寶庫鑰匙，當即告退。

□

卓文君坐在石室之外，一面沉思，一面喝茶。不一會兒功夫，一壺茶給喝乾了。他正待下樓加水，樓下傳來人聲。

「啓稟掌門師叔，弟子趙言嵐、陳良傑求見。」

「上來。」

趙陳二人上得樓來，躬身行禮，叫道：「掌門師叔。」跟著趙言嵐上前道：「師叔，陳師弟有事稟報。」

卓文君道：「報。」

陳良傑畏畏縮縮，顫聲道：「啓稟師叔……剛剛街上拉回來的三個人……」

「審完了？」

陳良傑心虛低頭：「死……死了。」

卓文君重重放下茶壺，嚇得陳良傑兩腳一軟，當場便要下跪。趙言嵐往他手上一攙，這才免他在掌門面前出醜。卓文君好氣又好笑，問道：「才把人交給你這點工夫，怎麼死的？」

「師……師叔，是……咬碎藏在牙內的毒藥自盡身亡。」

卓文君冷冷看他。「三個都是這麼死的？」

「是……師叔。」

卓文君繼續瞧他，只瞧得陳良傑汗如雨下。卓文君道：「我退隱江湖前才聽說百毒門鑽研出毒牙這種自盡聖品，說什麼不著痕跡，牙碎身亡。想不到短短十年間已經傳到吐蕃去了？」

「是……是……師叔。這毒牙深受邪魔歪道青睞，給百毒門……賺進不少銀子。」

卓文君哼了一聲。「當年裝置毒牙，每三人便有一人死於毒藥外滲，不知這十年間製造毒牙的手藝有否改善？」

「這……這個……弟子不清楚……」

卓文君一拍桌子，喝道：「你當邪魔歪道都是傻子嗎？」

陳良傑嚇得厲害，噗的一聲著地跪倒，連趙言嵐也來不及出手扶他。趙言嵐道：「師叔，毒牙不宜久戴，這三人不同門派，相約辦事，多半是在成都城內添購的毒牙。」

卓文君皺眉問道：「成都有得買？」

「有。」趙言嵐道。「玄武大會將至，武林中各種稀奇古怪的藥物紛紛出籠。」

「這樣？」卓文君沉吟片刻，道：「吩咐弟子去有賣毒牙的地方問問，瞧瞧能不能找出這三人的同黨。」

「是，師叔。」

卓文君轉向陳良傑。「他們自盡前可有招供什麼？」

「沒……沒……沒……師叔。」

卓文君冷眼瞧他：「你肯定他們三人死於毒牙？」

陳良傑道：「是……青囊齋吳師姊查驗的死因。」

「是曉萍？」卓文君道。吳曉萍是崔望雪的大弟子，由她查驗，自然無誤。只不知她值不值得信賴。「你去把三顆毒牙挖來給我。」

陳良傑面有難色，說道：「這個……弟子……」

卓文君喝問：「吞吞吐吐做什麼？」

陳良傑著地磕頭，說道：「師叔明鑑，那毒牙由吳師姊取去，說是四師伯要親自檢驗。這個……弟子……弟子不敢……」

卓文君見他說跪就跪，說磕便磕，懼怕師長到毫無半點風骨的地步，心中感到說不出的厭惡。「沒半點用處，」他說著往桌上茶壺一指，「去給我沏壺茶來。」

陳良傑如獲大赦，得令而去。卓文君待他下樓，問趙言嵐道：「這人什麼來頭？」

趙言嵐回道：「他是五師叔第十七弟子。掌法造詣還過得去，在江湖上小有名氣，外號……」

卓文君揮手打斷，問道：「此人人品這麼差，沒得敗壞本門門風，五師兄怎會收他？」

「這……」趙言嵐語氣遲疑。

卓文君道：「嵐兒，當年你我叔侄何等親密。難道十年不見，你我竟生疏到談什麼都有所顧忌的地步？」

趙言嵐深吸口氣，說道：「師叔，不是侄兒刻意顧忌，我只是……聽娘說，師叔只答應暫代掌門到爹回來，之後又要離去。侄兒不知……」他硬著頭皮，說出心聲。「侄兒不知師叔是真的有心處理本門事務，還是只想當個過客，時候到了，拍拍屁股走人？」

卓文君微笑：「這些年來，你待人接物，可謹慎多了。」

趙言嵐嘆道：「本門中多得是陳良傑那種人，侄兒能不謹慎嗎？」

「哪一種人？」

「驅炎附勢，仗勢欺人。」趙言嵐道。「師叔問五師叔怎麼會收他這等人？其實簡單，他交了五千兩，五師叔還管他人品如何？」

「五千兩？」卓文君訝異。「他花五千兩，是為了買什麼？」

「除了一身武藝，自然還包括本門名頭，江湖地位，守城要職。」趙言嵐道。「人有錢了，就想有權。有些人為了帶幾個手下作威作福，花點錢孝敬師父也是樂在其中。」

「五師兄不會當真教授他們高深武學吧？」

「五師叔心思根本不在授課上，教得不認真，督促得亦不嚴厲。要不是看在他們錢多的份上，早就讓二代弟子接手去教了。」趙言嵐輕嘆一聲，說道：「成都總壇弟子各有職司，還不顯眼。師叔若到各大分舵去看，跟開武館似的，收的弟子之多，堪稱有教無類。」

卓文君問：「便為了收錢？」

「此事說來殊不光彩，武林同道在咱們面前不敢多說，私底下把玄日宗講得可難聽了。」趙言嵐臉色一紅，繼續說道：「說來慚愧，侄兒有心無力，去年本想整肅本門門風，改革奢侈習性，想不到拿來帳本一對，差點嚇得屁滾尿流。」他搖了搖頭。「本宗勢力龐大，門徒天下，四萬三千兩百六十七口人，每天開門吃飯就得花上千八百兩銀子。」

卓文君道：「少收點人，開銷就沒那麼大了。」

「是呀，師叔，我去年已經下令讓各分舵停止招收弟子。可原先已經收下的，總不成說開銷太大，入不敷出，要把他們逐出師門？那本門豈不淪爲武林笑柄？」趙言嵐神色爲難。「再說，天下不日大亂，正當本門用人之際……」

「你們招收這麼多弟子，莫非想跟各方節度使一較長短？」

趙言嵐尷尬不語。

「怎麼？」卓文君問。「又是一件我如果不打算留下來，便不要多管之事？」

趙言嵐緩緩點頭，神情嚴肅地問道：「師叔，你到底打算怎麼樣？」

「你們處處不肯吐實，不讓我瞭解現狀，要我如何決定？」卓文君搖頭。「不如你告訴我，你跟你娘希望我怎麼做？」

趙言嵐搖頭，說道：「師叔向來多有主見，豈有聽侄兒說話的道理？」這時陳良傑端上熱茶，恭恭敬敬地幫卓文君與趙言嵐兩人各倒了一杯，跟著站在一旁，一副要服侍兩人的模樣。卓文君揮手叫他下去。趙言嵐待他走後，這才又道：「師叔，你我向來交好，我自然希望你能留在總壇，讓侄兒時常孝敬。只不過……我擔心你不喜歡留在這裡看到的事情。」

卓文君微笑：「你師叔見多識廣，受得起的。」

「是，師叔。」他沉默片刻，若無其事地轉移話題。「師叔在吐蕃，可曾與拜月教打過交道？」

卓文君揚起眉毛，笑道：「瞧你面不改色，顧左右而言他，這是要跟我心照不宣來著？」他放下茶杯，食指輕轉杯緣，說道：「我在吐蕃當學堂先生，只傳文，不論武。跟拜月教打交道是沒有的，不過你莊師兄倒是跟拜月教護法交過手。」

「聽說師叔十年間去過不少番邦？」

「這叫雲遊四海，增廣見聞。你長年待在總壇，可不能像師叔這般逍遙快活了。」

趙言嵐問了些番邦的風俗民情，卓文君說了些西域的奇聞異事。叔侄二人一別十年，此刻互訴別來之情，一時之間心情暢快，倒也不把那些不想提或不能提的瑣事放在心上。窗外日照黯淡，日頭西斜，陳良傑爬上樓來，帶著幾名弟子擺上桌椅，送上酒菜。卓文君冷冷看著，也不多說什麼。大魚大肉擺滿一桌後，陳良傑親自盛上三碗白飯，倒滿三杯美酒，隨即退向一旁，隨侍在側。

卓文君看著三副碗筷，笑道：「嵐兒，還差一個人沒到，你說是誰？」

趙言嵐說：「自然是我娘了。」

就聽見樓梯下傳來腳步聲響，崔望雪上得樓來，望向兩人，嫣然一笑，邊走過去邊道：「晚飯都擺好了，你們叔侄倆怎麼不過來坐？」

卓文君笑道：「當然是在恭候師姊大駕。」說完起身，與趙言嵐一起來到餐桌前，依長幼次序先後就坐。

崔望雪挾了塊牛肉，放到卓文君碗裡，說道：「我找了你一下午，還道你有多忙，原來在這裡跟嵐兒閒聊。」

卓文君道：「叔侄敘舊乃是一等一的大事。再說，師姊找我，準沒好事，我自然能拖就拖，豈會蠢到自投羅網？」

崔望雪故作怨懟，輕哼一聲道：「宋百通自己惹來仇家，讓人打死也就算了，卻要你去多管什麼閒事？」

卓文君道：「大理寺少卿給人打死在成都城裡，怎麼說也得給個交代。咱們沒遇上也還罷了，既然遇上，豈能不聞不問？」

「這年頭還跟誰交代？」崔望雪問。「朱全忠屠戮宦官，此刻朝廷上下人人自危，誰會管他一個大理寺少卿死在何處？」

卓文君臉色一沉，說道：「師姊說這什麼話？」

崔望雪面不改色：「實話。」

「師姊說這實話，倒似十分清楚宋百通此行為何而來？」

崔望雪笑道：「成都城是玄日宗的地盤。他來此地查什麼案，我豈有不知之理？」

卓文君搖頭：「師姊既然知道，昨晚何以推說不知？」

「自然是不想讓你知道。」

卓文君好氣又好笑，心想這擺明是吃定我了。他斜眼望向趙言嵐，趙言嵐忙搖手道：「啓稟師叔，侄兒確實不知此事。」

他緩緩點頭，也不知道該不該信。他轉向崔望雪，正色問道：「事隔二十年，朝廷不會無端重開懸案。那鄭道南案究竟如何，師姊不如明明白白地說清楚吧？」

崔望雪輕嘆一聲，說道：「二十年前你不問，如今又有什麼好問的？」

卓文君道：「二十年前我不知事態嚴重。如今事情既然與六師兄受傷有關，我自然要查個明白。」

崔望雪微微變色：「誰說此事與六師弟受傷有關？」

「宋百通。」卓文君道：「他說六師兄得知他在調查此案，遂與他相約在成都碰面。待他趕來成都，六師兄已然受傷。」

「這並不表示六師弟受傷與此案有關。」崔望雪察覺自己說話大聲，隨即放輕語調，說道：「況且宋百通一個小小大理寺少卿，會跟六師弟有什麼交情？師弟何必理會他一面之詞？」

卓文君冷眼瞧她，說道：「師姊何以肯定六師兄受傷與此案無關？爲何要如此貶低朝廷命官？宋大人遠來成都查案，本門卻處處刁難，究竟所爲何來？」

「不關你的事。」

卓文君輕哼一聲，語氣不悅。「要我出任掌門，偏偏又不讓我管事。妳乾脆送我一頂寫著冤大頭的高帽戴戴算了！」

崔望雪不再搭腔，只是拿起飯碗，挾菜吃飯。卓文君咕咚一聲，喝乾美酒，回頭瞪了陳良傑一眼。陳良傑立刻上前斟酒。趙言嵐夾在兩人之間，想要勸說，卻又不知如何勸起，只好尷尷尬尬坐在椅子上陪笑。

忽聽呀的一聲，窗戶開啓，一條人影翻身入塔。趙言嵐霍地起身，陳良傑等弟子拔出配劍。便只卓文君跟崔望雪兩人不加理會，繼續喝酒吃飯。

跳窗之人「哈哈」兩聲，笑道：「怎麼不等我就開動了？」眾人這才看清來的是玄天龍郭在天。二代弟子恭敬招呼，郭在天拉把椅子坐下，陳良傑連忙送上碗筷。

崔望雪又吃兩口，轉頭朝向郭在天，責備道：「師兄，我囑咐你不要運功，靜養三日。你在塔外高來高去做什麼？」

「瞧瞧有沒有賊呀。」

「有沒有賊？」

「賊是沒瞧見。」郭在天道：「第五層及第七層外各有半只鞋印，也不知道是不是賊留下來的。」他瞧瞧崔望雪，瞧瞧卓文君，一看氣氛頗僵，問道：「怎麼？兩個冤家一見面又吵架了？」

崔望雪在他胳臂上佯捶一拳，說道：「你問他吧。」

卓文君不等他問，直言相詢：「師兄，二十年前鄭道南案，究竟是怎麼回事？」

郭在天摸摸腦袋。「鄭道南？忘了。」

卓文君一比大拇指，喝道：「師兄好一句『忘了』，跟師姊那句『不想讓我知道』實有異曲同工之妙。」

郭在天笑容滿面。「文君不要這樣。師兄年紀大了，記性不如從前。鄭道南是嗎？你讓我回去想想，想到了再跟你說。」

卓文君問：「要想多久？」

郭在天答：「一兩個月吧。」

「那就是要等我離開才會想起來了？」

「可不是嗎？」

卓文君目光如電，於師兄、師姊臉上游移，郭、崔二人坦然承受，絲毫不以為意。卓文君長嘆一聲，點了點頭，說道：「此事我既然打定主意要查，自然會有水落石出的一天。你們不肯說，總會有人說的。」

郭在天道：「等有人說了再說。」

卓文君心頭火起，胸口鬱悶，彷彿喉嚨裡積了三大口血沒吐一樣。霎時間，從前待在總壇裡種種狗屁倒灶的事情通通回到眼前。他很想掀翻桌子，拂袖離去，只因這些同門師兄姊就是能讓他氣成這副德性。他原道十年修身養性，能夠處之泰然，如今方知自己太過小看他們。他深吸口氣，端起飯碗，挾起崔望雪挾來的牛肉，筷中運上巧勁，順手拋回崔望雪碗中。崔望雪微微一愣，看著牛肉半晌，輕哼一聲，說道：「幼稚。」隨即將牛肉塞入口中。卓文君不再理她，對趙言嵐說聲：「吃飯。」果真低頭扒飯不語。

四人就這麼悶著頭吃飯。旁邊弟子誰也不敢吭聲。一時之間，整層樓裡便只聽見挾菜吃飯聲。

約莫半炷香後，窗外夜色突然染上一片紅暈。緊接著聽見西首庫房人聲喧譁，有人叫道：「走水啦！」

趙言嵐霍地起身。郭在天、崔望雪轉向窗外。卓文君繼續吃飯。趙言嵐道：「師叔、娘，孩兒下去瞧一瞧。」

郭在天道：「瞧什麼？明擺著聲東擊西。對頭就要來了。」

趙言嵐望向卓文君。

卓文君道：「對方既然聲東擊西，咱們也得有點反應才是。要不，咱們四人守在這裡，誰敢上來偷東西？」他抬起頭來，吩咐道：「嵐兒，你跟三師叔下去瞧瞧。」

趙言嵐轉身便走，郭在天卻不願移步。卓文君也不理他，轉向崔望雪道：「師姊，對頭燒庫房引不走我們，多半要去燒點咱們關心的地方。還請師姊鎮守青囊齋，莫讓對頭傷了六師兄。」

崔望雪欲言又止，同樣不肯離開。

卓文君等待片刻，見兩人始終不肯奉命，揚嘴一笑，說道：「說來說去，你們就是想要抓賊。」郭、崔二人都不答話，給他來個默認。卓文君道：「我先把話說在前面，待會動起手來，誰也不准痛下殺手。不管來的是不是五師兄，總之我要生擒此人。」

郭、崔二人依然默不作聲。瞧他們兩人的模樣，似乎打定主意要置梁棧生於死地。卓文君皺起眉頭，冷冷說道：「殘殺同門乃本門大忌，師兄、師姊好自爲之。」

樓下腳步聲起，趙言嵐當先上樓，後面跟著負責守塔的齊天龍與兩名弟子。齊天龍朝卓文君抱拳報道：「啓稟師叔，庫房失火，輪值弟子正在救火，火勢看來不至蔓延。按規矩，弟子已經加派人手，鎮守鎮天塔各層，並且前來寶庫確認玄天劍是否安在。」

卓文君點頭，自懷中取出鑰匙，遞給趙言嵐，說道：「開門。」

齊天龍取出隨身鑰匙，與趙言嵐同時打開門鎖，跟著兩人運起轉勁訣，緩緩推開石門。卓文君一馬當先，步入玄天寶庫，郭在天與崔望雪跟著進去，其餘弟子尾隨而入。

只見玄天劍好端端地插在石台之上，絲毫沒有遭竊跡象。

眾人神色敬畏地瞧著玄天劍，一時之間連大氣也沒人吐出一口。片刻過後，卓文君轉回身來，說道：「出去吧。」

眾人步出寶庫，待齊天龍與趙言嵐關門上鎖後，所有人望向卓文君，等待掌門指示。卓文君沉吟半晌，說道：「言嵐，你帶領弟子，下去搜索總壇，看看能不能把賊趕出來。師姊，請妳下樓，把守塔門。師兄……」

郭在天一揚手，說道：「我老人家身上有傷，還是不要亂跑，就在這裡坐鎮六樓得了。」

卓文君冷笑：「早知道趕不走你。我只是想請師兄再上塔頂瞧瞧罷了。」

「那倒可以。」

「天龍，你們三個留下來跟我一起守門。」卓文君說著一揮手。「都去吧。」

崔望雪母子帶著陳良傑等弟子下樓，郭在天跳出窗外。剩下卓文君與三名弟子留在玄天寶庫外門口。

卓文君坐回飯桌，自斟自酌。齊天龍等三名弟子守在他身後，盯著樓梯與窗口嚴陣以待。一會兒功夫之後，窗外紅光黯淡，庫房火勢已然撲滅。四周遠遠傳來弟子搜查的聲響，不過鎮天塔內卻是一片死寂。齊天龍沉不住氣，拱手說道：「師叔，賊人不知何時方至，弟子繞到後面瞧瞧。」

卓文君笑著搖頭，說道：「賊人早就跟你上來了，你還給蒙在鼓裡呢。」

「什……」齊天龍話才出口，突感穴道受制，聲音當場啞了。站在他右邊的虯髯弟子雙手齊出，轉眼間點了齊天龍與另外一名弟子的穴道，隨即身子拔起，翻身躍過卓文君頭頂，輕輕落在樓梯口。卓文君右指輕彈，杯中美酒化作一把水劍，在對方腳前劃出一道劍痕。對方微微一愣，轉過身來，哈哈笑道：「七師弟，十年不見，你的功夫可又更上一層樓了。」

卓文君微笑：「隨手玩玩，這點功夫，十年前我也使得出來。」對方伸手在臉上一抹，扯下墊高鼻子的麵團與臉頰虯髯，露出本來面貌，正是玄日宗五師兄，「蜀盜」梁棧生。「師弟出走十年，可把做師兄的給想死啦。」

卓文君一攤手，說道：「師兄如此念舊，不如坐下來喝酒敘舊。」

「下次吧。下次師兄請你喝酒。」梁棧生搖手笑道。「三師兄跟四師姊一看到我就生氣，我再不快走，小命不保。」

「是啊，他們不顧同門義氣，一心只想殺你。師兄還是盡快離去為上。」卓文君說。「不過走前請將玄天劍留下。」

梁棧生笑道：「師弟說笑話了。你哪隻眼睛瞧見我拿玄天劍了？」

卓文君甩出筷子，刺穿梁棧生背上衣衫，就聽見唰的一聲，一把長劍順著長衫落在地上，連劍帶鞘插入地面，正是象徵武林盟主身分的玄天劍。

「我兩隻眼睛都看到了。」卓文君雙指指眼，說道：「師兄能夠夾帶這麼大把劍進來，還在眾目睽睽之下掉包換劍，實在是神乎其技，令小弟佩服不已。」

梁棧生尷尬笑道：「好啦，劍已留下，我先走了。」說完正要下樓，突然縱身後躍，翻到牆邊，雙腳於窗沿輕點，隨即向旁跳開，落在玄日寶庫門前。樓梯口飛來一條白影，如影隨形地竄向梁棧生，絲毫不給他喘息的機會。梁棧生拔出腰間短刀，出手如電，轉眼揮出八刀，邊出招邊喝道：「四師姊，妳一見面就出百花針，當眞是不顧同門情誼，非要殺我不可嗎？」

崔望雪白影翻飛，身法飄逸，有如凌波仙子般穿梭刀光之間。梁棧生短刀小巧，刀招卻是十分霸道，崔望雪兩手各持一根金針，斗室之間與他對攻，偶爾刀針交擊，火光點點，尚且能將梁棧生的短刀盪開，足見其功力還在師弟之上。她嬌聲道：「師弟，你偷盜寶劍，背叛同門。師姊逼不得已，今日要清理門戶。」

卓文君信步走到窗口，拔出釘在窗台上的一根金針，放在鼻前聞了一聞，皺眉說道：「師姊，百花針見血封喉，不是鬧著玩的。請師姊手下留情。」

崔望雪不去理他，出手越來越快。梁棧生改變刀路，穩紮穩打，刀勢沉猛，出招卻逐漸放慢。卓文君正待勸架，一條人影破窗而入，加入戰團，正是玄天龍郭在天到了。

「姓梁的，你道德淪喪，欺師滅祖，今日我爲玄日宗清理門戶！」

郭在天單刀出鞘，勢若遊龍，刀刀朝向梁棧生背心招呼。梁棧生腹背受敵，臨危不亂，右手刀光霍霍，盡擋金針攻勢；左手運掌成爪，以擒拿手法專攻郭在天手腕，意欲奪刀。若論眞實功夫，梁棧生原就不是兩位師兄師姊任何一人的對手，這時情急拚命，雖然撐得一時，不過敗陣也只是遲早的事。

卓文君專心觀戰，兩手各持一雙筷子，以便隨時介入。他揚聲道：「請師兄、師姊罷鬥。同門相殘乃本門大忌，大家不可傷了和氣。」

梁棧生大喝一聲，短刀脫手，擲向崔望雪。崔望雪眼看此刀來勢洶洶，不敢怠慢，當即力灌金針，點中刀面，將短刀引向一旁。梁棧生險險避過郭在天的大刀，著地一滾，移形換位，起身時已經拔出插在地上的玄天劍。霎時之間精光四射，寒氣逼人，在場之人全部氣息一塞。梁棧生手捏劍訣，擺出旭日劍法起手式，正要說話，郭在天已經揚起大刀，欺身而上。他心知玄天劍鋒利無比，削鐵如泥，自己所使的「常道刀」雖然也是罕見寶刀，多半還是會讓玄天劍當作爛泥削斷。於是他改變刀勢，輔以靈動身法，避免刀劍交擊，圍著梁棧生遊鬥。

崔望雪站在一旁，目綻精光，雙手各握三根百花針，隨時準備動手偷襲。梁棧生仗著寶劍之利，一時不至落敗，然則百花針見血封喉，崔望雪又功力深厚，出針無聲，端得是防不勝防。郭在天一刀自背心襲來，梁棧生反手出劍，轉身時力道稍微大了點，眼角瞥見金光閃耀，連忙迴劍擋格，架開金針。莫看那金針細小，好似落水不沉，在崔望雪雄渾內力的引動下，依然震得梁棧生虎口生痛。他膽顫心驚，叫道：「文君！難道你就眼睜睜地看著他們殘殺同門嗎？」

卓文君解下腰間掌門令牌，高舉過頭，說道：「玄日宗弟子郭在天、崔望雪聽令，立刻給我收手罷鬥。」

郭在天與崔望雪充耳不聞，攻勢反而更加凌厲。

這時趙言嵐衝上樓來，一瞧打得熱鬧，當即拔出腰間長劍。卓文君在他身旁揮手擋道，說：「嵐兒且慢，待師叔勸架。」豈料趙言嵐毫不理會，縱身揮劍，一出手便是旭日劍法中的殺招「烏雲蔽日」。這烏雲蔽日乃是玄日宗劍法中極為高深的劍招，只有天賦異秉的劍術奇才方能領會。玄日宗一代弟子裡也僅趙遠志、孫可翰及卓文君會使而已。此招一經施展，劍氣鋪天蓋地而來，能夠封住對手周身大穴，無論如何抵擋都會露出破綻。本來梁棧生遇上這招可有兩種應對方式，一是不架而走，一是挺劍對攻，而這兩種方式都須當機立斷，在對方出招同時立即反應方能奏效。此刻他前有郭在天，後有崔望雪，根本緩不出手來應付趙言嵐。他大喝一聲，奮力削斷常道刀，轉過身來再要去削趙言嵐的長劍，只覺寒光一閃，劍尖已然刺到眼前。

卓文君火大，叫道：「給我住手！」揮手甩出掌門令牌，後發先至，擊中趙言嵐長劍。令牌勢道強橫，不但令趙言嵐長劍脫手，更牽動他整個人向旁飛出，重重撞在寶庫石門上。

眾人尚不清楚發生什麼事情，郭在天但覺眼前人影一閃，手中大刀已經讓對方奪過。他臨敵經驗豐富，兵刃遭奪，立刻運起擒拿手法去拿對方手腕。這一下拿是拿到了，但是如握精鋼，怎麼扳都扳不動。卓文君手臂輕抖，郭在天手臂脫臼。接著，卓文君信手揮刀，叮叮叮斬斷三根金針，順勢以刀柄封了梁棧生的穴道。崔望雪白影飄飄，身如鬼魅，霎時之間連拍卓文君上身七處大穴。卓文君後退一步，輕描淡寫地化解凌厲攻勢，更運指成劍，直指崔望雪眉心。崔望雪裙襬翻飛，一腳踢向卓文君下陰。卓文君臉色一沉，出手抓住崔望雪腳踝，將她身軀提起，甩向石壁。崔望雪空中翻身，飄然落地，正待再攻，突然覺得雙腳暖烘烘的，施展不出半點力道。她心下一驚，當場盤膝坐下，運功調息。

卓文君迴過斷刀，抵著郭在天的頸部，冷冷環顧四周。

所有人神色驚恐地凝望著卓文君。大家都知道卓文君武功高強，在己之上，但是誰也沒有想到十年不見，他的功夫竟然能練到這種境界。適才動手的四人，每一個都是江湖上第一流的人物，要論功夫高低，恐怕只有天師道與少林寺的絕頂高手才能跟他們平起平坐。想不到遇上卓文君，居然沒人能夠在他手下走上一招半式。崔望雪雖然與他過了幾招，不過以他們兩人過往交情，多半還是卓文君刻意留手之故，要論真實功夫，崔望雪未必能夠還招。

卓文君掃視眾人，每個人與他目光交會都感不寒而慄。他冷冷說道：「你們擺明是要殺人滅口，推說什麼清理門戶？一個一個妄自尊大，不把我這掌門人放在眼裡。眞要清理門戶，輪得到你們來清嗎？我把你們全都清了！」他緩緩轉向趙言嵐，目光如電，瞪得趙言嵐冷汗直流。「你這小子，目無尊長，用心不良，跟我說一套做一套。我卓文君生平最討厭口蜜腹劍的小人。」

「師叔……侄兒沒有……」

「沒有？」卓文君冷笑。「沒有你跟他們殺什麼人，滅什麼口？」

「我不……」

「還敢狡辯？」

趙言嵐低下頭去，不敢搭腔。

卓文君看看崔望雪，看看郭在天，最後對著崔望雪道：「問你們為什麼要殺五師兄，你們必定是不肯說了？」

崔望雪行功完畢，站起身來，神色倔強，不言不語。

「也罷。你們不說，我不會問五師兄嗎？」卓文君走到齊天龍身旁，解開他和另外一名弟子的穴道，將寶庫鑰匙交給他，吩咐：「把玄天劍放回原位。」接著抓起梁棧生的褲帶，將他橫提在側，走到樓梯口，回頭說道：「五師兄盜劍之事，待我審問明白，自然會給你們交代。你們意圖殺人滅口之事，最好也給我想好說詞，交代清楚。我既然答應出任掌門，事情就不會只做半套。不管你們在搞什麼勾當，最好都跟我全盤托出。我不是挺你們，便是反你們。大家清清楚楚劃下個道兒來，日後要怎麼幹也好有個底。」

說完之後，他將梁棧生丟下樓梯，跟著走了下去。

第九章　看診

話說莊森下得鎮天塔，依照師父吩咐，先去伙房下碗麵吃，跟著回到煮劍居小憩片刻。天黑之後，他換上緊身黑衣，拿布蒙住了臉，自煮劍居側牆翻了出去，沿途避開巡邏弟子，來到青囊齋外。就著夜色掩護，坐在棵大樹上，靜心等候。

沒過多久，庫房火起，總壇一團慌亂，閒雜人等紛紛趕去救火。莊森提氣縱躍，落在青囊齋院牆上，幾個起落，翻上大堂屋頂，輕手輕腳地來到內院。他趴在屋簷上觀看，只見一名女弟子坐在內堂門口挑燈看書，認得是崔望雪大弟子吳曉萍。另外還有一名女弟子自煎藥房內端了一碗湯藥出來。他待端藥弟子進入大堂後，手指使勁捏碎一塊瓦片，手持碎石躍下屋簷，在吳曉萍抬頭喝問之前彈出碎石。吳曉萍說了一個「什」字，聲音當即啞了。莊森竄到她的面前，出掌將她劈昏，端端正正地放回椅子上。乍看之下倒像是在低頭看書的模樣。

莊森閃入內堂，推開六師伯的房門，入門反身關門。他來到孫可翰床前，拉了張椅子坐下，扯下面巾，輕聲道：「六師伯，小侄得罪了。」隨即撩起被褥，拉出孫可翰的左手把脈。孫可翰脈象紊亂，但卻毫不虛弱。莊森以內力試探，發現他內勁雄渾，聚集丹田，並無心脈受損而導致功力渙散之跡象。按理說以孫可翰功力之深，再嚴重的傷勢都能自療，絕無受傷兩個月卻毫無好轉的道理。莊森拉開孫可翰衣襟，露出殷紅掌印，伸掌置於其上，觸手冰涼，好似掌心握冰。他運功驅散寒毒，卻沒有感到冰寒內勁與其相抗。他放下手掌，側頭看著掌印。

沉吟半晌過後，他自懷裡取出藥包，攤在床頭几上，拔出一根銀針，對準掌印中央扎了下去。銀針並未變色，不過隱隱帶有一股香甜氣息。莊森仔細聞了聞，突然感到一陣噁心，忍不住便要嘔吐。他連忙自藥袋中取出一枚烏梅丸服下，運功加速藥性，壓抑噁心。他把銀針以白布包好，塞回藥袋，收入懷中。接著整理孫可翰的衣衫，蓋上被褥。正打算要離去之時，門外傳來人聲。

「吳師姊，妳看書看到打盹啦？」

莊森認出是趙言楓的聲音，當即拉起面巾遮臉，走到窗口，動手推窗。孫可翰身受寒毒，受不起風寒，崔望雪早已吩咐弟子封死窗戶。莊森若要破窗而出，自然不是問題，可惜他夜行經驗不夠，一時拿不定主意該不該破窗。就這麼遲疑的片刻，趙言楓已經踢開房門，飛身而入。

「大膽賊人，休得傷我師叔！」

莊森正欲破窗，耳聽破風聲起，立即轉身迴避，就聽見叮的一聲，一枚金針插在窗上。莊森與趙言楓相處半個多月，熟知她的武功底細，卻沒聽她提起擅使什麼暗器。他不知金針上有無餵毒，不敢托大，決定與趙言楓近身肉搏，速戰速決，務必讓她緩不出手來拋擲暗器。他不願惹人懷疑，於是捨棄本門武功不用，搬出一套在波斯學來的祆教武學，以詭異身法攻向趙言楓。

趙言楓施展朝陽神掌，招式老練，掌勁精純，端得是名家弟子風範。莊森十年遊歷西域，憑藉深厚的武學底子博聞強記，硬是學了不少異域武學。這些武功博而不精，難以用來對付眞正的高手，不過斗然之間施展開來，頗能令人眼花撩亂，措手不及。他或拳或掌、或拍或削，轉眼之間連換七種手法，原擬讓趙言楓手忙腳亂。豈料趙言楓攻守有度，招式清楚，絲毫不爲敵招所惑，一雙小巧的肉掌四下翻飛，反而打得莊森左右支絀。

他心道：「師妹天資聰穎，跟著師父開導半個月，武功進境堪稱神速。」莊森心念電轉，知曉半調子的袄教武功拾奪不下趙言楓，當即招式一轉，以十分刁鑽的方位出掌，掌勁雄渾，招式狠辣，卻是半個月前在臨淵客棧見月虧眞人使過的奔月掌。與月虧眞人一戰表面勝得漂亮，實際上卻是莊森生平最爲凶險的一戰。半個月來，他每天夜裡都在回想當日戰況，細細思量月虧眞人的掌法與刀招。他並未當眞學過拜月教的奔月掌，對於招式名稱與運勁法門一無所知，不過招式本身卻是打得有模有樣，掌掌生風。不知底細的人一看，還道他是從小就練熟了這門功夫。

奔月掌一出，趙言楓立刻咦了一聲，顯然認出這是當日月虧眞人使的武功。她抖擻精神，展開朝陽神掌與其放對，一招一式都是莊森當日拆解此掌時所使過的。莊森看著她嬌小的身軀，曼妙的身材，行招間香汗淋漓，不由得心神一蕩。回歸成都途中，他每日晚間與趙言楓切磋武功，每當拳掌接觸，心中都不禁浮現遐想。昨日抵達成都，趙言楓晚間沒來跟他練武，他心中竟然有點悵然若失之感。如今再度與趙言楓交手，莊森宛如回到前幾日練武情景，心裡甜甜的，順著月虧眞人的掌法一招一招與師妹拆解。待得身在半空，掌風四起，施展出當日月虧眞人的狠辣絕招之時，他才突然醒悟，暗叫糟糕。當日他以一招「破雲見日」險險避過這一掌，然而趙言楓火候未到，破雲見日尚未練熟，多半難以閃避。這掌若擊實了，趙言楓必受重傷。但若中途變招，或是手下留情，自己的身分只怕當場就要拆穿。正猶豫著，眼前突然人影一晃，趙言楓已經施展「破雲見日」，穿越掌風，輕輕落在他的身後。

莊森先是鬆了口氣，隨即膽顫心驚。只見趙言楓毫不容情，反手出掌，便與當日自己破解奔月掌時的手法一模一樣。趙言楓這一掌掌勁渾厚沉猛，有如旭日朝陽，深得本門掌法的精髓，萬一讓她擊中，後果不堪設想。莊森不假思索，以指作劍，刺向趙言楓心口，攻其不得不救之處。他原擬趙言楓會收掌自保，卻沒料到她掌勢偏斜，架開莊森的劍指，跟著左掌一翻，自下而上直擊他面門。

莊森心下駭然，難以置信。趙言楓這一掌不但方位精準，無從閃避，尚且炙熱難耐，直似眉毛都要燒了起來，竟是本門掌法中最艱深的「玄陽掌」。莊森專攻劍術，掌法非其所長，這套玄陽掌他只見師父演練過招式，卻未用心修習。這時讓掌風逼得口乾舌燥，內息不順，他再也顧不得什麼掩飾武功，百忙之中勁運雙掌，擋在面前，硬生生地接下這一掌。他這一下但求自保，以轉勁訣化去對方掌力，身體向後飛出，撞上石牆，雖未受傷，卻十分狼狽。

趙言楓哈哈一笑，說道：「大膽拜月教妖人，就憑這點本事，竟然敢來玄日宗撒野？」

莊森暗道：「慚愧。」心想師妹武功雖強，畢竟臨敵經驗不足，並未發現他最後所使的乃是本門內勁。他考量眼前處境，此刻若是說話，立刻便會穿幫；但若不回話，自己無劍在手，單靠拳腳功夫，未必能夠取勝。他當機立斷，上前虛晃一掌，隨即身子倒縱，破窗而出。

趙言楓右手揮灑，拋出三枚金針。莊森看準來勢，出手抄下兩針，卻讓第三枚針扎中肩膀。他雙腳在窗外內院輕點，再度向後躍出，順勢擲出適才抄下的一枚金針，阻擋趙言楓跳窗追趕。接著他落在牆邊，拋出第二枚金針，身體隨即向上拔起，翻牆而出。趙言楓避開兩針，再要追趕，賊人早已不見蹤影。

莊森就著夜色掩護，本待直接溜回煮劍居，突然肩窩麻癢，心知金針有毒。他於牆影下佇足，拔出金針，聞了一聞，認出是椎明草的氣味。這種草的汁液能令人麻癢三日，不過不會傷身。莊森心想這等毒針正適合趙言楓這般好心腸的女子使用。要治椎明草毒，只要將椎明草根嚼爛吞下即可。他記起崔望雪的藥圃中種有此草，於是轉往養氣閣而去。

養氣閣乃是趙遠志與崔望雪居住之所，無論正門、側門都有弟子把守。莊森沿著外牆轉了一圈，找不出守衛死角，於是順手拔下一根樹枝，斜向庫房的方位擲出。把守側門的弟子腦袋一偏，他立刻掩上院牆，翻入養氣閣內院的藥圃之中。

他憑藉記憶與氣味，摸黑找到椎明草，拔出其中一株，將根含入口中嚼爛。待得肩上麻癢稍解，心知自己診斷無誤，正要離開時，突然看見水池橋底下有塊奇特的黑影。他好奇心起，走近細看，就著池面波浪，瞧出那是一朵荷花，但卻通體漆黑，不僅花瓣漆黑，就連莖葉都是黑的。他心念一動，翻到小橋之下，雙腳勾住橋緣，仔細打量該花，終於肯定那是傳說中的黑玉荷。

黑玉荷源自吐蕃高山，性極寒，入體即凍，可保屍身不壞。相傳百年之前拜月教曾以黑玉荷保存教主金身，不過沒聽說過其他用途。居住吐蕃期間，莊森曾四下打探這朵奇花，卻被當地大夫斥為無稽之談。他本來已將黑玉荷當作古老傳說，想不到竟然在玄日宗總壇給他見著了。

「性極寒，入體即凍。」莊森暗自沉吟，摸摸懷裡藥包，想著六師伯胸口那道殷紅掌印。「黑玉荷種於此處，肯定與六師伯的傷勢脫不了關係。四師伯拖延六師伯傷勢，究竟是何用意？那黑玉荷的寒毒，應當如何拔除？」他思緒一轉，又想：「言楓師妹小小年紀，內力或許及不上我，但在武功招式上領悟比我更深，實乃百年難得一見的武學奇才。可她為何要刻意示弱，掩飾真實本事？莫非她深怕自己鋒芒太露，蓋過自己親哥哥？又難道她……她是不想把我比下去，怕我因此難堪？」他對趙言楓心存好感，實不願往壞處去想，最後搖了搖頭，下了決定：「此事暫且裝作不知，日後再看師妹怎麼說吧。」

他撿起椎明草金針，放到池塘裡清洗乾淨，插入黑玉荷莖。等到手指都讓金針上傳來的寒意凍得顫抖後，他抽出金針，插在懷中藥包上，這才翻出小橋，挨到牆邊，往牆外遠處丟顆石頭，跟著翻牆而出，朝煮劍居溜去。

□

煮劍居爲代理掌門的住所，同樣有弟子於門前把守。莊森如法炮製，引開弟子，翻牆入內，回到自己房間。才剛換下夜行衣物，便聽見守門弟子叫道：「掌門師叔！」莊森急著跟師父回報適才情形，也急著想要知道鎮天塔的狀況，於是迅速穿好衣衫，推門出去，正好趕上卓文君提著梁棧生來到主廳門口。莊森叫了聲：「師父。」跟著又低頭叫了聲：「師伯。」接著搶到門口，幫師父開門。

卓文君將梁棧生擺在餐桌旁的椅子上，順手解開他的穴道，轉頭吩咐莊森沏茶。莊森沏上熱茶，放上餐桌，按長幼秩序，先給梁棧生倒了杯茶，說道：「師伯，請用茶。」跟著又給卓文君倒了一杯：「師父，請用茶。」

梁棧生拿起茶杯，貼著臉上瘀傷，說道：「森兒，多年不見，你已經變成堂堂男子漢啦。」

「是，師伯。」莊森道：「敢問師伯爲何鼻青臉腫？」

「你師父點了我的穴道，從鎮天塔一層一層滾下來，是人都會鼻青臉腫的。」

「那也說得是。」莊森忍笑道。

「滾你是客氣，」卓文君冷冷說道。「要按門規處置，早把你的腦袋給砍下來。」

梁棧生放下茶杯，望向卓文君，收起嬉皮笑臉，說道：「你要砍我，我無話可說。當年我那樣對你，你會恨我也是理所當然。」

卓文君喝一口茶，搖頭道：「師兄，我不恨你。當年你那麼做，阻我釀成大錯，其實我該謝你才對。」

梁棧生道：「再怎麼說，還是我出賣了你。」

「你若覺得愧對於我，現在就老老實實地跟我吐實。」卓文君說。「到底他們爲什麼要殺你滅口？」

梁棧生欲言又止，斜眼望向莊森。卓文君道：「我這次回來代理掌門，如坐針氈，如履薄冰，身邊就只有森兒一個可信之人。在他面前，你什麼事都無須隱瞞。」

「包括當年之事？」

「那個我自己會跟他說。」

梁棧生道：「我得知太多內情，所以他們要殺我滅口。我如果把事情告訴你，難保他們不會來殺你滅口。」

卓文君搖頭。「他們殺不了我，只會試圖拉攏我。」

梁棧生揚眉：「如果再加上二師兄呢？」

卓文君臉色一沉：「二師兄也跟他們一夥？」

梁棧生道：「二師兄城府深沉，心思難測，有沒有跟他們一夥，我不清楚。我只知道想要對付大師兄，如果沒有得到二師兄的幫助，他們絕對不敢動手。」

卓文君愣了一愣，只道自己聽錯了。他緩緩問道：「對付大師兄？」

梁棧生喝乾一杯熱茶，深吸口氣，從頭說起：「兩個半月前，大理寺少卿宋百通前來找我，告知六師弟即將回歸成都之事，要我從中保護六師弟。」

「宋百通？」卓文君問：「你跟宋百通有什麼交情？」

「我曾讓大理寺盯上幾回，全仗宋大人出面解決。」

「他爲什麼要爲你出力？」

「自然是想在玄日宗裡埋藏人脈。」梁棧生理所當然地道。

「你明明知道他賣你人情，日後總是要還的。」

梁棧生一副無所謂的模樣。「人情就是人情。他能幫我擺脫大理寺糾纏，我還他幾個人情卻又如何？再說，保護六師弟本來就是我份所應爲，我只是沒想到他要我在什麼人面前保護六師弟。」

「當日六師弟約了四師姊……」他偷瞧卓文君一眼，見他沒有異狀，這才繼續說下去。「……戌時於城北參鳳亭相見，說有要事相商。我暗地裡跟蹤四師姊，原想……倘若……他們只是這個……敘舊的話，我就立刻離開。只是當我偷偷摸到參鳳亭外的草叢中時，卻發現附近早已有人埋伏。當時我還沒想到他們是要對付六師弟，只是想……」

「是嵐兒和三師兄？」

「是。」

「二師兄沒來嗎？」

「沒有。」

卓文君眉頭深鎖，問道：「他們究竟談些什麼？」

梁棧生語出驚人：「六師弟接到消息，四師姊等人暗中與吐蕃拜月教勾結，打算擁立嵐兒繼位掌門，集合本門弟子及依附在本門之下的江湖門派，統籌十萬兵力，引吐蕃二十萬大軍東進，殲滅各方節度使，有朝一日統一天下，登基爲王。」

卓文君與莊森愣在原地，一時不知該如何反應。片刻過後，問道：「這消息是誰告訴他的？」

「本門弟子。」

「誰？」

「六師兄沒說。」

卓文君沉吟半晌，說道：「後來呢？」

「六師弟問四師姊，爲什麼要這麼做？」

卓文君也很好奇：「是啊，爲什麼？」

「還不是因爲大師兄不作爲。」梁棧生道。「這些年來，他們一直在勸大師兄自立門戶，高舉義旗，以勤王爲名，率領四萬弟子角逐天下，與各方節度使一較長短。三師兄奔走朝廷，四下疏通，早跟崔胤等人說好，只要大師兄點頭，朝廷立刻下旨撤換西川節度使王建，並詔令大師兄為『平定大將軍』，統御京師神策軍，發兵勦滅朱全忠。」

「大師兄沒有答應？」

梁棧生搖頭：「大師兄說我們武林人士不該干涉朝政。當年黃巢之亂，玄日宗幾乎滅亡。這些年來，大師兄好不容易重振本門，不希望再將弟子送上戰場。他說黃巢之亂，禍延天下，凡大唐子民，無人能夠置身事外。然而如今局勢雖亂，百姓總還有口飯吃，他絕不願意興風作浪，為求個人功名而讓大唐再度陷入二十年前的亂局之中。」

卓文君搖頭：「如今神策軍都讓朱全忠廢了，朝廷無兵可派，光靠本門弟子及武林附庸，說要角逐天下，談何容易？」

「神策軍就算沒有被廢，也只是一批養著好看的米蟲罷了。真要角逐天下，他們只能擺在陣前充場面。」梁棧生道。「三師兄早就看出這一點，所以這兩年來與拜月教的人往來密切。」

卓文君想起月虧眞人在臨淵客棧收買他時所說的言語，與梁棧生的說法十分吻合。莊森心中奇怪，問道：「果眞如此，拜月教五星尊者又怎麼會追殺三師伯？」

梁棧生轉頭看他，朝自己的茶杯比了比，待得莊森幫他重新倒茶後，才道：「不作這麼一場戲，你們怎麼會相信我是受了拜月教所託，前來盜劍？」

卓文君揚眉：「這麼說你今晚不是來盜劍的？」

「盜劍只是順手。」梁棧生道。「其實我眞正想盜的是《左道書》。」

莊森問：「《左道書》？」

卓文君搖手：「一件一件來。」他對梁棧生道：「後來怎麼樣？」

「六師弟問四師姊要如何處置大師兄。」梁棧生說。「四師姊說大師兄武功深不可測，就算聯合二師兄亦沒有十足把握制伏他。她希望六師弟能夠出手相助。」

卓文君皺眉：「六師兄正直不阿，絕不會參與這等行動。四師姊與他相熟，不會不知。」

梁棧生眼望著他，欲言又止。

「怎麼著？」

梁棧生嘆一口氣：說道：「此事極為隱密，就連三師兄和嵐兒都不知情。我說了，你可不要著惱。」

「什麼事？」

「正直不阿之人，遇上枕邊細語，也有把持不住的時候。」

「你……」卓文君指著他的鼻子道。「你說什麼？」

「這事有那麼難信嗎？」梁棧生問。「當年四師姊怎麼誘惑你，後來就怎麼誘惑六師弟。其實你也不能怪她。楓兒出生之後，大師兄為練神功，早已不近女色。四師姊並非聖人，總有七情六慾……」

「行了，我信你了。」卓文君道。「不用跟我講這麼多。」

「六師弟對大師兄心懷愧疚，五年前已和四師姊斷絕往來。」梁棧生繼續說道。「如今四師姊動之以情，懇求六師弟相助；六師弟則一直苦勸四師姊放棄野心，回頭是岸。兩人說了半天，沒有交集。六師弟終於提起鄭道南案。」

卓文君心念一動：「鄭道南案？」

「六師弟說他接到消息，大理寺重開此案，並且已將矛頭指向玄日宗。他威脅師姊若不放棄此事，他就去找大理寺投案，將當年之事全抖出來。」

卓文君道：「當年本門奉有聖諭，爲朝廷剷除附逆反賊。殺鄭道南之事，早就已經跟朝廷交代過了。就算咱們從中獲利，那也是皇上默許過的事情，大理寺不會爲此追究。」他臉色一沉，目光如電：「除非這中間還有什麼我不知道的內情。」

「據我所知，沒有什麼特別的內情。」梁棧生搖頭。「但那畢竟不是什麼光彩之事。即使二十年前各大門派都在幹同樣的事，會不會讓人抖出來還是各憑本事。此案一旦爆發，玄日宗落人口實，江湖上人人都說我們能有今日，全靠二十年前那筆不義之財，而且還是大師兄親自帶頭殺人取財。此事可大可小，若被有心人士操弄，在玄武大會上提出來，很可能會搞到大師兄沒臉繼續留任武林盟主，玄日宗慘遭江湖人士唾棄的地步。而你也知道，這年頭到處都是有心人士。」

卓文君緩緩點頭，問道：「師姊如何應對？」

梁棧生雙手一攤：「說僵了動手。」

「三個打一個？」

「是。師姊先出手，三師兄和嵐兒伺機偷襲。」

「二十年不見，不知六師兄武功進境如何？」

「跟你比，不知道。」梁棧生說。「比起他們三人，可就強多了。」

「你沒有加入戰團？」

「我這點微末道行，就算加入了也幫不上忙。再說，六師弟穩佔上風，根本不需要我幫手。」

「他打贏了？」

梁棧生點頭。

「這麼說，他胸口這一掌，不是四師姊他們打的？」

梁棧生搖頭。「六師弟打傷他們三人，揚言給他們三天時間考慮，隨即拂袖而去。想不到第二天，他就躺在棺材裡，讓人給送回總壇來了。」

卓文君眉頭深鎖。「你說他們與拜月教掛鉤，莫非他們另外找來了拜月教高手助拳，以凝月掌擊傷六師兄？但是拜月教裡只有教主赤血眞人有實力……」

「依我看，多半還是二師兄幹的。」

卓文君揚眉：「二師兄會使玄陰掌嗎？」

梁棧生看了莊森一眼，回過頭來道：「那天晚上，我們全都看過《左道書》。二師兄有沒有學會玄陰掌，也難說得緊。」

莊森想要提問，讓卓文君以眼神阻止。

「你後來被他們發現了？」

「是。」梁棧生說。「他們原先全神提防六師弟，沒有留意周遭動靜。六師弟一走，我立刻讓他們察覺。所幸他們都受了傷，無力追趕。我當天晚上就收拾細軟，離開成都。」

「你既已知情，當可與他們合謀。如此遠走高飛，豈不是惹人追殺？」

梁棧生白眼一翻：「師弟明知故問了。他們如果願意信我，早就找我參與此事。當年我把你……給抖出來，師兄弟裡除了大師兄外，從此無人再敢信我。而大師兄原先對我有多少信任，你也不是不知。」

卓文君點頭。「如今你將此事說給我聽，祕密已然外洩，他們再也無須封口。你就乖乖待在總壇牢房裡，等大師兄回來發落。」

梁棧生忙道：「我偷盜玄天劍，大師兄不會輕饒我的。」

「那也是你自作孽。」卓文君毫不同情。「話說回來，你這人向來盜寶都是爲了錢財，要《左道書》做什麼？」

梁棧生答：「當年翻閱《左道書》，盡學天下偷盜之術，以爲從此享盡榮華，不愁吃穿。可我沒有想到，偷盜東西容易，躲避追殺難。武功沒有練好，總還有些東西是碰不得的。」

卓文君搖頭：「練武講究資質。師兄能夠練到這個地步，世間已經罕逢對手。當年師父授業，並未藏私，師兄受限資質，難以再有長進，這可不是拿了《左道書》就能改變的事情。再說，《左道書》裡的武學盡是旁門左道，強在速成，不在威力。本門眞正高深的武學，師父都已經傳給我們了。」

「你練得好，當然這麼說了。」

卓文君靠回椅背，瞧著梁棧生，思索他適才所說的話。片刻之後，他問：「你偷玄天劍，買家是誰？」

梁棧生不答。

卓文君冷冷瞪他。

梁棧生深吸口氣，兩手一攤，說道：「朱全忠。」

卓文君問：「朱全忠打算對付大師兄？」

梁棧生輕嘆道：「朝廷、藩鎮、番邦、各方勢力，當今世上只要是號人物，不是想要利用大師兄，便是想要對付大師兄。朱全忠利用不了大師兄，自然打算對付他。」

「而你就去幫他？」

「那不過就是一把劍。」梁棧生說。「你大可以告訴自己它象徵了多大的意義。實情卻是，大師兄把它藏在寶庫裡，再大的意義都是空談。我若不讓玄天劍重見天日，整個玄日宗，甚至中原武林、大唐江山，就只能一直僵在那裡，永無太平之日。」

「如此說來，師兄還是爲了天下蒼生著想？」

「偶爾想想。」

卓文君冷笑一聲：「朱全忠開價多少？」

「五萬兩銀子。」

「一把劍能夠賣到這個價錢，也算是很了不起了。」卓文君說著起身。「走。」

「去哪裡？」

「牢房。」

梁棧生神色畏縮。「你把我關入牢房，不出幾天，我鐵定沒命。」

「師兄說笑了。」卓文君說。「你出道至今，近三十年，江湖上每天都有人想要殺你，可也沒瞧你給人殺死過。」

「師弟，你放了我吧。」梁棧生動之以情。「我保證從此退出江湖，不再干涉本門事務。」

卓文君遲疑片刻，搖頭道：「五師兄，他們沒被你賣過，都不信你了，我更沒有理由相信你。」

「說到底，你還是對當年之事耿耿於懷。」

「可不是嗎。走吧。」

□

卓文君師徒將梁棧生押入牢房，吩咐守門弟子除非掌門親至，不然任何人都不准探監。回程途中，兩人漫步而行，各想各的心事。到煮劍居後，卓文君讓莊森重新沏壺好茶，師徒一起坐下，互相講起今晚之事。說到趙言楓闖入病房時，莊森輕描淡寫地帶過兩人打鬥過程，只說自己脫身之時不慎中了金針。他也不知道爲何不提趙言楓身懷上乘武功之事，或許是因爲師父回到玄日宗後就開始疑神疑鬼，不肯輕信於人。他不希望師父爲了此事，連對言楓師妹都起心防範。

卓文君道：「四師姊和三師兄提起鄭道南案都是一副另有隱情的模樣，五師兄卻說沒有什麼好提。」

「師父認爲，五師伯在說謊？」

「你五師伯每天都在說謊。」卓文君道。「不過在大關節上，他總還把持得住。有些事情，他是說什麼也不會幹的。四師姊他們勾結拜月教之事，我看應該不假。」

「但照五師伯的說法，我們依然不知六師伯傷在何人手中。」

「嗯……」卓文君沉吟半晌。「蜀盜偷盜，向來只爲錢財，不能換錢的東西，從來沒見他偷過。他說要找《左道書》，多半不是想學武功那麼簡單。」

「師父，」莊森問。「《左道書》究竟是什麼，現在可以說給我聽了吧？」

「《左道書》乃是本門一大祕密，向來都由歷代掌門人交接給下任掌門，一般弟子是不會聽說過這本書的。當年黃巢亂世，玄日宗上代十三支脈死到僅存我們這一脈弟子。你師祖在交接掌門時，有感於世事無常，便將這個祕密一次說給我們七個師兄弟知曉。」他面露微笑，繼續說道：「昨天跟你說的玄陰掌、晨星劍等失傳功夫，每隔幾代便有高人重新領悟出來。其實那是瞎說，我眞沒想到你連這種鬼話都會相信。」

「啊？」莊森神色委屈。「師父，你說我就信啊。」

「這就跟你說了吧。」卓文君喝口好茶，講解過去。「本派開山祖師玄日老祖學究天人，鑽研的學問並不只武功一道。當年他創建玄日宗，將本身所學去蕪存菁，捨棄的不光只是狠辣武功，還包括許多旁門左道的學問。在老祖完成筆錄本門正宗學術之後，又將這些棄而不用的學問全部集合起來，撰寫成一套《左道書》。他吩咐後世子孫，除非遇上攸關天下蒼生的大事，不然不得輕易翻閱此書。因爲書中記載的學問都是旁門左道，容易蠱惑人心，閱之有害無益，只能當作不得已的情況下使用的手段。」

「這麼厲害？」莊森道。「裡面都是些什麼學問？」

「《左道書》共分七冊，第一冊為武學，第二冊為命理，第三冊為權謀，第四冊為醫術，第五冊為機關，第六冊為天下，第七冊為總訣。」

「喔？」莊森摸摸下巴。「為什麼我覺得這聽起來像是師伯們各自的專長呢？」

「因為除了六師兄外，我們全都看過《左道書》。」卓文君道。「二十年前，師父告訴我們這個祕密的同時，曾經再三告誡不得翻閱的祖訓。當時我們都勸師父說天下亂成那樣，實在是拿這種寶物出來參考的絕佳時機。師父不得已，又告訴了我們另外一個與《左道書》有關的祕密……安騰海、李勝天、白非龍、雨晨曦，這幾個人的名號，你都是聽說過的。」

莊森點頭。「他們都是本門歷代恃強而驕，為禍武林的前輩高人。」

「我們跟弟子講述本門歷史時，多少都有加以美化。其實這些人都是武林當時不折不扣的大魔頭。他們欺壓良善，作威作福，不知道有多少人曾喪命在他們手上。」卓文君長嘆一聲，搖頭說道：「你知道他們有什麼共通點嗎？」

「難道……」莊森遲疑說道。「難道他們都曾看過《左道書》？」

卓文君點頭：「所謂旁門左道，蠱惑人心，不是隨便說說的。《左道書》裡的學問會讓人走火入魔，在讀書者心中種下執念。意志不堅定的人，難保不會將這些左道學問拿去為非作歹。」

「那你們還看？」

「誰會以為自己意志不堅呢？」卓文君說。「當年大師兄剛剛接任掌門，武林人才凋零，玄日宗百廢待舉，黃巢登基為王，亂世……看起來完全沒有結束的跡象。我們年輕氣盛，一心只想要有些作爲。師父苦口婆心，我們只當他是食古不化，膽小怕事。只有六師兄一人持身正直，不受世道影響，一點也不願與旁門左道扯上任何關係。掌門交接那天晚上，我們輪番敬酒，把師父灌醉，然後慫恿大師兄拿出《左道書》，讓我們六個人一人分讀一冊。大師兄讀的是武學，二師兄命理，三師兄權謀，四師姊醫術，五師兄機關，我則看了天下篇。」

「什麼是天下篇？」

「就是治國平天下的道理。」

「是囉。」莊森點頭。「你說還有一本總訣沒有人看？」

卓文君點頭：「大家爲求速成，都找專門的學問來看。總訣博而不精，也不比其他本厚，料想沒什麼看頭。」

「會不會總訣才是集大成的關鍵呢？」

「不無可能。」卓文君說。「可一個晚上能學的有限，誰有功夫集大成？」

莊森問：「好看嗎？」

「好看。」卓文君豎起大拇指，點頭說道：「很有啓發，讓我一個晚上頓悟好幾回。」

「後來呢？」

「第二天酒醒之後，我們師兄弟六人都感到非常充實，同時又異常空虛。師父他老人家知道我們做了什麼，並沒有責罵我們，只是以失望而又罪惡的神情瞧著我們，然後回到房內，閉關打坐。直到鄭道南案發，師父離開總壇，四方雲遊，他始終沒有再跟我們說過任何一句話。我認爲在內心深處，師父他老人家其實期待我們去看《左道書》，他只是無法讓自己提出這樣的要求罷了。」

「你們就只看了一晚？」

卓文君點頭。「雖然僅看了一晚，我們卻都受益良多。那天之後，大師兄就把《左道書》給收藏起來，不讓我們其他人得知藏書之處。至於《左道書》究竟有沒有誘惑人心，腐化我們師兄弟幾個人的心智，我不敢說。我只知道在我們看過《左道書》後，沒幾個月就滅了鄭道南滿門，霸佔他的財物。」他長嘆一聲，語重心長。「或許玄日宗能有今日，全拜《左道書》所賜。或許就連當年平定黃巢之亂，也跟《左道書》脫不了關係。但是我常常在想，如果當初沒看《左道書》，如今我們會不會是這個局面？」

莊森眼看師父沉默不語，說道：「師父，我不知道當初如果如何如何，如今會不會怎樣怎樣。我只知道把世間不如己意的事情怪罪到一本書上，聽起來有點不負責任。」

卓文君瞧他一眼，輕笑一聲，跟著又回去盯著茶杯發愣。過了一會兒，他彷彿回過神來，眼中恢復神采，說道：「五師兄說的沒錯，師姊他們如果沒有得到二師兄支持，絕對不敢輕易造反。如今二師兄跟大師兄一起出門在外，難保不會出什麼岔子。森兒，太平真人答應我會派出弟子打探大師兄他們的去向。我要你明天一早出發前往鶴鳴山真武觀，如果能夠打探到大師兄的消息，立刻趕去支援他。」

「是，師父。」

「還有，」卓文君又道。「我今晚修書一封，讓你交予太平真人。他會帶你去看《左道書》。」

莊森詫異：「《左道書》在真武觀？」

「大師兄於十五年前將本門一份重要事物交給太平眞人保管，並於半個月前致書眞人，要他將此事暗中告知本派下任掌門。除了《左道書》外，我想不出還能是什麼其他東西。」

「師父要我翻看《左道書》？」

「倘若如你所料，六師兄的寒毒眞是師姊以黑玉荷所致，《左道書》中定有記載治療之法。另外，我還要你看看裡面有沒有夾帶什麼不尋常的事物。」卓文君道。「《左道書》裡藏有五師兄覬覦之物，我要知道是什麼。」

莊森興奮至極，摩拳擦掌，說道：「師父，你終於讓我獨自出門闖蕩啦。」

卓文君瞧他一副少不更事的模樣，越發覺得難以放心。他想了又想，沉吟道：「你這回出門，多半尚未離城便讓人跟上。我看你不能直接去鶴鳴山。」

莊森笑道：「師父放心，弟子縱使不濟，防人跟蹤的本事還是有的。當眞擺脫不掉，我便四下兜圈……」

卓文君搖頭：「鶴鳴山附近便只天師道屬武林一脈，你在那附近兜圈，兜不出什麼名堂。此事事關重大，必須小心爲上。」他比向旁邊書桌，又道：「今晚翻翻陳情書，挑幾件有趣的閒事管管。明兒個我就對外宣稱是派你出門處理陳情事宜。確定無人跟蹤之後，你再去鶴鳴山。記清楚了，此行以接應你大師伯爲主、翻閱《左道書》次之，再來才是管閒事。不過你既入江湖、孤身上路，有時候輕重緩急也不容易分得清楚。總之要記住，凡事量力而爲，切忌強行出頭。初出茅廬，保命爲上。不過不要墜了你師父的威名。」

「請問……」莊森舉手。「倘若遇上要在和大墜師父威名之間取捨之事，該怎麼選？」

「那就別說你是我徒弟。」卓文君不假思索，順口答道。「闖蕩江湖得有骨氣，不要動不動就拿師父的名頭出來唬人。」

「師父教訓得是。」莊森說完起身，朝堆在書桌上那幾疊陳情書走去。

卓文君凝望著他，一時百感交集。莊森自小與他相依爲命，當眞是情同父子，儘管清楚他已盡得自己眞傳，出門在外等閒不會受人欺負，然則當此世道淪落、人心險惡之時，單憑一身功夫未必足以行走江湖。他暗嘆一聲，說道：「森兒，一個人在外闖蕩，可得小心在意。」

莊森放下陳情書，抬頭看著師父。兩人微笑點頭，一切盡在不言中。

第十章　查案

次日天剛破曉，莊森起個大早，下床梳洗，開始收拾行李。想到師父派他孤身上路，闖蕩江湖，不禁心下雀躍。路過書房時，發現其中燈火未熄。莊森微微一愣，輕輕敲門，問道：「師父？」

「進來。」

莊森推門而入，看見卓文君埋首在一堆陳情書中。他問：「師父，您昨晚沒睡？」

卓文君放下手中書信，揉揉眼睛道：「輾轉難眠。」

想起過去十年，師父閒雲野鶴，不須爲任何事情煩心，此刻見他如此，莊森感到十分不捨。他說：「師父，請保重身體，不要太操勞了。」

卓文君笑著看他，神色欣慰。「森兒，你獨自遠行，小心在意。」

「弟子知道。」

「吃過早飯再走。」

「是。」

莊森向師父告退，回房收拾行李。想到自己不在，師父一個人留在這爾虞我詐的總壇裡，也不知道有多少人心懷不軌，心中不覺有些擔心。想著想著，思緒又飄回言楓師妹身上。他很想於走前去和師妹告別，不過又不知道是該找個因頭去和她巧遇，還是該直截了當與她辭行。正猶豫著，聽見院外大門開啓，有弟子送上早飯。他本來也不放在心上，直到隔壁房外傳來趙言楓的聲音。

「七師叔，姪女給您送早飯來。」

「楓兒，讓伙房的弟子送便是了，何必自己跑來？」

「姪女親手包了蒸餃，想請師叔嚐嚐。」

「是給我嚐，還是給妳莊師兄嚐？」

「師叔……」

卓文君哈哈大笑，開門接過早餐，說道：「那籠妳拿去給森兒吧。」

莊森心跳急促，聽著腳步聲來到自己房門口。

「莊師兄，你起來了嗎？」

不知爲何，莊森覺得趙言楓今日的聲音格外好聽。他連忙開門，笑道：「起來了。師妹早。」

「師兄早。」趙言楓笑盈盈地端著早餐進門。「我包了些蒸餃，請師兄嚐嚐。」

莊森接過蒸籠，放在桌上，拉了把椅子請師妹坐下，跟著坐在對面，拿起蒸餃便吃，邊吃邊讚：「好香，好香。師妹，妳手藝眞好。」

趙言楓雙手托著下巴，眉開眼笑地瞧著他吃。待他一籠蒸餃吃得差不多了，這才說道：「聽說師兄今日遠行？」

莊森點頭：「是呀，師妹這麼快就聽說了？我還想去跟妳辭別呢。」

「我陪你同去，可好？」趙言楓說。

莊森差點噎住，搥搥胸口，說道：「這……這……」

「你不喜歡嗎？」

「不會。」莊森喜出望外，但覺不知從何說起。「只是……妳跟四師伯說過嗎？她放心嗎？」他其實想說：「咱們孤男寡女，結伴同行，是不是……」不過這話可不好意思說出口。回歸成都途中，卓文君總是刻意先行，讓他兩人走在一起，不過畢竟還是有長輩同行。如今師妹主動說要與他同去，莊森臉紅心跳，不知是否代表什麼意思？

「我跟娘說過了。她沒什麼好不放心的啊。」趙言楓道。「之前去吐蕃，我還不是一個人去？」

「這……」莊森自然希望她能同去，然則想起《左道書》是本門機密，不知道是否該對師妹透露，亦不知此行會不會遇上凶險，心下微感遲疑。「我這次出門，有要事待辦……」

「我也不是跟著你去玩的。多一個人，多一份力。」

「那倒說得是，」莊森點頭。「不過我還是得請示師父。」

「師兄，你長這麼大，什麼事都要問師父嗎？」

「尊師重道，有何不妥？」莊森道。「再說，現在師父代理掌門，總要掌握本門弟子的去向。師妹要跟我同去，得向掌門報備一聲。」

「好吧，我跟你一起去跟師叔說。」

卓文君信步晃到莊森門外：「去啊。你們兩個都缺乏江湖經驗，一起出去闖闖也好。」

趙言楓跳到卓文君面前，笑道：「謝謝師叔！」

卓文君點頭：「好了，妳先回去整理隨身行李，一會兒跟森兒在門口碰面。」

「早就整理好啦。我回房去拿。」說著一溜煙就跑掉了。

莊森見卓文君賊兮兮地看著自己，不禁微微臉紅。「師父，我跟師妹兩個人……」

「怎麼？你不想她一起去嗎？」

「這個……自然是想。」莊森臉色更紅。「只不知師妹怎麼一大早就知道我要出門了？」

卓文君道：「昨晚你睡了之後，我去找四師姊，說要派你去支援大師兄。」

「啊？」莊森訝異。「師父為何要這麼做？」

「自然是要看看他們如何反應。」卓文君道。「倘若二師兄當眞與他們合謀，說不定就可以打草驚蛇。」

「那麼……」莊森心裡一驚。「四師伯讓言楓師妹跟我同去，難道連師妹也……」

「那也未必。」卓文君說。「楓兒年紀幼小，師姊又重男輕女，這等大事，她未必會讓楓兒參與。」

莊森考慮是否該提趙言楓深藏不露之事，最後決定暫且不提。「那又為什麼讓師妹跟來？」

「自然是要跟你打好關係。」卓文君理所當然地道。「他們造反能否成事，跟咱們師徒二人願不願意加盟很有關係。就算不能拉攏咱們，他們起碼也要讓咱們置身事外。你跟楓兒走得近些，跟師姊他們的關係就密切些。到時候被逼著攤牌，咱們的顧慮也就多些。」

「這……」莊森搖頭嘆氣。「師父，我眞不喜歡聽你分析這些事情，老覺得你變了個人似的。」

「我也不喜歡，」卓文君道。「但是還沒說完。萬一言楓不似外表那般單純……森兒，自古英雄難過美人關，這一路上，你可得要自己把持才好。」

「弟子理會得。」

卓文君冷冷一笑，似乎不信他把持得住。他說：「行李收好，這就去吧，別讓楓兒等太久。」

□

莊森走後，卓文君回到書房，吃蒸餃喝茶，整理陳情書。一切打理完畢後，他離開煮劍居，前往正日廳。由於主要的事情昨日已經處理完畢，今天沒有武林人士前來陳情，只有三個小門小派的掌門爲了參加玄武大會，提早抵達成都，前來拜會武林盟主。卓文君應付幾句，打發他們離開。接著他讓弟子去請郭在天、崔望雪及趙言嵐前來正日廳議事。

「師兄、師姊，不知道你們商量好了沒有？」

崔望雪搖頭：「沒有。」

卓文君輕笑：「那就繼續商量。我去百鳥樓走走。今晚吃飯之時，請三位統一說詞，跟我交代清楚。」

昨日去洞天觀訪友，卓文君不帶隨從。今日以玄日宗掌門人的身分前往百鳥樓巡察宦官，可不好太過寒酸。他讓司儀弟子找了十名弟子同去，什麼敲鑼打鼓的就免了。

百鳥樓位於城北，本是成都數一數二的大酒樓，如今讓玄日宗徵收，用以安置宦官。老闆李萬金心下苦悶，敢怒不敢言，聽說玄日宗代理掌門駕到，當即換上笑臉，跟在此主事的玄日宗弟子一同迎到大門。

「恭迎卓掌門大駕光臨。」李老闆鞠躬哈腰，將卓文君迎入大廳。「多年不見，卓掌門氣色可好得很啊。」

「託李老闆的福。」卓文君道。

一旁玄日宗弟子行禮道：「弟子陳泰山參見掌門師叔。」

卓文君點頭：「這裡是你負責打理的？」

「是，師叔。」

「客人住得還習慣嗎？」

「習慣，師叔。」陳泰山報道。「今日早晨爲止，百鳥樓已經收留內侍省的公公共七十三人。趙師兄派遣三十名弟子看守此地，維護各位公公安全。眾弟子分作三班輪值，每班十員，分別把守外牆，巡邏內院，管制人員出入。」

「管制出入？」卓文君問。「咱們不是在軟禁眾位公公吧？」

「稟師叔，我們必須能夠掌握公公的行蹤，才能確實保護他們。」

「也是。」

李老闆吩咐下人，開上酒席。卓文君待他們一整桌酒菜全部上桌後，提起一壺美酒，朝李老闆道：「老闆，我吃過早飯來的。後面巷子裡有些乞兒，你把這些飯菜送去給他們吃吧。」

李老闆說道：「卓掌門心懷蒼生，仁義過人，實在令人好生佩服。」心下暗罵：「不餓不會早點說嗎？拿我的飯菜去收買人心，這無本生意可真好做。」當即吩咐下人照辦。

卓文君待豐盛佳餚收走之後，將酒壺放回桌上，對陳泰山道：「客人都有造名冊嗎？」

陳泰山回道：「稟師叔，姓名、職司、家世背景、武學淵源都有記載。」

「會武的人多嗎？」

「十六人。」

「有沒有高手？」

「弟子沒跟他們交過手。」

卓文君點頭：「把名冊拿給我看看。」

陳泰山呈上名冊。卓文君一頁一頁慢慢翻閱。這時百鳥樓內的宦官都已聽說玄日宗代掌門大駕光臨，紛紛步出房門，於二、三樓欄杆後探頭觀看。卓文君耳聽人聲漸響，抬起頭來，朝眾宦官點頭微笑。眾宦官連忙回禮，紛紛向卓掌門請安問好。

卓文君眼尖，指著二樓一名中年宦官說道：「咦？這不是常將軍嗎？多年不見，常將軍近來可好？」

那宦官名叫常正書，十年前曾任左神策軍中尉，掌握禁軍兵權，乃是京城宦官中數一數二的人物。其後於權力鬥爭中失了權柄，遭人貶出長安。若非如此，似他這等大權在握之人，早在兩個月前便讓朱全忠給宰了，豈有機會活到今日？常正書進內侍省前原是泉州白鹽幫少主，以一套百手斷魂刀成名武林。此人心狠手辣，武藝高強，乃是內侍省中的一流高手。常正書下得樓來，走到卓文君桌前，恭恭敬敬地拱手行禮，說道：「託卓掌門的福，兄弟這顆腦袋還沒讓朱逆砍去。」

卓文君笑了笑，問道：「百鳥樓內眾位公公，常大人可都熟識？」

常正書道：「大多認識。」

卓文君點點頭。「這份名冊裡只有記載眾位公公最後的職司。我想請常大人幫忙想想，這裡的公公裡，有沒有人曾在大理寺或是刑部當過差的？」

常正書問道：「敢問卓掌門問這個是？」

「我門下有人犯了件案子。我想請教一些律例上的問題。」

常正書道：「呂文呂公公三年前曾主持過大理寺的事務。」他抬頭顧盼，讓人找了呂公公下來。那呂文是個老太監，上下樓梯需要旁人扶持。卓文君讓呂文在自己身旁坐下，隨即遣走常正書。

呂文一坐下，立刻拱手行禮：「多謝卓掌門收容之恩，呂文沒齒難忘。」

「不必客氣。」卓文君開門見山。「卓某今天請呂公公來，其實是有件事情想要請教。」

「恩公請問。呂文知無不言，言無不盡。」

「呂公公在主持大理寺期間，可聽人提起過二十年前有件貪官鄭道南的滅門血案？」

「鄭道南？鄭道南？這名字彷彿聽過。」呂文喃喃自語，用心回想。「是了。那是中和三年的一樁血案。當年黃巢未平，時局混亂，官不官，民不民，似這等血案，多如過江之鯽。這種案子多半都是懸案，不管在刑部還是大理寺都沒人要查的。」

卓文君問：「既然如此，公公又怎麼會記得此案？」

「因爲多年以來，一直有人想要重開此案。」

「有這等事？」

「記得那人是個司直，叫什麼來著？」呂文皺眉思索。「他主張此案疑點重重，不但鄭縣令一家二十三口盡遭毒手，就連縣衙裡的衙役也無一倖免。照說殺人劫財，你把縣令府上一家人殺光也就是了，又何必大老遠跑到縣衙裡去殺人？況且聽說當時中和縣衙裡有幾個捕快武功不弱，乃是江湖上赫赫有名的人物。賊子這麼幹，多半另有動機。」

卓文君道：「這麼說也有道理。」

「是呀。」呂文道。「不過那年頭的案子本來就沒人想碰，而這件案子又完全沒有人證留下。破案的可能太低，朝廷又因庫房空虛，打算裁撤大理寺，這件案子也就一直擱著，沒人讓他重開。」

「但是現在案子開了。」

「有這等事？」呂文訝異道。「那多半是此案出現關鍵證物，或是當年的司直如今已經晉升爲主事之人。」

卓文君問：「請公公仔細想想，當年的司直叫作什麼名字？」

呂文想了半天：「好像是個姓宋的。」

卓文君心裡一涼：「宋百通？」

「是了！」呂文喜道。「正是宋百通。沒記錯的話，他如今是大理寺少卿。」

卓文君心頭火起，氣不打一處來。他讓同門師兄姊欺瞞，心裡已經夠嘔，想不到這小小的大理寺少卿也來耍他。他喝光杯中美酒，站起身來，朝呂文拱手道：「多謝公公相助。」

「卓掌門多禮了，是我該謝您才對。」

卓文君率領眾弟子離開百鳥樓，朝長安客棧而去。

□

不多時來到長安客棧。卓文君向掌櫃的詢問宋百通下榻客房，卻聽掌櫃答道：「啓稟卓掌門，昨兒晚間宋大人房中傳來打鬥聲。小人出來察看時，宋大人已經不知所蹤。」

卓文君深吸口氣，吩咐弟子留在樓下，向掌櫃道：「帶我去瞧瞧。」

來到宋百通的房間，一看果然桌椅翻倒，顯然經過一番惡鬥。掌櫃的說他一早已去報官，在玄日宗派人來查之前，他不敢收拾房間。卓文君在房內搜查片刻，沒有查到什麼可疑的事物。宋百通的對頭不單綁人，連他的行李也一併帶走。

卓文君詳加詢問昨晚情形，掌櫃說什麼都沒瞧見。他思索片刻，問道：「今日有沒有人一大早就來喝酒的？」

掌櫃的道：「有的。有位客人一開張就進來，坐到剛剛還沒走呢。」

「指給我看。」

兩人來到飯堂，掌櫃的咦了一聲，說道：「這會兒又已走了。」

「坐哪兒？什麼樣？」

掌櫃指向靠店門的一張桌子。「三十來歲的漢子，藍袍，黑裡，戴頂絨帽，挺好認的。」

卓文君召集弟子。「適才獨自坐在這兒的漢子，有人見到往哪兒去了？」

一名弟子舉手道：「稟師叔，弟子瞧見他出門往右轉去了。」

「其他人先回總壇。你跟我來。」

卓文君領著弟子，出門右轉，於鬧市之中尋找對方蹤跡。那名弟子眼睛倒尖，不一會兒工夫就在人群裡認出要找之人。卓文君凝神打量，確認對方符合掌櫃描述，隨即打發弟子先回總壇，獨自尾隨對方而去。

那人在大街上走了一段，跟著轉入小巷，越走越偏僻。卓文君縱身上屋，躲在高處遠遠跟隨。約莫一炷香的工夫過後，那人停小巷中一間民宅門口，左顧右盼，確定無人跟蹤，這才開門入內。

卓文君幾個起落，來到民宅之外，靠窗而立，閉目傾聽。

屋內一名男子問道：「什麼人在找他？」聽起來有吐蕃口音。

另一名男子道：「玄日宗代掌門。」

「震天劍卓文君？」頭一名男子道。「此人極難對付，千萬不可招惹。」

「那……」

「殺了宋百通，一把火燒了這裡。」

卓文君睜開雙眼，走到門口，右手輕輕推門，木門從中折斷，向內飛出。他拍拍手上的灰塵，大剌剌地往門中一站，說道：「在玄日宗的地盤殺人放火，你們活得不耐煩了？」

屋內二人一聲發喊，齊向卓文君撲上。左首那人使劍，劍法不甚高明，認不出武功家術。右首那人使的是一把鐵爪，來勢凶狠，顯然是拜月教的功夫。卓文君雙手一揮，兩人兵刃脫手，摔倒在地。卓文君冷笑一聲，一把提起拜月教徒，正要開口審問，突見拜月教徒渾身抖動，口吐白沫。卓文君當機立斷，拋下拜月教徒，衝向另外一人。卻見那人癱倒在地，已然死去。

卓文君拉開屍體嘴巴，喃喃說道：「原來真是毒牙。」他搜查外廳，不見異狀，於是來到後堂門口，推開內門，只見裡頭是間小臥房，放有一張木床，床上躺了個人，奄奄一息，血跡斑斑，雙手遭人齊腕砍斷，上衣敞開，腹部開了條大口子。卓文君搶上前去，出手如風，連點傷口四周十二大穴，這才目光上移，瞧個分明，正是大理寺少卿「冷眼判官」宋百通。

宋百通瞧見是他，揚嘴微笑：「卓……卓掌門……」

卓文君道：「你先別說話，我帶你去找大夫。」

宋百通搖頭，咳出一口血來。「回天……乏術，不須麻煩。」

卓文君心知他說的不錯，一時不知該如何接話。看他這副不成人形的慘狀，本來滿腔怒火，霎時間全都消了。本想握住宋百通的手掌，但他的雙掌都已不在腕上，總也不好去握他手腕。卓文君湊到宋百通面前，輕聲說道：「宋大人，你有什麼心願未了，交代卓某去辦吧。拜月教如此對你，我一定讓他們給個交代。」

宋百通搖頭：「拜月教……只是走狗。審問我的……是梁王府的人。」

「朱全忠？」卓文君微感訝異。「他爲何如此對你？」

宋百通深吸口氣，緩緩吐出，說道：「我昨日……並未對你吐實。其實鄭道南案……是我下令重開的。只因我一直知道內情。」

卓文君取過桌上水碗，餵宋百通喝了一口。宋百通喘幾口氣，繼續說道：「那鄭道南……本是黃巢親信，當年受命帶領人馬……押送黃巢連年征戰所洗劫的金銀珠寶，覓地掩埋。」

「黃賊的財寶？」卓文君道。「當年黃賊撤出長安，爲求阻擋追兵，沿路丟棄黃金數萬兩。傳說他的財寶那時就已經散盡了。」

「那些只是零頭。」宋百通道。「當時黃巢敗象漸呈，早已開始謀求退路。眞正的寶藏，他都交給鄭道南藏起來了。」

「你怎麼知道？」

「我……」宋百通大咳一聲，血滴濺在卓文君臉上。「當年我在黃巢麾下……擔任侍從，負責……打點黃巢日常起居。這祕密……是我暗中偷聽來的。」

「所以那筆寶藏……」

「數百萬兩黃金。」宋百通道。「足以……招兵買馬，收買外援，幫助……任何人……統一天下。」

「這就是朱全忠抓你的原因？」

宋百通點頭。「我對不起你，卓掌門。我受刑不過……梁王府的人已經知道……知道黃巢寶藏是玄日宗劫走的。朱全忠想要統一天下，一定會來……逼你們交出寶藏。」

卓文君搖頭：「無妨，朱全忠本來就跟玄日宗不對頭。他要對付我們，也不是從今天才開始。」

「還……還有……」宋百通出氣多，入氣少，眼看是撐不下去了。

「別說了，宋大人。」

「要……要說……」宋百通嚥下喉頭鮮血，奮力說道：「晉……晉王……也知道此事。」

「李克用也知道？」

「朝廷……名存實亡……大理寺……毫無權勢。我孤身……查案……沒有靠山……可不……於是……我老早便去……找了……晉王……」

卓文君吃了一驚，心想李克用既然知情，那請大師兄帶太子出京之事多半另有陰謀。他搖了搖頭，說道：「宋大人，不必……」

「對不起。」宋百通瞪大雙眼看著他道：「對……對不起。」說完兩腿一伸，就此死去。

卓文君瞧他片刻，伸掌闔上他的雙眼，站起身來，說道：「何必道歉？這事本來就是玄日宗自己惹回來的。」

□

卓文君回到客棧，交代掌櫃等官差來後帶他們去處理宋百通的屍體。他心情欠佳，不想回總壇煩心，於是晃出城門，沿著浣花溪漫步，前往杜甫草堂。

那杜甫草堂乃是詩人杜甫於安史之亂時出走成都避禍所搭建的草堂。在此居住四年期間，杜甫共作詩兩百四十餘首，乃其畢生創作的高峰。小時候卓文君時常與眾師兄姊跑來遊玩。隨著年歲稍長，師兄姊們經常出外奔波，卓文君便一個人來欣賞杜甫詩作。

二十年前，趙遠志接任掌門，曾來此地大筆揮毫，寫下杜拾遺名作「春望」。卓文君記得聽著大師兄吟道：「國破山河在，城春草木生。感時花濺淚，恨別鳥驚心。烽火連三月，家書抵萬金。白頭搔更短，渾欲不勝簪。」吟罷，趙遠志對著師弟妹誓言剷除黃賊，安定天下，讓老百姓不要再過家破人亡，朝不保夕的日子。這張武林盟主趙大俠的墨寶，後來就讓攀炎附勢之徒在上面弄了不少名人題字，蓋了許多大紅印章，裱框保存，掛在杜甫草堂裡供人瞻仰。

黃巢伏誅之後，玄日宗諸位大俠各忙各的，再也沒有閒情逸致來此附庸風雅。趙遠志每天處理江湖瑣事，可謂焦頭爛額。李命幫著師兄東奔西跑，伸張正義。郭在天交際應酬，整天與朝廷藩鎮打關係。崔望雪主持青囊齋，懸壺濟世，功德無量。梁棧生這邊跑跑，那邊跑跑，沒人想知道他在幹些什麼。孫可翰四方遊走，行俠仗義，與玄日宗徹底斷絕往來。卓文君滿腔熱血，總是想著要建不世奇功。

直到十年之前，他才再度陪著崔望雪一起來此懷舊談心。

卓文君順著河畔行走，腦中不斷想起從前與師兄姊相處的情景。然而走著走著，只有崔望雪的倩影始終在他腦中揮之不去。河畔戲水，樹下乘涼。當年他始終不明白大師兄如何能夠冷落四師姊如此天仙般的人物。然而大師兄確實冷落她了，而四師姊也確實將感情寄託在自己身上。他不曾忘記崔望雪第一次向他哭訴空虛的模樣；難以忘懷他輕撫她的髮絲，一句一句安慰她的景象。她說她有如行屍走肉，不知快樂為何物。她說她想拋夫棄子，一走了之。卓文君很想說要帶她遠走高飛，讓她再度快樂。但是他不敢如此承諾。他不願意背叛大師兄，不願意當勾引大嫂的男人。偏偏他又真的很想背叛大師兄，很想一親芳澤。他一輩子都沒有這麼矛盾過。

不久後，梁棧生發現兩人暗通款曲。卓文君苦苦哀求，表示兩人清清白白，並無苟且之事。梁棧生不肯相信，堅持要向趙遠志揭發姦情。卓文君心裡明白，梁棧生也只是嫉妒罷了。他們師兄弟六人，人人都愛崔望雪。當年趙遠志與崔望雪成親，眾師兄弟個個喝得淚流滿面，爛醉如泥。大家嘴裡不說，心裡卻都明白。卓文君深怕姦情敗露，忍不住要向梁棧生動手，若非崔望雪攔著，早已鑄成大錯。

當年崔望雪道：「文君，你萬萬不可為我傷了同門義氣。」

於是梁棧生將此事稟明趙遠志。養氣閣中一番深談，卓文君帶著莊森遠走他鄉。

他暗嘆一聲，心想：「師姊，這十年來，妳究竟是怎麼了？當年說什麼也不讓我傷害五師兄，如今卻鐵石心腸，非要殺他滅口不可。」想到梁棧生說她與孫可翰枕邊細語，心中不覺一痛。孫可翰風流瀟灑，一表人才，兼之持身正直，年紀相近，卓文君自小便以他當作行為榜樣。當初與崔望雪交好時，他就常常在想，若非孫可翰不在，師姊多半不會將感情寄託到自己身上。

「師兄這一掌究竟是誰打的？」他越想越不是滋味，於是將思緒轉移到正事上。「師姊讓他長期昏迷，會不會造成什麼傷害？二師兄究竟有沒有參與反叛？五師兄說他們與拜月教合謀，而拜月教又跟朱全忠掛鉤。師姊他們可知道此事？難道他們跟朱全忠也有聯繫？」他眉頭越皺越深。「黃巢寶藏倘若真是大師兄他們取了去，有什麼理由不拿出來使？聽太平真人說，玄日宗收錢收得厲害，照言嵐的說法，似乎也是如此。倘若眞有數百萬兩黃金，玄日宗四萬弟子花幾輩子也花不完，爲什麼要擔此貪財惡名？」

他越想越是心煩，但覺此事莫說要處理，想弄明白都不容易。這時他已來到杜甫草堂，一看草堂裡裡外外起碼有二、三十人，其中有半數都有攜帶武器，顯是武林中人。卓文君不願讓人認出，決定不要進門，改往偏僻處行走，不自覺間轉入一片竹林，來到當年曾與崔望雪同遊的小池塘旁，赫然發現崔望雪站在池畔，望池興嘆。

崔望雪聽見腳步聲，轉頭看來，一見是卓文君，神情錯愕。

卓文君愣了愣，漫步走向前去，與崔望雪並肩而立。兩人凝望池面，一言不發，任由往事一幕幕掠過腦海，宛如時光倒轉，回到十年之前。竹林裡吹起一陣微風，卓文君隨即聞到崔望雪身上散發出的熟悉體香。他心中一蕩，想要離她遠點，卻又微感不捨。他說：「這些年來，師姊經常來此嗎？」

「沒有來過。」崔望雪幽幽說道。「此乃傷心之地，何必徒增煩惱？」

「那今日爲何又來？」

崔望雪面對著他，輕嘆一聲，一股醉人的氣息拂過他的臉頰。「過去的煩惱回到身邊，你教我如何不來呢？」

卓文君心下衝動，脫口問道：「妳沒有跟六師兄來過？」

崔望雪瞪大雙眼，神情既錯愕又愧疚，沒有料到他會得知這件祕密。她張口結舌，不知所對。卓文君好喜歡看她這個模樣。

「十年前妳我之事沒能瞞過五師兄。妳和六師兄的事，又怎麼瞞得過他？」卓文君道。「五師兄心裡愛煞了妳。妳的一舉一動，他都看在眼裡。」

崔望雪低頭不語。

卓文君突然有股想要坦白的衝動。他說：「我們從小和師姊一起長大，師兄弟六顆心，全都在妳一個女人身上。自從妳嫁給大師兄後，其餘五人的內心都空了一塊。二十四年過去，二師兄都已年近六十，咱們五人依然無人娶妻。因爲我們都找不到比師姊還好的女人。」

「但是我一點也不好。」崔望雪輕聲說道。「我不守婦道，一再寄情他人。對師門不忠，意圖反叛大師兄。我不是好母親，沒有好好教導兒女。我也不是好妻子……」她緩緩搖頭。「你們不是找不到比我好的女人，只是找不到比我美的罷了。歲月催人老，再過幾年，你們自然會把我忘了。」

「胡說。」卓文君說。「我當年愛的不是完美無瑕的妳。妳是妳，不是妳的外貌。妳的優點與缺陷成就妳的美。」

崔望雪問：「當年愛的？」

卓文君緩緩點頭：「當年，只要能夠讓妳開心，做什麼事情我都願意。但如今，如果讓妳開心的事就是勾結番邦，興兵造反的話，我不知道我還願意爲妳做到什麼地步。」他停了一停，又道：「我不知道我還願不願意爲妳做任何事。」

崔望雪凝望他的雙眼，片刻後道：「我想說我這麼做都是爲了言嵐，但你也清楚那不是事實。我做這些事情都是爲了自己。因爲我不甘寂寞。我這輩子最錯誤的決定就是那麼年輕嫁給大師兄。我有好多事情想做，好多抱負想伸，結果卻受困家庭，得要一輩子待在總壇裡當大夫。我不甘心，文君。我的一生不該如此。我的一生不該如此。」

卓文君凝望她片刻，轉過頭去面對池塘。「陰謀反叛的事情，你們講好怎麼跟我說了嗎？」

「那又有什麼好說的？」崔望雪道。「你要就是跟我一起反大師兄，帶領玄日宗闖出一番大事業來，伸張我們年輕時的抱負，或是奮鬥到死。不然你就站在大師兄那裡，繼續維持現狀，眼睜睜地看著天下百姓過著吃不飽，餓不死的日子。」

「六師兄胸口那掌是不是你們打的？」

「不是。」崔望雪斬釘截鐵。

「不是二師兄？」

「二師兄不會如此陰寒的掌力。」

卓文君冷冷看她：「黑玉荷呢？」

崔望雪不語。

「六師兄中的是陰寒掌力，但早該痊癒了。」卓文君說。「是妳讓他醒不過來的。」

崔望雪見無可抵賴，只得點頭。「看來我太小看森兒了。」

卓文君語氣嚴厲：「回去立刻救醒六師兄。」

崔望雪面露難色：「我不會救。」

「妳說什麼？」卓文君語帶怒意。「妳要讓他昏迷一輩子？」

「《左道書》裡有記載解法。」崔望雪說。「我打算等事情過去後，跟大師兄討《左道書》

來看。大師兄爲了救六師弟，總不會不給我看。」

卓文君搖頭道：「妳要我怎麼信妳？」

崔望雪誠懇道：「事跡都敗露了。我有什麼理由不救醒六師弟？」

卓文君心知崔望雪很可能還有其他理由不救孫可翰，但他也知道就算有，她也不會說出來。

「宋百通死了。」他道。崔望雪一愣。他繼續道：「梁王府的人殺的。他臨死之前把鄭道南案的始末都說出來了。我想知道，這麼多年來，大師兄爲什麼不把黃巢寶藏拿出來使？」

「大師兄說那筆錢另有用處。」崔望雪說。「現在拿出來，只會淪爲藩鎮搶奪的目標，最後被拿去組織軍隊，化爲軍糧軍餉。他打算等到有朝一日，天下太平之後，再將這筆錢拿出來建設民生，讓百姓盡快有好日子過。」

「大師兄想的總是很遠。」

「想得太遠了。」崔望雪說。「當務之急是平定天下，不是建設桃花源。倘若玄日宗能夠動用那筆寶藏，即使不求助外援，我們也能建立一支足以席捲中原的大軍。憑藉三師兄的手段和嵐兒的統御，不出三年，我們就能掃平藩鎮，一統天下。」

「妳做這事，跟黃巢有何不同？」卓文君問。「難道我們不會成爲黃巢第二？不會變成玄日宗之亂？」

「如果失敗，自然會成禍亂。」崔望雪道。「但若成功，就能改朝換代。勝者爲王，敗者爲寇，這個道理自古皆然。所謂事在人爲，繼續等待下去，咱們遲早會讓朱全忠給滅了。」

「不光只是朱全忠。」卓文君道。「據宋百通所言，李克用亦已得知黃巢寶藏在本宗手裡。」

崔望雪神色一變。

「拜月教也跟朱全忠勾結在一起了。你們的計畫恐怕得從長計議。」

崔望雪突然伸手，牽起卓文君右掌。「文君，形勢險惡，你幫幫我吧。」

卓文君讓她一握，右臂彷彿整條酥了般。他很想讓她繼續握著，但還是努力克制，輕輕抽回手掌。「此事攸關生死，我不能立刻答覆。我必須知道，你們打算如何處置大師兄？」

崔望雪道：「等他此行回來之後，我們直接跟他攤牌。」

卓文君眨眨眼：「就這樣？」

「朱全忠實力與野心兼具，玄日宗已經無法置身事外。我們母子動之以情，大師兄未必不會答應。」

卓文君搖頭：「如果他堅持呢？」

「那我只好對他下藥。」

卓文君皺眉。

「我不會謀殺親夫。」崔望雪道。「也不會讓嵐兒弒父。」

「黃巢寶藏藏在何處？」

「不知道。」崔望雪道。「只有大師兄一個人知道。當初我們自鄭道南手中取得藏寶圖。只有大師兄按圖索驥，親眼見過那些寶藏。咱們重建玄日宗的錢財，也是大師兄一個人帶出來的。」

卓文君點頭：「五師兄似乎相信大師兄將藏寶圖跟《左道書》放在一起。」

崔望雪道：「有可能。只是沒人知道大師兄把《左道書》藏在哪裡。」

「二師兄的立場呢？」

崔望雪神色遲疑。「他會幫我們。」

「妳能確保他不會跟嵐兒爭奪掌門之位嗎？」

崔望雪沉默片刻，說道：「我們應付得了他。」

卓文君輕輕點頭，望著池面沉思。一會兒過後，他輕笑一聲：「看來，你們比想像中更需要我幫忙。」

□

按照十年前私下幽會的默契，卓文君先行離開竹林池畔。他其實是在虛與委蛇，毫不打算幫崔望雪造反。不管他們的理由是否冠冕堂皇，趙遠志的做法是否恰當，有些事情不該便是不該。他們大可以說服自己相信師出有名，但若他們所作所為眞是對的，何必嘗試殺害梁棧生，意圖對付趙遠志，孫可翰又怎麼會躺在床上醒不過來？

以錯誤起頭之事，終究要以錯誤收場。

回到總壇後，門口守了幾名弟子，有事要向掌門人稟告。卓文君沒有心情理會他們，神色不善地直奔煮劍居。大部分弟子瞧他那樣兒，立刻決定別去惹他。來到煮劍居門外時，他身後便只剩下一名弟子跟隨。卓文君回過頭去，認得是昨晚看守牢房的弟子。他無奈嘆氣，問道：「什麼事？」

「啓稟師叔祖，五師叔祖他……」

卓文君冷冷瞪他。「他怎麼了？」

「他……跑了。」

卓文君深吸一大口氣，嚇得守牢弟子後退一步。卓文君好氣又好笑，問道：「你呈報趙師叔了嗎？」

守牢弟子低著頭道：「啓稟師叔祖，五師叔祖留書一封，指名是給七師叔祖您的。此事……涉及尊長，弟子不知該如何處置，是以尚未呈報上去。」

卓文君側頭瞧著守牢弟子，心想：「本門首腦人物互相猜忌，連這三代弟子都看得出來。」他搖了搖頭，說道：「去看看。」

兩人來到牢房。門口弟子向掌門人躬身行禮，隨即打開牢門。玄日宗總壇牢房不大，便只一間衛哨、一間刑房及三間石牢。本來後方還有兩座大牢，自從西川節度使將成都交予玄日宗託管後，總壇私牢通官牢，大部分人犯便都移往衙門去關，那兩座大牢給轉作庫房使用。只有眞正的武林高手或是玄日宗意欲私下處理的人犯才會被關到這裡來。

卓文君和守牢弟子一進牢房便即停下腳步，瞧著擺在衛哨桌上的清粥小菜及一封書信。信封上字體端正，寫著「七師弟親啓」，正是梁棧生的筆跡。

卓文君揭開信封，取出信紙。信中內容很短，不過寥寥數句：文君，四師姊賞的牢飯，師兄無福消受，這便去了。你留在總壇，自己小心在意。

卓文君放下信，看著桌上托盤裡的清粥小菜。粥碗裡插了一根長長的銀針，他捻起銀針，插在粥裡的部分呈現黑色。他問：「這是五師叔祖的早飯？」

守牢弟子道：「是。」

「誰送來的？」

「伙房。」守牢弟子說。「今日早上伙房送完早飯之後，弟子……突然間遭人點倒，醒來之後，五師叔祖已經不知去向，飯菜與信也都擺在這裡了。弟子失職，請師叔祖責罰。」

卓文君搖頭：「你五師叔祖要走，你自然不是對手。不過既然知道關的是五師叔祖，你就應該更加警覺才是。」

「弟子知罪。」

「念在你處置得宜，此事我就不來怪你。」卓文君道。「一會兒把飯菜處理掉。這封信和下毒的事情不要跟其他人提。有人問起，只說五師叔祖跑了就是。」

「是，師叔祖。」

卓文君拿起信紙、信封，就著桌上燭火燒成灰燼。他邊燒邊想：「師長間勾心鬥角，看在弟子眼裡已經很不成話。要是五師兄的飯菜遭人下毒之事傳了出去，不知道門下弟子又會起什麼衝突。此事我既然決定壓下，那也不好去跟師姊他們對質。只不過……五師兄什麼祕密都告訴我了，師姊他們爲什麼還不肯放過他？莫非這其中另有隱情？」

他向守牢弟子道：「待會兒去城門口找邱長生，傳我號令，要他分派人馬，把他師父給我搜出來。」說完離開牢房。

第十一章　行俠

話說莊森與趙言楓一大早收好行李，去馬房領了兩匹好馬，策馬出城。鶴鳴山離成都不遠，倘若兼程趕路，一日便可抵達。本來莊森打算馬不停蹄直奔鶴鳴山，現在有言楓師妹陪伴，他也不急著走了。出成都沒多久，兩人便放慢速度，並騎緩行，一路有說有笑，宛如小情侶偕伴出遊。

「師兄說咱們要去鶴鳴山？」趙言楓問。「師叔要你接應我爹，為什麼託天師道探聽消息，不傳令讓咱們自己人去留意？」

莊森不好說是卓文君不信任本門弟子，於是答道：「師父與太平真人私交甚篤。太平真人主動說要幫忙，師父不願回絕人家好意。」

「是了。」趙言楓點頭。「其實我爹跟二師叔多大本事，天底下有什麼是他們應付不來的？說去接應，咱們這點微末道行，又濟得了什麼事？」

莊森不好說卓文君是派他來防二師伯，只好說道：「多一個人，多一份力。這可是師妹自己說的。」

趙言楓笑道：「師兄倒好，現學現賣，這就來取笑人家。」

莊森心裡喜歡趙言楓，雅不願老說假話敷衍她。他話題一轉，問道：「師妹自小跟著父母學本事，可曾做過什麼行俠仗義的事情？」

趙言楓道：「我在成都街上教訓過幾個欺壓良善的無賴，也曾打過幾個對我出言不遜的色胚。這些都是我自己在城裡閒逛的時候遇上的事情，我爹娘從來沒有眞的派我出門處理過正事。」

莊森道：「從前師妹年幼，師伯他們自然不放心派妳出去。如今妳滿十八歲，大師伯不就讓妳去吐蕃找我師父了嗎？」

趙言楓嘟嘴道：「我哥哥十七歲時就跑去巫州殺了靈山雙煞啦。」

「便差一年，有什麼好比的？」莊森笑道。「再說，殺人可不是什麼好玩的事。大師伯也是愛女心切。」

趙言楓輕嘆一聲，聽得莊森也想跟著嘆。她說：「原來莊師兄也是重男輕女之人。」

莊森忙道：「我沒有！」

趙言楓佯怒：「那憑什麼我哥哥能，我就不能？我的本事也不比我哥哥差。」

莊森心想：「妳的本事可大了。我跟妳哥哥在妳這年紀的時候哪有這等本事？」嘴裡說：「我知道妳有本事。師妹不要心急，日子還長著呢。今後有得是妳大展身手的機會。」

趙言楓神色興奮：「師兄，反正就算找到我爹他們，咱們也幫不上什麼。不如在路上看遇到什麼閒事，咱們師兄妹倆便出手管管，你說如何？」

莊森苦笑：「我怎麼覺得師妹是想刻意惹事？」

「難道師兄不想嗎？」趙言楓說。「從小我就聽家裡大人說什麼行俠仗義。老實說，這些年來，我也沒見他們做過什麼行俠仗義的事情。上一輩的不做，就由我們來做吧。」

莊森瞧著她，說道：「玄日宗乃武林盟主，每天解決多少武林糾紛，怎麼會沒有行俠仗義呢？」

趙言楓搖頭：「師兄這話說得天眞了。武林糾紛是武林糾紛，行俠仗義是行俠仗義。有時候解決武林糾紛非但跟行俠仗義無關，甚至還背其道而行。那些骯髒事，我聽都不想聽了，說給師兄聽，沒得污了師兄耳朵。」

耳聽這番少年老成的言語，莊森愣愣地說道：「我以爲我才是我倆之中見多識廣之人。」

「我聽得多。」趙言楓說。「而且我住玄日宗。」

兩人一時不再言語，道上便只聽見馬蹄聲響。行出一段路後，莊森說道：「師父回到總壇兩天，彷彿變了個人似的。在外遊歷的時候，我只覺得師父行事謹愼，回到玄日宗後，我卻覺得他謹愼得過了頭，彷彿對誰都不能信任。我……不太喜歡這樣的他。」

「相信小妹，這不能怪師叔。」趙言楓說。「他當初離開，或許正是因爲他也不喜歡這樣的自己。」

「我知道不能怪他。」莊森說。「我只是不明白爲什麼人心如此險惡，非要勾心鬥角不可？單單純純地活著不是挺好的嗎？」

趙言楓轉頭瞧他，輕聲道：「師兄擔心咱們行走江湖久了，會變得跟上一代一樣？」

莊森也轉頭看她，不過隨即臉色一紅，轉回頭來。「我師父是我見過最正直的好人。如果連他都這樣，我們有什麼道理能夠倖免？」

趙言楓拍拍他的肩膀，笑道：「那就趁我們單純之時，多做幾件行俠仗義的事吧。」

□

正午時分，兩人行經道旁一間飯館，正好停下來吃頓午飯。兩人拴好馬匹，在飯館中找張空桌坐下，點了飯菜。趙言楓想要叫酒，莊森說酒後騎馬危險。趙言楓笑道：「師兄說不喝，便不喝吧。在玄日宗啊，太過清醒可是很難過日子的。」

莊森想起師父回到總壇之後每餐都要喝酒，心下不禁有點擔憂。

這家飯館開在道旁，距離成都半日路程，專做往來成都的旅客生意。這時正值午飯時間，店內有好幾桌客人在歇腳。本來他們吃他們的，也沒去管其他客人，突然聽見隔壁有人提到「玄日宗」，兩人這才留上了神。

就聽見隔壁桌一名彪形大漢說道：「玄日宗最近換了個掌門，乃是玉面華佗他們的師弟。聽說這人本事大得很啊。」

「廢話，本事不大，怎麼能當玄日宗掌門？」旁邊一個文士打扮，不過腰間掛有配劍的青年人說。「我聽我師父說過，十年前那震天劍卓七俠在江湖上赫赫有名，武功直追武林盟主趙大俠。後來因爲趙大俠妒才，所以把卓七俠趕出玄日宗呀。」

莊森望向趙言楓，只見師妹臉現怒容。他搖了搖頭，輕聲說道：「江湖人士百般無聊，什麼話都說得出口。師妹犯不著跟他們一般見識。」

卻聽另一桌有名老者搭腔：「各位有所不知，趙大俠天下無敵，卓文君根本連給他提鞋都不配。當年趙大俠趕他離開，實在是因爲那小子勾引大嫂，跟崔望雪那騷狐狸有一腿的緣故。」

莊森大怒，氣得要拍桌子。趙言楓一隻玉手搭上他的手背，搖頭道：「師兄，大庭廣眾，行事不便。晚點咱們跟蹤這老頭出去，好好教訓一頓。」

「方老丈，你這話沒憑沒據，可不能亂說。」老者同桌有人說道。「玉面華佗崔女俠仁心仁術，乃是天下第一大好人。她救活過的人，比咱們殺過的人加起來還多。」

這一桌也有人道：「是呀。那震天劍卓七俠從前也是俠名遠播，十二年前單憑一人一劍挑了白眉山飛斧寨，救了姚河村上下一百八十口人命。你在這裡無中生有，造謠生事，壞了崔女俠的名節不說，萬一讓玄日宗的人聽去，惹上卓七俠來找你穢氣，就算有十顆腦袋也不夠他一劍砍完。」

老者犯了眾怒，不敢吭聲。旁邊又有人說了：「要說這兩人是姘頭，我看絕無此事。各位不知道，這事可是我今兒個一早才聽來的。昨天晚上，不知道卓七俠是新官上任要來下馬威，還是什麼舊仇新恨想要清算總帳，總之他一傢伙得罪了郭三俠、崔四俠、梁五俠，外帶趙言嵐趙少俠。玄日宗諸位大俠對他群起圍毆，想不到才一招之間就把他們全部打倒在地。這事情可是玄日宗弟子親眼所見，千眞萬確的呀。」

在場不少人同時搖頭，都是不信。之前捧崔望雪的人說：「你這傢伙，信口開河，肯定是沒見過崔女俠他們的身手。」旁邊人道：「就是呀，玄日宗的第一代人物個個武功出神入化，咱們就算練個一百年也及不上人家的邊兒。一招擊倒他們四人？就算趙大俠親自出手，只怕也辦不到。」

先前的書生道：「所以我師父說趙大俠妒才，不是沒有道理的。」

眾人你一言，我一語，繼續瞎扯淡。莊森心想：「江湖流言，傳得未免也太快了點。昨晚發生的事情，今日中午便已傳出成都。哪個弟子不知輕重，師長打架的事情竟然也跟外人說去？這下師父是威風了，可四師伯他們的面子要往哪兒擺？」

趙言楓問道：「師兄，我娘只說昨晚跟七師叔動過手，並沒說是怎麼回事。七師叔當眞有他們說的那麼厲害？」

莊森心裡尷尬，不知道該怎麼說才不會貶低四師伯。他邊想邊道：「沒有。哪可能一招打四人。」

「那是？」

莊森遲疑片刻，說道：「一人一招。呃……四師伯三招。」

趙言楓並未不悅，反而神情嚮往。「這麼說，七師叔的功夫跟我爹差不多了？」

「這我就不知道了。」

這時門外走進三人，前頭兩名帶刀大漢，後面一位富家公子。那富家公子穿金戴銀，一副深怕人家不知道他有錢的模樣。莊森和趙言楓對看一眼，歎爲觀止，說道：「這兩名大漢定是高手。」趙言楓問：「何以見得？」莊森道：「這位公子穿成這樣，竟然沒讓人給剝光，自然是這兩位高手的功勞。」

這麼一會兒工夫，隔壁已經換了話題。「聽說朱全忠派出外營兵十大兵馬使，四處搜查逃亡宦官。半個月前，嶺南道的猛虎門不肯交出宦官，兵馬使強行搜查，猛虎門傷亡慘重，連掌門人蔡老英雄也身受重傷。」

「玄日宗卓掌門上任第一道命令，就是讓各門派將宦官轉交玄日宗包庇。」有人說。「幸虧消息傳得快，我們師父昨日已將宦官移交玄日宗。不然眞不知道怎麼應付那些宣武兵馬使。」

某人驚問：「宣武的兵馬已經進入劍南道了？」

「是呀。」先前那人說。「聽說玄日宗包庇宦官的消息一傳出，朱全忠立刻下令十大兵馬使轉進劍南道。看來宣武軍眞是打定主意非要殺光宦官不可。」

某人語氣更驚：「朱全忠集結兵力，要跟玄日宗開戰？」

「開不開戰，那也是說不準的。總得看看玄日宗願意爲了包庇宦官做到什麼地步。」

眾人沉默片刻，有個壯漢說道：「我看本屆玄武大會暗潮洶湧，搞不好就是腥風血雨。咱們既不想爭奪武林盟主，又不要趁機巴結玄日宗，倒不如……別去參加了吧？」

「哎喲？陳幫主，你這就怕了？」

「這樣還不怕？」陳幫主道。「咱們跟宦官有多大交情？犯得著爲他們枉送性命嗎？」

當中有人正氣凜然：「宦官有好有壞，不能以偏概全。朱全忠不分青紅皀白，要把他們一股腦都殺了，咱們若是袖手旁觀，豈不擺明讓他爲所欲爲？這種事情都不管，日後朱全忠要殺誰便殺誰，誰還治得住他？照我說，正是爲了包庇宦官，咱們才更該去參加玄武大會。」

這時不知打哪兒飄來一股淡淡清香，莊森神色一凜，低聲說道：「這氣味古怪，師妹，運氣龜息。」

兩人施展內功，屏住呼吸，留意四周動靜。就聽見噗通噗通，店內旅客一個一個四肢軟癱，人事不知，運氣好的便倒在桌上，運氣差的就摔在地上。莊森一使眼色，與趙言楓一同趴上桌面。

所有人都躺下後，內堂內傳來腳步聲。莊森細細分辨，知道共有三人。

一人說道：「全躺下了。」

另一人問：「大哥，光天化日，這麼幹好嗎？」

第三人說：「誰讓進來了這麼一位不知好歹的富家少爺？今日店裡黑白兩道齊聚，咱們不先下手，晚點就讓人給搶去了。」

「我便是怕這許多武林人士，萬一裡面有高手……」

「廢話，尋常高手哪裡是大哥的對手？」

「手腳快點，要再有客人進店就麻煩了。」

莊森瞇起眼睛偷看，正好瞧見一把明晃晃的尖刀對準自己腦袋砍下。他右手上挺，扣住持刀伙計手腕，順勢一拗，尖刀落地。他坐起身來，喝道：「惡賊！休得害人。」說著與趙言楓抓起桌上的筷子，分別朝向另外兩人擲去。

那掌櫃與伙計正待揮刀宰人，突感勁風撲面，雙雙迴身閃避。莊森身旁的伙計掀翻桌子，對準莊森下陰就是一腳。莊森惱他凶狠，手刀切下，當場打斷對方腿骨。那伙計倒也硬朗，儘管抱腳倒地，嘴裡卻不吭聲。莊森一腳踩下，對方當場昏了過去。

「哪裡來的狗男女，竟敢壞你爺爺好事？」左首的飯館掌櫃揮刀喝問，聽聲音是這三人裡的大哥。

莊森冷笑一聲，轉眼向趙言楓使個眼色。他心想言楓師妹行俠仗義的興致頗高，如今正巧撞上，自然要讓她過過癮。趙言楓哈哈一笑，說道：「黑店本姑娘聽是聽多了，見倒沒有見過，眞想不到在離成都這麼近的地方就有一家。」

「哼！」掌櫃也不示弱，說道：「今日讓妳這娃兒長長見識，說出來不怕嚇死妳，老子在成都還開有分店，專賣人肉人雜。小姑娘皮膚這般白，定是吃過咱們招牌菜！」

趙言楓皺眉：「好毛賊，不知死活！」

掌櫃道：「小丫頭，等我把妳給做了，晚上加菜吃宵夜！」說完甩甩單刀，朝趙言楓撲上。

莊森本待搶上前去應付掌櫃，轉念一想，尋常毛賊豈是趙言楓的對手？既然師妹興致高，便將黑店掌櫃交給她，自己去跟剩下的一名伙計周旋。那伙計武功比起昏倒的伙計要高，不過也高不出多少。他斜裡出刀，招勢凌厲，但看在莊森眼裡卻有八處破綻，自每一處破綻入手都能讓他躺平。耳聽趙言楓嬌喝連連，跟掌櫃的鬥得熱鬧，他不急著打倒對手，只是隨手應付，留心觀戰。

趙言楓攻守有度，一雙肉掌在刀光之中來來去去，看似凶險，實則穩佔上風。莊森注意她使的都是朝陽神掌中的粗淺招式，完全不脫她之前給人的武功印象。莊森心想師妹掩飾身手，駕輕就熟，師門中只怕無人知曉她身懷上乘武功。正欣賞間，突見飯館掌櫃單刀上揚，砍向趙言楓左肩，瞧路數竟是玄日宗開天刀法中的一式殺招。趙言楓香肩微沉，避過此刀，隨即回了一掌。那掌櫃的左手出掌，兩人雙掌交擊，各自退開。

莊森一把奪過伙計單刀，轉過刀面擊中對方面門，打得對方空中連轉三圈，落地之後人事不知。

趙言楓道：「你是玄日宗弟子？」

掌櫃的冷冷一笑：「學過幾年玄日宗功夫。」

莊森細瞧對方，只見是個不曾見過的中年胖子。趙言楓喝道：「既是玄日宗弟子，見到本姑娘豈有不識之理？」

「笑話。」掌櫃道。「玄日宗門徒滿天下，妳當妳爺爺多閒，四萬多人每個都記得長相？」

趙言楓怒道：「你在這裡開黑店開多久了？」

「三年六個月。」

趙言楓更怒：「殺過多少人？」

掌櫃得意洋洋：「不計其數。」

「你出身玄門正宗，竟然自墜魔道，敗壞門風，天理不容。今日本姑娘要清理門戶！」

「玄門正宗個屁！」掌櫃罵道。「老子在成都城外二十里地開店，玄日宗也來跟我收錢。老子不開黑店，哪有這麼多錢付給你們？我呸！憋了這些年氣，正好拿妳這小娃兒開刀。妳就給老子去死吧！」

趙言楓身法迅捷，欺身而上，轉眼間來到掌櫃面前。她左手高，右手低，雙掌齊發，使出一招「日月爭輝」。掌櫃橫刀一封，擋住趙言楓雙掌掌勢。趙言楓原擬取他面門與胸口兩處要害，這時雙掌一翻，在掌櫃的刀面上連拍八掌。就聽見唏哩嘩啦一陣亂響，單刀碎成數截，散落一地。

黑店掌櫃臨危不亂，抛下刀柄，提掌迎上。他適才與趙言楓對過一掌，滿心以爲這小女娃的掌力與自己不相伯仲，卻沒算到自己的掌法不夠純熟，根本拍不中對方。兩人交手十招，黑店掌櫃已經身中三掌。他行功窒礙，身法凝重，喉頭中積了一口瘀血，內傷已自不輕。他心知不敵，當機立斷，張口噴出口中瘀血，轉身便往後堂逃跑。才剛跑到門口，背上一股掌力來襲，當場打得他四肢痠軟，鮮血狂噴，癱在地上，再也爬不起來。

莊森鼓掌叫好：「好！師妹好俊的身手。」

趙言楓拉起掌櫃的右腳，跟兩名伙計一同拖到牆邊，並排坐好。掌櫃的沒點風骨，打輸了便套關係，哀求道：「這位師妹，還請念在同門的份上，饒了哥哥這條狗命吧。」

趙言楓道：「哥什麼哥？給本姑娘報上名來！」

「是……是……小人名叫張春，從前江湖上有個渾號，喚作『霸天刀』。當年在總壇待過一段時日，跟少門主頗有交情。」

趙言楓冷冷瞧他，一時沒有說話。

莊森湊過去問道：「師妹聽說過他？」

趙言楓點頭：「他是二師叔五年前收的弟子。畏苦怕難，學了一年就跑了。想不到是在成都城外開黑店。」

張春恍然道：「原……原來是言楓妹子！當年我在總壇時，妹子才十三歲呢。我當年就說妳長大了必定是個大美人，妳瞧，是不是讓師兄說中了呀。」

「少跟我稱兄道妹！」趙言楓喝道。「你這淫賊，當年我年紀幼小，你便時常跟著我往僻靜處走。要不是本姑娘眼尖心細，瞧出你居心不良，只怕早就遭你毒手。」

「妹子！冤枉啊！」張春可憐兮兮。「師兄愛護妳都來不及了，怎麼會……」

「怎麼不會？」趙言楓順手拔出隔壁桌某昏迷不醒旅客的腰間長劍，說道：「你開黑店，劫錢財，吃人肉，禽獸不如，還有什麼做不出來？」

「我……我……」

趙言楓提起長劍。「今日本姑娘替天行道。」

莊森忙道：「師妹，請住手！」

趙言楓凝劍不發，雙眼始終盯著張春，「師兄，這惡人殺人無數，不必可憐他。」

莊森道：「我不是可憐他，只是咱們應該把他交給官府處置。」

「是啊，是啊，把我交給官府吧！」

趙言楓劍尖輕抖，在張春臉上劃下一道血痕。她左顧右盼，確定沒人醒來，對莊森道：「師兄，此人作爲如此不堪，倘若交給官府，開堂審判，有損玄日宗名聲。還是讓小妹一劍殺了乾淨。」

莊森搖頭：「師妹，有損玄日宗名聲又如何呢？玄日宗的名聲好壞，端看門下弟子行爲而定。弟子行止不端，咱們不可粉飾太平。」

趙言楓皺眉：「這人交給官府，一樣死刑。」

莊森依然不肯：「妳現在殺他，跟殺人滅口有何分別？」

趙言楓一愣，終於轉頭看他。「我……」

莊森勸道：「師妹，名聲乃身外之物，況且還是玄日宗名聲，又不是咱們自己的。凡事考量一多，便不能憑藉本意行事。咱們說好要單單純純地行俠仗義，不是嗎？」

趙言楓目瞪口呆，彷彿聽見什麼難以置信的言語般，緩緩放下手中長劍。莊森伸手將劍接了過來，抬頭再看趙言楓時，卻見師妹眼眶潮濕，愣愣看著自己，一滴清淚徐徐流下。莊森手足無措，連忙問道：「師妹，妳……怎麼哭了？」

趙言楓微微一笑，說道：「我太開心了，師兄。」她伸手拭淚，神情感動。「聽到師兄這番言語，小妹實在……太開心了。」

兩人將賊人綑綁起來，又去廚房舀些清水淋在之前那名姓陳的幫主頭上。莊森向陳幫主解釋事情經過，說道：「兄弟有要事在身，不便逗留，還請陳幫主代勞，將毛賊送交官府處置。」

陳幫主道：「在下的命都是兩位少俠救的。少俠有所吩咐，在下自當照辦。只不過若是送往成都衙門，等於送給玄日宗，難保貴派之中不會有人壓下此案。」

莊森點頭：「陳幫主考量得是。要不，勞煩幫主多走一程，將犯人送去茂州交給王建。」

陳幫主道：「多走一程，也不麻煩。然則莊少俠是否想過，西川節度使或許會拿這件醜事作為要脅玄日宗的籌碼？」

莊森瞪大雙眼：「這麼麻煩？」

「是呀。」陳幫主道。「依在下看，這三人留著禍害，還是一刀殺了乾脆。」

「不行！」莊森與趙言楓齊聲說道。莊森接著又道：「這樣吧，你直接帶他去見我師父，交由我師父發落。」

「在下必定不負所託。」

師兄妹倆別過陳幫主，出飯館牽了馬匹，繼續上路。

□

二人聯手行俠仗義，一口氣救了十幾條人命，心情好得不得了，但覺學藝多年，總算沒白學了。師兄妹倆情緒亢奮，高談闊論，一邊聊著適才情景，一邊抒發日後抱負，當眞是說得快意無比，口沫橫飛。兩人早上沒在趕路，中午又遇事耽擱，眼看今日是趕不到鶴鳴山了。趙言楓曾隨父親去過鶴鳴山，知道二十里外有座田窯村，提議在村內客棧住宿一宿。第二天清早出門，正午時分可達眞武觀。

傍晚時分，兩人拴好馬匹，入宿客棧。掌櫃的問道：「兩位要一間房還是兩間房？」莊森說要兩間。趙言楓掩嘴微笑。

來到客房，安頓妥當。趙言楓說一日操勞，手痠腳痛，要先洗澡，再吃飯。莊森張羅伙計，給趙言楓房裡抬來大木盆、大屏風，打了一大盆熱水，讓她好好泡個澡。趙言楓倒眞不辜負他這一番心意，足足泡了半個時辰。莊森拿臉盆毛巾擦身，跟著待在自己房裡，等得飢腸轆轆，只想先下樓叫點東西吃，但又巴望著與師妹一同吃飯。待得趙言楓終於洗好出來，莊森開門一瞧，不由痴了。

趙言楓換下日間行旅的衣褲，換上一套仕女羅衫，臉上施了胭脂，頭上戴著髮簪，裙襬飄飄，體態玲瓏。重逢後半個多月以來，莊森從未見過她如此美貌。

趙言楓瞧他表情，嫣然一笑，問道：「師兄，我這打扮沒把你嚇著吧？」

莊森愣愣搖頭，說道：「師妹，妳好似畫中仙子，水裡芙蓉。」

趙言楓微微低頭。「師兄取笑了。」

「沒有取笑。沒有取笑。」

兩人來到飯堂，點了一桌飯菜。趙言楓說飯後不必騎馬，提議喝酒。鄉野小店，沒什麼好酒，然而兩人興致高昂，倒也喝得痛快。趙言楓臉頰紅通通的，宛如飛霞撲面，只瞧得莊森、伙計、掌櫃全都如痴如醉，眼睜睜地瞧著她。趙言楓嬌滴滴地咳嗽一聲，掌櫃、伙計如夢初醒，連忙趕去做其他事。

趙言楓問：「師兄十年漂泊，可曾遇上過知己紅顏？」

莊森呵呵一笑，說道：「我這傻樣兒，哪家姑娘會瞧上我？」

「師兄過謙了。似你這般英雄，哪家姑娘瞧不上你？」

莊森心裡酥酥的，想說：「我只要師妹瞧上我就行了。」卻又不敢。他道：「這麼多年來，不知怎地，總是沒遇上說得上話的姑娘。」

「師兄和我說了不少話呀。」

「這……」莊森臉色一紅，說道：「我總覺得跟師妹十分投緣，不論聊些什麼都很自在。」

「是嗎？」趙言楓瞧一瞧他，低下頭去，說道：「我只覺得很喜歡和師兄說話。看不到你的時候，我會想要來找你。」

莊森呆呆看她，只覺得師妹這句話說到自己心坎裡，但又不知道她這麼說只是字面上的意義，還是另有所指。他張口欲言，又不確定自己如此說話是否妥當，最後他還是決定說道：「我也是。我心裡……老是想著妳。」

趙言楓笑容滿足。「師兄這麼說，小妹很開心。」說完挾菜吃飯。

莊森彷彿置身夢中，心裡迷迷糊糊的，不清楚剛剛幾句話間究竟發生了什麼事情。眼看趙言楓光顧著吃飯，不再多說，他渾不知該如何應對，只好跟著悶頭吃飯。他早就餓了，這一吃起飯便停不下來，足足吃了三大碗白飯。吃飽之後，他放下碗筷，轉過頭去，只見趙言楓笑盈盈地看著他。他臉色一紅，說道：「師妹吃飽了？」

趙言楓點頭，拿起酒壺、酒杯，起身離開飯桌，說道：「陪小妹出去喝酒賞月？」

莊森連忙起身，與趙言楓一同步出客棧。田窯村是個小村子，沒什麼花前月下的好景觀，趙言楓也不挑剔，站在客棧門外，迎著傍晚微風，輕輕吸了口氣，跟著便在客棧門口的石階上坐下。

莊森站在她身邊，仰頭望明月，說道：「夜色好美。」

趙言楓扯扯他的衣袖，輕聲說：「師兄，陪我坐坐。」

莊森正襟危坐，說多規矩就多規矩。趙言楓瞧他那副正經模樣，不禁笑出聲來。她挪動身軀，湊到莊森身邊，衣衫幾乎碰到一起。莊森聞到她身上淡淡體香，默默吞嚥口水，只覺當日面對月虧眞人都沒有如此手足無措。

莊森抬頭看著明月，趙言楓則是側頭凝望著他。兩人就這麼一言不發地看著。過了好一會兒，趙言楓輕輕說道：「師兄，今後我們攜手闖蕩江湖，天天在一起行俠仗義，你說好不好？」

「好，當然好。」莊森道。「我求之不得。」

趙言楓香肩貼上莊森的肩膀。莊森只覺渾身大震，如遭電擊。趙言楓臉頰輕靠在他的肩，秀髮垂在他的胸前，說道：「有你在，我彷彿什麼都不怕了。」

莊森緩緩轉頭，就著拂過臉頰的秀髮輕嗅她的髮香。片刻過後，他鼓起勇氣，握起她的小手，說道：「有我在，妳什麼都不必怕。」

兩人便這麼靠在一起，面對著也不怎麼美麗的村落景色，享受盡在不言中的初戀情懷。過去十年，莊森跟著師父假扮書生，故作文弱。即便打抱不平，也是私下偷偷幹，從未在眾人前大大露臉，不曾吸引過美女目光。加上師父周遊列國、四海爲家，鮮少在一地多作停留，導致他也沒多少機會喜歡上哪家姑娘。這回遇上趙言楓，端得是驚爲天人，一顆心懸在她身上。然則無論如何喜歡，他還是作夢也想不到竟然相認不到一個月，他便能如眼前這般花前月下，坐擁佳人。他聞到師妹身上傳來陣陣幽香，手中握著碧玉般的小手，宛如置身夢中，只盼不要醒來。微風吹過，拂起秀髮青絲，飄到莊森眼前。他心中一蕩，鼓起勇氣微微側頭，輕貼趙言楓前額，閉上雙眼，感受二十八年間未曾感受過的美妙滋味。

良久過後，莊森右肩讓趙言楓壓得發麻，想請師妹起來，卻是既不敢又不願。正自思考對策，身邊傳來細細鼾聲。莊森側頭一看，不禁啞然失笑。原來趙言楓就這麼靠在他肩上睡著了。莊森推她兩下，喚她兩聲，不見醒轉，顯是不勝酒力，醉倒過去。

莊森笑道：「還道師妹酒量多好，一杯接著一杯喝，原來這麼著就醉了。」他抱起師妹，走回客棧。原先還擔心掌櫃、伙計瞧著尷尬，幸好大廳空無一人。他抱著師妹來到後方客房，推開房門，把趙言楓放上床。他攤開被褥，正要蓋上，趙言楓嬌艷欲滴的紅唇猛然映入眼簾，彷彿在提醒他眼前有多大的便宜可撿。莊森愣愣地瞧了片刻，隨即眨眨眼睛，不敢多看。他把被褥蓋上，目光又黏上她起伏不定的胸口。莊森腦中遐想，再也沒膽逗留，轉身吹熄蠟燭，走出客房，關上房門。

莊森回到自己房內，心中兀自興奮，心知難以入眠，便想翻出崔望雪的醫書來看。正要打開行李，門外有人敲門。莊森微微一愣，心想莫非師妹醒了，又來找他？他心中七上八下，走過去打開房門，當即讓門外之人嚇得跳了起來。

「四師伯？妳怎麼……？」

來人正是崔望雪。就看她冷冷說道：「楓兒怎麼了？」

莊森心驚膽顫，忙道：「師妹喝醉了。那什麼……師伯，不是我灌她……那酒也不怎麼烈。師妹又沒喝多少……」

崔望雪再問一句：「楓兒怎麼了？」

莊森眉頭一皺，猜想崔望雪如此問話，多半另有深意。他說聲：「師伯請稍等。」隨即箭步入房，拿起適才尚未喝完的酒壺，撒入一把試藥粉，搖晃酒壺，倒出一杯，只見原先晶瑩剔透的酒如今隱現一絲粉氣。他就著杯口一聞，濃烈酒味中透出一股花香。莊森臉色微變，望向崔望雪，神色羞愧，說道：「這酒讓人下了藥。」說完把心一橫，咕嘟一聲喝下藥酒，細辨其味。

「此乃藥性溫和的迷魂散，混入酒中可使飲用者迅速醉倒，卻又不致傷身。此藥本身並不奇特，怪就怪在我竟毫無所覺。弟子猜想藥中添加了……」

「這藥喚作冬眠散，以天仙子主配，輔以雲線花掩味。雖不常見，卻也不難配。」崔望雪娓娓說道，宛如在學堂教學。

莊森問：「師伯，這藥……」

崔望雪點頭：「藥是我下的，可不只有我能下。森兒，師伯眞是有些失望。你都這麼大了，江湖經驗還如此之差。你也算是用藥高手，既能煉出本門『玄藥眞丹』，自有百毒不侵之能。難道只因這藥傷不了你，你便察覺不出了嗎？」

莊森心想妳玉面華佗親自下藥，江湖上又有幾人察覺得出？他敬重師伯，不敢頂嘴，只說：「師伯教訓得是，弟子深感惶恐。」

崔望雪輕笑：「楓兒的江湖經驗跟你不過半斤八兩。你們師兄妹兩個一起出門，不一定誰照顧誰呢。」

莊森正色道：「師伯請放心，弟子一定竭力護得師妹周全。」

崔望雪斜眼瞧他：「你是要護她周全，還是想把我女兒拐跑？」

莊森大驚，忙道：「師伯，弟子……」

崔望雪揚手令他住口，說道：「你們剛剛在客棧門口演的是哪一齣？私定終生後花園？我女兒才跟你出門一天就已經這個樣子……森兒，你很了不起呀！」

莊森面紅耳赤，忙著解釋：「師伯明鑑，弟子對師妹一片眞心，絕對不會……」

「我知道你一片眞心。」崔望雪再度插嘴。「可我便怕你一片眞心。森兒，師伯對你並無成見，只要是兩情相悅，我不會反對你們。然而你與楓兒重逢不過半月有餘，當年分別之時，她還不過八歲。要說你們有多情深意重，請恕師伯不能苟同。這回我沒有反對你們兩個結伴上路，只因我贊成年輕人該出門闖闖。但要說到孤男寡女，深夜外宿……師伯與你分別已久，可不明白你的為人。」

莊森遲疑問道：「於是師伯故意迷昏師妹？」

崔望雪笑吟吟地看著他，神情中隱約流露趙言楓般的淘氣模樣，只看得莊森冷汗直流。她說：「你很好，森兒。沒在楓兒房中逗留太久，也沒在放下人後立刻出來。」

莊森回想自己適才坐在師妹床邊，眼中多看、心裡遐想的模樣，一時之間羞愧難當，低頭說道：「弟子無賴，畢竟沒有立刻離開。」

崔望雪伸手輕撫他的肩膀。儘管只是長輩對待晚輩的尋常舉動，卻讓莊森嚇得微微發抖。或許是受到他師父感染的緣故。崔望雪笑道：「楓兒相貌出眾，對你又是一見傾心，你若沒有多看她幾眼再走，我才要擔心呢。」

「擔……擔心？」莊森不知所措，唯唯諾諾。

「擔心你不好女色。」崔望雪似笑非笑。

「弟子……師伯……這個……」莊森想說自己深好女色，卻又感到說之不妥。那一剎那，他突然深刻體驗到師父一遇上四師伯便想立刻逃離現場的心情。

崔望雪收起笑意，正色說道：「楓兒年紀小，沒心眼，是非黑白總是清清楚楚的。我盼望她能一直單純下去，然則在此世道下……」她長嘆一聲，緩緩搖頭，轉而說道：「楓兒冰雪聰明，學什麼都快。假以時日，必成大器。師伯希望她有機會大展身手、盡伸抱負，不要在青春年華便嫁作人婦，過那相夫教子的尋常生活。我這麼講，你可懂得？」

莊森若有所感，知道崔望雪不想女兒走上自己的老路，但他從未想過四師伯心中竟然存有此等遺憾。他想出言安慰幾句，卻又覺得不大合適。他說：「師伯吩咐下來，弟子必定牢記在心。」

崔望雪瞧他片刻，輕輕點一點頭，終於跨過門檻，走進莊森房內。莊森倒了杯茶，恭恭敬敬地請師伯就座，自己站在一旁，等候師伯指示。崔望雪默默喝口茶，自懷中取出薰香手帕，緩緩擦拭嘴角，在手帕上留下淡淡唇印。莊森目光低垂，戰戰兢兢，不敢多看。崔望雪摺好手帕，擺在桌上，這才開口道：「你師父要你挑幾份陳情書管管？」

「是，師伯。」

崔望雪點頭。「武安軍節度使馬殷遣使陳情，說道江南道各地，包括首府潭州在內，近日出現一種新的迷魂藥。至今已有不下百名良家婦女失身在此藥之下。這份陳情書，可是你取去了？」

「弟子取了。」莊森道。「根據信中描述，此藥十分神奇，中藥者會聽從施藥者吩咐，配合各種姿……總之是十分配合。弟子以為此事需要醫術精湛之人，方能妥善處置，是以取去此信。」他轉念一想，問道：「師伯已經在調查此案了？是否要弟子交回師伯處置？」

崔望雪搖頭。「我本來打算讓曉萍跑一趟潭州，然則她近日忙著張羅玄武大會之事，一時也不好遠行。你願意調查此案，那是再好不過了。潭州江南分舵弟子初步回報，此藥喚作『春夢無痕』。藥如其名，端得是春過水無痕。中藥者事後完全不記得案發當時的情況，亦不認得施藥者的長相。此藥能在短短時日內傳遍江南道，絕非一人之力所能為。江南道中擅長製藥者有潭州的武安藥局與巫州的天仙門。天仙門江湖名聲不佳，據說私下時常販售春藥給四方淫賊，理應嫌疑最大。然則他們賣的都是尋常春藥，沒有什麼厲害的配方，這幾年也沒聽說有什麼出類拔萃的製藥高手加盟。相形之下，武安藥局近年來廣召名醫，研製新藥，生意越做越大。春夢無痕倘若當眞如此神奇，極有可能出自武安藥局。」

莊森用心記憶，見崔望雪說到段落，便道：「多謝師伯指點。」

「此藥極為厲害，務必找出調配出此藥之人，問得此藥配方，銷毀所有成藥，將能製此藥之人全數交由本門發落。」她見莊森神色遲疑，又道：「此藥連我都想不出製法，能製之人肯定不多。總之我話是這麼說，你看著辦便是了。」

莊森行禮道：「弟子盡力而為。」

崔望雪神色嘉許。「好孩子，多用心，為天下蒼生盡點力。你就跟楓兒兩個人在外面跑跑，多見見世面。你師父有師伯看照著，不需要你為他擔心。玄武大會若是趕不回來，那也不必急著回來。」

莊森道：「師父要我接應大師伯……」

「你大師伯神通廣大，我倒不會特別擔心。」崔望雪微微搖頭。「你若打聽得到他們的下落，接應接應倒也無妨。若是打聽不到，不必勉強。」她起身走到門口，莊森連忙跟上。崔望雪跨出門外，回頭又道：「楓兒此行，便有勞你照顧了。」

莊森送到門外。「師伯放心，此乃弟子份內之事。師伯這便回成都嗎？」

「夜黑風高，你教我回哪兒去？」崔望雪朝隔壁一比。「我今晚留宿楓兒房內，明日一早離開。今晚你就別胡思亂想了。」

「師伯……」

崔望雪掩面輕笑，走進趙言楓房內。

第十二章　滅門

一夜無話，次日清晨，莊森起個大早，逕自到院子裡做早課。片刻過後，趙言楓也開門出來，笑盈盈地走到莊森身旁一同練功。兩人拆了一套朝陽掌，又舞了一套旭日劍，這才神清氣爽，前往大堂用膳。

趙言楓自嘲不勝酒力，竟然一覺到天亮。莊森也不說破，笑嘻嘻地瞧她吃飯。吃了一會兒，門口走入兩個男人，瞧模樣是江湖中人。兩人望了莊森這桌一眼，也沒多說什麼，自顧自地走到角落一張桌旁，坐下點餐。

莊森心想這附近除了田窯村外，並無其他可供落腳之處。這兩人天剛亮便即入村，若非連夜趕路，便是露宿山林。不知道有何要事，趕成這樣？他左顧右盼，發現店裡還有兩桌客人。一桌作西川軍官兵打扮，瞧模樣是傳遞軍情的士兵。另一桌上坐著一名布衣文士打扮的中年男子，看不出會不會武。這兩桌客人顯然是昨晚便已住宿客棧。莊森打從入住開始，心思便一直放在趙言楓身上，並未留意客棧中的其他住客。想起昨晚崔望雪下藥，自己卻毫無所覺，至於崔望雪何時起始跟蹤、何時找上門來更是渾然不知。他原本自恃武功高強，又跟著師父在外行走多年，對於此行孤身上路只感興奮，並不緊張。如今讓崔望雪這麼一鬧，信心頓時受挫，再也不敢托大。

「師兄，瞧見什麼了？」趙言楓順著他的目光左右打量。「有什麼不對頭的嗎？」

莊森轉頭看她，尋思：「昨日完全沒有發現四師伯的蹤跡，而三師伯輕功方面的造詣更勝同門。他們若有心跟蹤，憑我的道行可擺脫不了。師父要我不可洩漏《左道書》的下落，倘若就這麼大搖大擺前往鶴鳴山，即便不去翻閱《左道書》，難保不會引人起疑。再說，查閱黑玉荷解法絕非一時三刻之事，我又怎麼可能瞞得過楓妹？」想到自己有事隱瞞趙言楓，心裡就很不是滋味。他苦苦一笑，對趙言楓道：「不，我只是在想，太平眞人前日方才答應師父要派人調查大師伯的下落，不會這麼快查出線索。咱們今日就去鶴鳴山，未免顯得操之過急。」

趙言楓點頭：「我也覺得。就算全天下道觀都與天師道互通聲息，他們的勢力依然不及玄日宗。要調查爹的下落，交給本門弟子就夠了。」

莊森心想：「本門弟子或許查得到，卻未必會告訴咱們。」嘴裡說：「我想鶴鳴山遲些再去。咱們先入江南道。」

趙言楓眼睛一亮：「入江南道要做什麼？我爹不是去了長安嗎？」話是這麼說，不過語氣聽來並不反對。

莊森道：「咱們既已南行，也不必刻意折返向北。照我說，咱們先入江南道，沿途辦些事情，然後北上山南道，再入關內道。師父要我挑幾封陳情書來管管，我便順著這路線來挑。」說著自懷中取出三封陳情書，放在桌上。

趙言楓取起陳情書看，邊看邊道：「春夢無痕案、荊州鑄錢案……師兄好氣魄，想辦的都是甲級的案件呀。」

「甲級？」莊森不解。

「你不知道？」趙言楓指著信紙右下角一個蠅頭小字說。「瞧見這個甲字了嗎？陳情書遞進總壇，會在司禮弟子那裡依照難度分級。甲級的案件最爲棘手，通常都是由我爹和眾位師叔親自出面打發。二代弟子也會在師門長輩沒空的時候處理甲級案件，而那往往就是聯手出擊，顯少單獨行動。」她笑嘻嘻地看著莊森。「莊師兄身爲二代弟子首徒，自然有資格辦甲級案。且看師兄辦上幾件驚天動地的案子，好讓總壇那些爭權奪利之徒心服口服。」

「啊？」莊森揚眉。「我還要人服嗎？」

「當然要。」趙言楓理所當然地道。「師兄十年不在總壇，江湖上又默默無名，突然間跟著七師叔回來，大家就要叫你一聲大師兄。任何心高氣傲之人都會不服的。七師叔在鎮天塔上露了一手，昨日便已傳出成都，現在江湖上不知道把他吹捧得多神呢。就算像昨天在黑店中那般褒貶不一，也能把七師叔說成深不可測。師兄若不加把勁，日後在江湖行走，大家就只會說你是震天劍卓文君的弟子，不會有人管你莊森是誰了。」

「妳這麼說還眞有道理。」莊森皺起眉頭，摸摸嘴上微微冒出的鬍碴。「既然出來闖蕩江湖，當然得有自己的名號才是。不過，我那天晚上也在城外跟拜月教過招時露了一手，邱長生他們都看到了。」

「聽說師兄跟三師叔和我哥哥聯手對抗拜月教五星尊者，最後靠說大話打成平手。」趙言楓搖頭嘆息。「唉，邱師弟是很感激師兄救命來援，但要說師兄在那一役中有何光彩，只怕……」

莊森笑道：「靠說大話打成平手，這門功夫可不容易。既然大家不識貨，我也只好另外找機會露臉了。」

趙言楓被他逗笑，過了一會兒才看著手上的陳情書道：「師兄，你要查『春夢無痕』，有跟我娘報備過嗎？」

「呃……」莊森心裡尷尬。「有……」

「算你機伶，我娘很在意這種事情。她醫過的病人不讓別人醫，她管過的事情也不讓別人管。」她微微低頭，彷彿有點臉紅。「我娘……對你讚譽有加。她既然肯讓你調查此案，自是把你當作……自己人。」

莊森瞧她微帶羞澀的模樣，似乎對於這個「自己人」有其他的解讀。他雖然心裡也有點甜蜜蜜的，卻不肯定自己想不想當四師伯的自己人。四師伯顯然有所圖謀，想要拉攏他師父，天知道她對自己示好是不是攏絡人心的手段。

莊森搖一搖頭，真希望世事能夠簡單一點。「師妹也知道這信裡的春藥喚作春夢無痕？」

「知道啊。」趙言楓點頭。「我在總壇是個閒人，看陳情書是我的興趣。我娘有事交辦，也都由我居中聯絡。要辦這件案子，問我就對了。」

□

兩人接連趕路數日，沿路說說笑笑，雖然稱不上遊山玩水，倒也過得十分快活。莊森時刻留心，深怕有人跟蹤，不過始終沒能看出端倪。有一回他靈機一動，跟趙言楓說要方便，自己跑入樹林，展開輕功，回頭狂奔五里，並未發現可疑之人。他生性不愛疑神疑鬼，查了幾次沒有結果，也就不再多疑下去。

不一日進入江南道，來到武安軍節度使馬殷的勢力範圍。途經播州城，城門衛士見到趙言楓美貌，不但出言調笑，還以攜帶軍械為由刁難莊森。趙言楓大怒，出示玄日宗總壇拜帖，嚇得城門衛士連忙回報，播州兵馬使秦中原率隊迎接，擺開酒宴相請，鬧到後來連播州刺史都趕來巴結。趙言楓在成都府見慣了逢迎拍馬的朝廷命官，一切處之泰然；莊森沒受過這個，給播州官員巴結得渾身不自在，只想趕緊離開。從早晨鬧到晚上，連吃五、六場宴席，終於來到秦中原安排的播州第一園休憩。莊森和趙言楓梳洗完畢，趁夜翻牆出城。

再行數日，離天仙門所在的巫州僅餘半日路程。兩人走過一片竹林，正自欣賞風景，突然聞到一陣血腥氣味。兩人同時警覺，沿路上前，轉了個彎，只見綠竹之中點點血紅，路旁躺了六具屍首，還有一具給人當胸穿竹而過，憑空掛起，離地足有一丈多高。

山路兩旁相對而立的兩枝高竹上橫拉一塊布條，其上工工整整幾個大字，寫道：**玄日宗棧生門門下弟子恭迎總壇尊使莊、趙二位高駕。**

兩人立刻上前檢視滿地屍首，確認全部氣絕身亡。莊森比個手勢，與趙言楓一同來到竹上屍體前。趙言楓揮劍斷竹，莊森輕輕接過屍體，放在道旁，拔下斷竹。跟著他又把其餘六具屍首搬了過來，在路旁整齊排好。

「這些人是來迎接總壇兩位姓莊、姓趙的『尊使』。」莊森看著地上的屍首說道。

「就是我們了。只不知他們是如何得知我們要來？多半是播州城傳出的消息。」趙言楓說。

「師兄在播州已經見識過官府的人如何巴結我們。應該不難想像遇上本宗弟子會是什麼樣的情況。」

「咱們究竟是名門正派，還是邪魔歪道啊？」莊森說著蹲下去細看眾人身上傷口。

趙言楓縱身躍起，扯下路上的布條。「這些其實算不上是本門弟子。棧生門充其量只是經由本門認可的支派而已，照規矩是不能在門派名前加註玄日宗名號，不過這些支派爲了派頭，從來沒有不加過的。江南道全道都屬位於潭州的江南分舵管轄，如果是分舵弟子，應當不會讓人給……殺成這樣。」

莊森吸了口氣，問出明知沒有好答案的問題：「棧生門跟五師伯有什麼關係？」

「棧生門是五師叔弟子華飛自組的門派。」趙言楓解釋。「華飛武功太差，五師叔禁止他開班授徒。於是他以玄日宗支派的形式開宗立派，成立棧生門，在巫州騙吃騙喝，賺點油水。」

「這種腐枝爛葉，本門怎麼會認可？」莊森語氣無奈地又問了一個不期待好答案的問題。

「江南分舵怎麼抽成不算，總壇就已抽了學費的三成。」趙言楓攤手道。「自然就認可了。」

「這麼好賺？」

「可不是嗎？」

莊森站起身來，搖頭道：「刀劍斧鉤傷都有，還有人中了暗器。行凶者武功家數很雜，我想說是拜月教所爲，但也有可能是江湖幫會仇殺……」

「憑這些人的身手，就連攔路打劫的毛賊都不是對手。」趙言楓把掛布揉成一團，丟在光禿禿的道路上，取出火石點火。「要是讓人看見玄日宗的字號，沒得墜了玄日宗的威名。」她見莊森又要說話，繼續道：「師兄要說威名墜了就墜了？可也不能隨便亂墜呀。」她看著布條燃燒，慢慢站起身來。「這些人打出玄日宗旗號，依然遭人殺害，如此欺人之事，咱們可不能不管。」

莊森點頭。「下午進了巫州城，咱們就去報官。」

趙言楓瞪大眼睛瞧他。「師兄請自重身分。咱們是玄日宗尊使，跑去報官豈不讓人笑話？」

莊森見她面對如此殘殺，不但不以爲意，竟然還能說笑，心下倒有點不悅。「師妹怎麼這麼說話？」

趙言楓見他不高興，自覺失言，連忙正色說道：「我是說，咱們此行巫州，有事待辦。倘若一進城便惹上官非，那可多有不便。」

趙言楓言之成理，莊森臉色馬上和緩下來。「照師妹說，該怎麼做？」

「自然是讓棧生門的人去報官。」

□

半日之後，兩人抵達巫州城。城門外擠了二、三十個人，敲鑼打鼓好不熱鬧。其中兩人舉著兩根高竹竿，拉起一幅布條，其上同樣工工整整幾個大字，寫著：**玄日宗棧生門門下弟子恭迎總壇尊使莊、趙二位高駕**。

莊、趙兩名尊使低頭掩面，裝作沒瞧見他們，逕自通關入城。終於聽不見鑼鼓聲響後，莊森問趙言楓：「咱們不能直接報官，別跟這些人扯上關係嗎？」

趙言楓神色爲難：「總得找個熟門熟路的人，在巫州辦事才方便。江南分舵在巫州沒有正式分壇，城內本宗管事之人還是華飛。」

莊森尋思片刻，說道：「他們敲鑼打鼓迎接尊使，看來不到天黑不會收攤。造訪棧生門之事，入夜後再說。咱們先找個地方落腳，接著去天仙門踹盤子。」

趙言楓點頭，轉身向路旁賣布的老闆詢問巫州最好的客棧何在。莊森微微皺眉，摸摸腰間錢袋，盤算肩頭包袱裡還有多少銀兩。他跟師父周遊列國，向來是有什麼住什麼，從來不曾挑過客棧。偶爾他也想住住看雕梁畫棟的一流酒樓，但總因師父嫌貴而作罷。這時聽到趙言楓問起光聽名字就知不便宜的「富香樓」，不禁擔心起盤纏來了。他等趙言楓問完，拉她到路旁道：「師妹，咱們有個地方落腳就好了，犯不著住這等宴樂場所。」

趙言楓笑道：「師兄生性樸實，不喜奢華，當然是很好的。不過棧生門既然打起旗號迎接總壇尊使，巫州城的有心人遲早會知道咱們的身分。你是玄日宗首徒，我是武林盟主之女，就算不擺排場，也不好太過寒酸。」

莊森微微點頭，不過還是面有難色。趙言楓揚眉：「師兄有何顧慮？但說無妨。」

「那個……」莊森臉紅。「我沒帶多少錢在身上……」

趙言楓愣了愣，掩嘴笑道：「師兄出門前沒去帳房領錢嗎？」

莊森搖頭：「沒有。我就帶了這些年跟著師父教書攢下來的積蓄。」

「師兄自食其力，眞了不起。」趙言楓讚道。「總壇弟子外出公幹，可以跟帳房預請開支。三代弟子月支十兩、二代弟子月支五十兩，若有額外花費，可以另行塡單申請。」

莊森想想自己一個月都賺不到五兩銀子，身爲玄日宗弟子果然好處多多。「那師伯他們就是月支百兩了？」

趙言楓笑著搖頭：「他們要拿多少，就拿多少。帳房弟子只會多給，誰敢刁難？不過五師叔除外。爹說他已經把二十年份的公幹開支都領完了，叫帳房不准再發給他。」

莊森忍不住大笑，笑完後問：「咱們預計出門三個月，師妹領了一百五十兩在身上？」

趙言楓搖頭：「帳房帳面上記了兩百兩，實際上發了五百兩給我。加上之前吐蕃之行剩下的錢沒有繳回。我身上共有八百多兩銀子。一百兩銅錢，七百兩飛錢。」她說著靈機一動，解下包袱，取出錢袋，交給莊森。「師兄，銅錢好重，放你那兒吧。下次要付帳，就請師兄出面打發。」

「呃……」莊森愣愣接過錢袋，總覺得有點不是滋味，好像他在用女人錢。

趙言楓察言觀色，說道：「這是本門的錢，不是我的錢，師兄不必多想。」

「那……」莊森心裡尷尬，只想找點話說。「飛錢好兌換嗎？」

「不知。」趙言楓說。「我還沒換過。我是不打算去找三司兌換。要換的話，找玄日宗分舵分壇換就好了。」

兩人沿途問路，前往富香樓。江南道向來繁華富庶，是唐朝經濟中樞。黃巢亂後，各地蕭條，江南道也是全國最先恢復生息的地區。巫州雖非江南道屬一屬二的大城，百姓生活也還衣食無虞。而那富香樓倒也真不愧是巫州第一酒樓，莊森一輩子除了玄日宗總壇外，從未見過如此富麗堂皇的建築。

兩人要了兩間上房，安頓妥當，稍事休息之後，隨即下樓打探消息。城東富商王堅的長女五日之前遭人擄走，至今下落不明，匪徒亦無聯絡。由於王家小姐有姿色、善書畫、好音律，乃是巫州城內富家公子競相追求的對象，一般相信擄走她的肯定是垂涎美色的淫賊。王堅表面上是巫州鹽商之首，實際上是私鹽鹽幫幫主，黑白兩道通吃，兼之財大氣粗，女兒被擄之後宛如瘋狗般到處咬人。其時新春藥橫行江南道之事早已在城裡傳開，王堅深信天仙門與春夢無痕脫不了關係，既然此事多半為淫賊所為，他找不到人出氣，便把矛頭指向天仙門。這幾日他帶了家丁、幫眾，鼓動閒人，將天仙門團團圍住，說什麼也要天仙門主「常道散人」出面交代。

「官府都不管的嗎？」莊森問。

「天仙門犯了眾怒，王員外又勢力龐大。」天色尚早，店裡不忙，小二一邊擦桌子一邊說道。「刺史大人不肯輕舉妄動，兵馬史那邊倒是調動了兵馬到附近駐守，也不知道是要維持秩序，還是要幫誰。」他看向趙言楓，又說：「這位姑娘如此美貌，趁早不要招惹此事為妙。聽說那春藥厲害得緊，天仙門的人可不是好相與的。」

莊森皺眉：「春藥未必出自天仙門，這樣就坐足了它的罪名，會不會太……」

趙言楓突然扯他衣袖，小聲道：「師兄，隔牆有耳。」

莊森趁著她一扯之勢望去，只見角落一張桌旁有個獨坐獨飲的客人，正自側耳傾聽他們說話。此人約莫三十五、六歲年紀，相貌頗為英俊，堪稱氣宇軒昂，儘管布衣文士打扮，卻絕非尋常文人。他聽了片刻，發現他們不再說話，於是轉頭來看。一見莊森、趙言楓和店小二都在看他，當即神色尷尬、滿臉通紅。「那什麼……」他唯唯諾諾地說。「在下不是有意偷聽，只是……聽到幾位聊起天仙門，是以留上了神。」

莊森和趙言楓對看一眼，一同朝對方走近幾步。「這位兄台也對天仙門感興趣？」對方尷尬完了，恢復常態，眉宇之中透露一股尊貴氣勢。他說：「在下奉勸兩位，天仙門之事不像表面那麼簡單，若無必要，還是別蹚這渾水的好。這位兄弟看來身手不凡，多半能夠照料自己。但這位姑娘……」他搖了搖頭。「小二哥說的不錯，姑娘天仙般的人物，還是趁早不要招惹此事爲妙。」

趙言楓不服，想要出言理論。莊森搶先問道：「閣下知道什麼內情？」

對方笑道：「知道是知道，不過咱們萍水相逢，沒理由告訴你。」

趙言楓拂袖道：「師兄不必跟他多說。這人故作神祕，根本什麼都不知道。」對方微笑搖頭，一副不願跟她計較的模樣。趙言楓大怒，說了聲：「走吧，不要理他。」隨即走向大門口，離開富香樓。莊森快步跟上，走出一段路後，這才問道：「師妹何必生氣？那位老兄又不知道妳多大本事，他那麼說話，也是爲了妳好。倘若他當眞知道內情……」

趙言楓笑道：「師兄眞老實，你當跟人家套套交情，他就會一五一十地把內情都告訴你嗎？咱們此刻什麼都不知道，拿什麼去跟人家談？總要先去天仙門走走，瞭解當前處境，這才好去跟這種自稱知道內情的人談。」一看莊森皺起眉頭，似乎不太認同，她問：「萬一他只是想要套問咱們知道多少呢？」

莊森側頭瞧她，反問：「妳就那麼走了，又不多問幾句，怎麼知道人家有何企圖？」

趙言楓揚眉：「那照師兄說，該怎麼做？」

莊森理所當然：「就問他呀。」

趙言楓忍不住笑出聲來。「好!好一句就問他呀!我竟然沒想到。」她說著往身後一指。「那麼師兄就去問他吧。他跟著咱們呢。」

莊森故意撞上路旁包子攤,趁著向老闆道歉時轉頭一瞥,果然見到剛剛那位仁兄跟在五丈之外。莊森心想自己毫無所覺,趙言楓卻早就發現對方跟上,這究竟是自己江湖經驗太差,還是趙言楓太厲害的緣故?他凝神細聽,試圖在吵雜的街道上聽出對方的腳步聲。對方落腳沉重、步伐穩健,並未刻意掩飾蹤跡。或許正因爲他沒有刻意掩飾,導致莊森沒有察覺異狀。由腳步聲聽來,對方會武,而且武功不弱。

莊森停下腳步,趙言楓也跟著停步。片刻過後,對方走過他們身邊,朝他們點頭微笑。莊森問:「兄台跟著咱們做什麼?」

對方看看他們,又看看路,攤手道:「我去天仙門,兩位也去嗎?」一看莊森點頭,他笑著說:「只是同路,不是跟蹤。兩位不可會錯意。」說完停在路邊,一副兩位先請的模樣。

趙言楓佯怒:「本姑娘不喜歡有人跟著。你先走,咱們隨後就到。」

對方一攤手,提步而行。兩人等他走出五丈外後,這才隨後跟上。莊森邊走邊問:「師妹怎麼老是跟他發脾氣?」

趙言楓說:「一來我看了他就討厭;二來我娘教過,只要裝出一副驕縱姑娘的模樣,男人就容易放下戒心。」她笑了笑,又說:「師兄放心,我若對你生氣,肯定是眞的生氣,不會是裝出來的。」

莊森陪笑兩聲,內心五味雜陳。

不一會兒來到天仙門。只見偌大一座莊院外擠了起碼三、四百人。大部分人都待在正門口，剩下的人把守所有門戶，把莊院四面八方擠得水洩不通，就連蒼蠅都未必飛得進去。適才那人消失在人群中，轉眼之間就不見蹤影。莊森和趙言楓來到人群後方，什麼也看不清楚，於是一個起落，跳到天仙門對面民家的牆上，再一個起落，上了屋頂。屋頂上原先就有七、八個人，或坐或立，趁著高處打量天仙門牆內景象。其中幾個人在莊趙二人上房時瞧了他們一眼，不過隨即轉回目光，沒有多說什麼。

下方有人大聲嚷嚷。「常道散人！快把我女兒交出來！不然我一把火燒了你們天仙門！」

天仙門裡有人大叫：「王堅！你不見了女兒，一口咬定是天仙門所為，究竟有何證據？是何居心？」

「證據？你們天仙門素行不端，公然販售春藥、結交淫賊，前年『天雕』聞一刀落網時就已經坦承他的春藥都是跟你們買的。天仙門如此害人，巫州城的百姓難道要繼續坐視不管嗎？」他最後這句話是對群眾所說。

在場數百人齊聲喝道：「不要！」「不能不管！」「哪個放任他們，一定是想買春藥的淫賊！」「放過他們，咱們還是人嗎？」

牆內之人回道：「天仙門在巫州可是老字號的生意。二十年來懸壺濟世，救過多少人命？你們講得好像我們只賣春藥，實在有欠公道！王堅，去年要不是我們門主親自出診，你夫人還有命在嗎？你現在丟了女兒就來找我們出氣，根本忘恩負義！」

王堅大怒，喝道：「這事你不提也就罷了，一提我火氣就上來！常道散人那個色老頭，來我們家看診時就一直盯著我女兒看，我當時就知道他不懷好意啦！我說這回我女兒被擄，十之八九就是他指使的！」

「你含血噴人！」

「天仙門上下都是淫賊！快把我女兒交出來！」

莊趙二人趁著雙方互罵，沿著天仙門對面的房舍屋頂繞了一圈，明著觀察天仙門裡的情況，暗地裡連在屋頂上監視之人一併打量。回到正門後，趙言楓拉著莊森，跳到街尾一戶人家屋頂，於背對人群的方向就地躺下，看著天上的星辰道：「師兄，我怎麼聽都是王堅毫無證據、含血噴人，為什麼他能找到這麼多人隨之起舞呢？」

「所謂眾怒難犯。但要鼓動眾怒，卻也不難。」莊森說。「尋常百姓，書念得少，只要地方名人出來帶頭，他們往往就會聽話。」他沉思片刻，又道：「但是在場之人，龍蛇混雜，此事絕非王堅鼓動這麼簡單。他自己的家丁都只練過尋常武術，多半是家裡請了教頭來教。即便鹽幫的人馬也沒幾個好手，但是在屋頂上監視的人裡有不少武功都高出餘人許多，而且分門別派，各據一方。」

趙言楓點頭：「我看巫州兵馬使的人也未必安了什麼好心。」巫州的兵馬駐守在兩條街口外，不過派出探子沿著天仙門外圍部署，儼然是在王堅的包圍圈外又再圍了一圈。「這兵馬使有何居心，倒得要查個明白。除了王堅的人馬外，還有哪些勢力參與此事，這也得先弄清楚。天色已晚，城門已關，一會兒咱們去問華飛就是了。至於那常道散人嘛……」她沉吟片刻，繼續說道：「我娘說他亦正亦邪，救人害人自有一套標準，說不出是好人還是壞人。娘常說亂世之中，人人都做過有違良心的事情，只要能在大關頭上把持得住，也就不要太計較了。師兄認爲呢？」

莊森說：「他若當眞強姦民女，就是壞人。不能因爲他救過幾百個人，就認爲他有資格強姦民女。但那王堅若是信口誣賴，便是壞人，總不會因爲丟了女兒，就能含血噴人。」

「嗯。」趙言楓又點頭。「娘說常道散人見機甚明，是聰明人。王堅誣賴他若是別有圖謀，他心中自然有個底。怎生想個法子混進天仙門找他談談？」

莊森皺眉：「四面八方都是眼線，偷溜進去談何容易？不如直接登門拜訪，把事情攬在玄日宗頭上？」

趙言楓搖頭：「尋常百姓未必會買玄日宗的帳。再說，起碼有八方勢力在監視天仙門，沒弄清楚他們是誰就貿然表露身分，可別鬧到灰頭土臉。」

莊森問：「師妹有主意？」

趙言楓神色淘氣：「咱們假扮官府，大搖大擺走進去。」

「兵馬使的人也在監視，扮官差怕瞞不住吧？」

「沒人讓你扮官差，咱們扮成六部官員。」趙言楓忍不住笑容。「吏戶禮兵刑工，挑一部來扮？」

莊森神色一凜：「假扮朝廷命官，好嗎？」

趙言楓道：「各節度使都在廢立朝廷命官，勢力龐大的連天子都敢廢立。咱們趁亂假扮一下，沒人會來查的。眞要有人查，咱們就說是成都的後備官員，讓總壇司禮弟子弄幾份派遣公文，眞的當幾天官也無妨。」

莊森感到有趣，又不願掃趙言楓的興，湊趣道：「人有錢了，就會想當官。假扮吏部去看常道散人要不要買官？」

趙言楓見莊森答應了，笑著搖頭：「常道散人以散人自稱，就是為了絕意仕途。他不會想當官的。」

莊森道：「假扮戶部，查他的稅。」

趙言楓說：「可行。不過這一進門就充滿敵意了。」

「也是。」莊森又想。「禮部扯不上邊，兵部、刑部上門都沒好事，就工部吧。一會兒問問華飛，看最近巫州有沒有要修橋鋪路，去跟天仙門商量合作，想點互利說詞，雙方攬點油水，一起發大財！」

「師兄腦筋動得眞快。」趙言楓稱讚。「事不宜遲，這裡不知道什麼時候會打起來，咱們先去棧生門吧。」

□

棧生門距離天仙門不遠。兩人走了一會兒，找間尚未打烊的布莊問路，老闆反問他們：「兩位找棧生門，是想要拜師學藝嗎？千萬不要！那群人沒點本事，成日作威作福，跟著他們有死無生。」

離開布莊後，莊森搖頭嘆氣：「『跟著他們有死無生』，這等形容簡直極品。咱們能不能把這個支派趕出師門？」

趙言楓說：「沒到巫州城，還真不知道本宗支派能讓人看扁到這種地步。下回見到五師叔，一定要跟他說說。玄日宗有這種弟子，還需要敵人嗎？」

不一會兒來到棧生門，只見大門緊閉，門旁有兩頂大紅燈籠，可沒點著。回想起城門外敲鑼打鼓的景況，眼前的棧生門未免太過冷清。趙言楓奇怪：「怎麼一個人影都沒有，難道他們還沒回來？」

莊森說：「或許累了，出門吃飯。」他伸手敲門，卻見大門「啊」地應聲而開。一股血腥氣息撲面而來，兩人氣息一滯，差點吐了出來。

莊森雙手翻動，將兩扇大門完全推開。門後是個院子，到處躺著鑼鼓旗幟，也到處躺著血淋淋的屍首，似乎這些人一進門就慘遭屠殺。乍看之下，下午在城門口外迎接尊使的人馬通通都躺在這裡了。莊森跟趙言楓慎選落腳處，避開地上的屍體和鮮血，一個一個加以檢視。鮮血尚未凝固、屍體尚有餘溫，看來凶手才剛走，他們就到了。

莊森雙手顫抖，心情激盪。他不是沒有經歷風浪之人，也曾見過不少屍體，但他從未於夜色中見過三十來個人血肉模糊地慘死在一座院子裡的景象。他覺得兩手一軟，突然放開眼前屍體的手腕，愣愣地站起身來，嘴裡不由自主地唸道：「難道……難道一個活口都沒有？」

趙言楓低呼：「華飛在這裡！」

莊森一躍五丈，落在趙言楓身旁，只見師妹雙掌捧著華飛的臉頰，語氣急迫：「華師弟？華師弟！是誰幹的？師姊幫你報仇！」

華飛張嘴欲言，呀呀幾聲，嘴裡湧出大量鮮血，竟是舌頭讓人割了。他讓自己的鮮血嗆到，咳嗽幾下，兩腳一伸，就此死去。

趙言楓僵在原地，雙手越抖越是厲害，最後華飛的腦袋自她手中滑落，咚的一聲摔在地上，濺起點點血花。趙言楓哽咽一聲，哭了出來。她跟華飛並無多大交情，又不齒他的爲人，本也不會爲他落淚。但她畢竟年幼，江湖的慘事雖然聽過許多，卻沒當眞見過。早上竹林中見到七具屍體，儘管在莊森面前表現鎭定，她心裡其實相當震撼。如今見到這等滅門慘案，她終於支持不住，情緒潰堤。

莊森擁她入懷，一手輕拍她的背心，安慰道：「好了，師妹，不哭、不哭了。師兄在這裡……」他其實心慌意亂，一時之間什麼主意都沒有。若不是有個趙言楓可以安慰，他也不知道自己會在幹嘛。「我們查……我們會查出來……查出是誰幹的。我們一定會……」

大門口突然有人倒抽一口涼氣。莊森轉過頭去，只見有個男人神色驚恐，張口大叫：「殺人啦！死人啦！棧生門滅門啦！凶手就在這兒啦！」

莊森連忙喊道：「老兄不要誤會！人不是我們殺的！」

男人喊破喉嚨：「沒有誤會！凶手就在這裡呀！大家快來抓人呀！」

莊森還要解釋，趙言楓抬頭道：「他若沒有誤會，便是栽贓嫁禍。」

莊森神色一凜，男人則後退一步。莊森放開趙言楓，朝大門踏出一步。男人不再吼叫，轉身拔腿就跑。莊森足下一點，落到對方身後，一把抓住對方後頸，像提小雞般把他提了起來。正在此時，左右兩側同時有人叫道：「殺人啦！棧生門給人殺光啦！大家快來抓凶手啦！」莊森只見人影一閃，趙言楓翻牆而出，衝向左邊吼叫之人。莊森手裡提著一人，動作絲毫不慢，竄向在右邊吼叫之人。兩人叫到一半，聲音同時啞了。莊森與趙言楓出手如風，點了三人穴道，隨即提著三人離開棧生門，朝僻靜處奔去。

這栽贓嫁禍之計雖毒，可惜天色已晚，附近沒有行人，那三人還沒喊出任何人證，就已經遭人制伏。等到有人聞聲而來時，莊森和趙言楓早已帶著三人遠離現場。

第十三章　圍剿

莊森和趙言楓穿街走巷，專挑僻靜無人處奔跑，最後路過一座漆黑莊院。殘磚敗瓦、年久失修，顯然久無人居。兩人沿著莊院外牆繞了一圈，肯定四下無人，這才踏過躺在地上的側門門板，溜入宛如鬼屋的陰森宅院。他們找了間沒有外窗的臥房，將三名俘虜放在地上，靠牆坐好。趙言楓舉起一張椅子，雙手抓住椅腳，輕輕向外一分，當場將椅子拆成碎片。三名俘虜就著門外微光，見她嬌滴滴一個姑娘竟有如此神力，全都見鬼似地瞪大雙眼。莊森舉起桌子，照樣拆解，三名俘虜神色畏懼，狂吞口水。

莊森用碎木頭在臥房中央生火，於搖曳不定的火光中站起身來，神色猙獰，宛如鬼怪。坐在最左邊的俘虜嘩啦一聲，當場撒尿。莊森皺起眉頭，走向最右邊的俘虜，出手解開他上身穴道，問他：「你們是什麼人？爲何殺害棧生門上下三十幾口人命？又爲何要陷害我們？」

對方嘴角顫抖，但卻十分倔強，閉眼偏頭，完全不理會莊森。想起棧生門慘狀，莊森心裡忿忿，出手不留情面，握住他的右掌使勁捏碎。男人咬牙切齒，悶哼一聲，額頭上冒出斗大的汗滴，不過沒有慘叫。莊森本就不喜逼供，見他如此硬氣，倒也不忍繼續施暴。他說：「說！你們跟棧生門有何怨仇？爲什麼要滅它滿門？」

男子低頭不語。莊森出手封他穴道，把他推倒在地，正要走向第二名俘虜，趙言楓已經迎了上去。

趙言楓拔出配劍，施展凌厲劍法，力透劍尖，解開第二人的穴道。她這把大荒劍乃玄日宗祖傳寶劍，端得是鋒利無比，雖是透過高深內力解穴，但是劍尖輕輕觸體，已經在對方身上點出點點血花。此人吃痛之下，犯了狠勁，目露凶光瞪著趙言楓，一副恨不得撲上去把她吃了的模樣。

趙言楓劍尖指著他鼻頭道：「瞪著本姑娘做什麼？有本事就上來打一架。要是沒本事的，趁早把本姑娘想知道的事情說了出來，也少受點皮肉之苦。」

男人朝趙言楓啐了一口，不過嘴上無力，只啐出一條口水順著下巴流下。趙言楓嘖嘖兩聲，長劍下移，抵著對方脖子，劃出一條細細血痕。男人突然哈哈大笑，神情暢快，似乎眞的高興。他說：「妳殺了我好了！一了百了。從今以後老子再也不用養家活口、不用擔心錢財！他奶奶的，要不是爲了兩個孩子，老子犯得著幹這種事嗎？妳宰了我吧，老子不玩了！」

趙言楓反手一揮，劃破他胸口衣衫，順勢封他穴道。男人倒在地上，看起來直與死了無異。只嚇得左邊尿濕褲子之人噗嗤一聲，拉了屎了。趙言楓嫌臭，伸手遮住鼻子，換莊森迎上。

莊森蹲在第三人面前，冷冷直視他雙眼，接著揚起右手，解開他的穴道。拍拍他的臉頰，正要開口問話，對方已經淚流滿面，大聲說道：「大俠！女俠！小人什麼都招啦！」

莊森問：「你們是什麼人？」

「小……小人是金牛幫的人，叫作黃精銘。」

「金牛幫是什麼幫派？爲什麼要滅棧生門？」

「大俠明鑑，金牛幫乃是巫山本地幫會，武功低微，怎麼能是玄日宗棧生門那些大老爺的對手？」黃精銘越說越溜。「咱們三人只是受人委託，待在棧生門門外，見到有人進去，就跳出來大聲嫁……嫁……嫁那個禍……」

趙言楓問：「你敢說你沒有動手殺人？」

「女俠！女俠冤枉呀！小人……小人加入幫派，只爲混口飯吃，壓根就沒有學過武藝。妳說我怎麼有本事動手殺人？」黃精銘聲音顫抖。「他們動手之時，小人一直躲在遠處，看都不敢多看一眼。天地良心呀，女俠，咱們根本不知道他們要殺棧生門的人。咱們只是……只是負責嫁禍而已。」

趙言楓喝道：「想要活命，就別想欺騙姑娘！你們金牛幫平時就跟棧生門衝突不斷，是不是？你們早就想找機會挑了棧生門，是不是？你們究竟出動多少人馬？能把棧生門的人全部殺光？」說著舉起長劍，作勢欲砍。

「姑娘饒命！姑娘饒命！小人再也不敢啦！」黃精銘驚慌失措，屎尿齊噴，倒把趙言楓嚇退一步。

「不敢什麼？」趙言楓退開，莊森又上前。

「小人再也不敢欺騙姑娘。」黃精銘伏身下跪，在自己的屎尿堆中磕頭。「金牛幫和棧生門確是仇敵，經常爲了搶奪地盤大打出手。前天有人來找我們幫主，說能幫忙消滅棧生門，幫主立刻命令我們三人從旁協助。天地良心，小人事先確實不知所謂消滅棧生門，竟然是當眞殺光他們……如果知道，我天打雷劈，不得好死！」

趙言楓哼了一聲：「事到如今，你還想能好死嗎？」

「姑娘饒命！姑娘饒命！」

莊森怕他繼續磕頭，自己會被屎尿濺到，於是叫他起來。「動手的究竟是什麼人？」

「小……小人不知。」

「我看你找死。」

「小人想起來啦！」黃精銘尖叫。「那……那天對方走後，小人有偷看拜帖。來人叫作『神劍居士』薛震武，也是武林裡大大有名的前輩高人。」

莊森看向趙言楓：「我記得薛震武當年平定黃巢有功，跟師伯他們也有交情。怎麼會對棧生門……」

趙言楓道：「他現在是梁王府裡的高手。」

莊森訝異：「朱全忠的人？」趙言楓點頭。兩人皺眉片刻，同時轉向黃精銘。

黃精銘連忙搖手：「朱……朱……什麼節度使、什麼王的，小人完全不懂！」

莊森揮手要他安靜，沉吟道：「薛震武再怎麼說也是武林宿老、正道中人，即便輔助朱全忠，那也是各為其主，不太可能幹下滅人滿門、殘殺後輩之事。況且死者身上傷口混雜，各式兵器都有，並非僅限劍傷……」

趙言楓說：「梁王府高手如雲，雖然不能跟本宗高手相提並論，對付棧生門還是綽綽有餘。」

莊森轉向黃精銘。「你沒看到動手之人嗎？」

黃精銘搖頭：「小人只聽見慘叫聲起，不到半炷香的時間就結束了。」

「你也沒看到有人離去？」

「小人不敢看。」

「一個都沒看到？」

「這……」黃精銘欲言又止，似乎難以肯定。「是……當時天色已黑，小人躲在巷尾，什麼也瞧不眞切，只有隱約瞧見……隱約瞧見一條黑色身影……婀娜多姿，飄……飄到天上，落在大屋後方。小人想是眼花了，還是見鬼了……大俠這麼一問，或許……或許那是一位武功高強的女俠。」

莊森問趙言楓：「梁王府裡有擅長輕功的女人嗎？」

趙言楓攤手：「梁王府食客眾多，來來去去，得問總壇司兵房的弟子才行。」

莊森問黃精銘：「他們爲什麼要嫁禍我們？」

黃精銘搖手：「小人只是奉命辦事，連兩位是誰都不知道呀。」

莊森點倒黃精銘，跟趙言楓走出臥房，來到前院，透過殘破的磚牆，望著城外的巫山。片刻過後，趙言楓說：「常聽他們說審問人犯，原來就是這麼回事。要是那黃精銘也跟另外兩人一般硬朗，我還眞不知道該怎麼辦呢。」

莊森也有同感。適才黃精銘那句「小人什麼都招了」當眞讓他如釋重負，鬆了一大口氣。他說：「師父說過，只要用對方法，每個人都會招供。我不願想像要用什麼方法去讓他們招供，尤其是剛剛那個說死了還一了百了的老兄。」

「師兄，」趙言楓緩緩問道。「如果一定要殺掉一個，才能讓其他人開口招供的話。你會殺嗎？」

「我想說不會，但恐怕有時候也由不得我們。」莊森說。「闖蕩江湖……沒想像中那麼容易呀。」

兩人沉默片刻，各想各的心事。天上飛過幾隻烏鴉，呀呀兩聲，掠過明月，爲寂靜的夜裡平添不祥之兆。

「這三個人怎麼處理？」趙言楓問。

「先留在這裡。明日去找金牛幫主時，再叫他們派人來領。」莊森說。「莫說棧生門跟玄日宗有淵源，就算毫無瓜葛，這三十幾條人命，咱們也不能坐視不管。」

趙言楓點頭：「適才來去匆匆，沒在案發現場逗留。咱們得再找機會回棧生門看看。」

「這筆帳若是算在梁王府頭上的話，事情就鬧大了。」莊森嘆氣。「咱們得調查清楚，不可妄下斷言。」

「走吧。」趙言楓往進來時的側門走去。「我倦了，先回富香樓。」

□

兩人忙了一整天，都是眞的累了。回到富香樓後，隨便點幾道菜吃，吃完稍事梳洗，各自回房休息。這一夜惡夢連連，棧生門的慘狀不停湧入腦中。莊森有時夢到自己抓到凶手，以牙還牙；有時又夢到自己以德報怨，卻不知如何對死者交代；他夢到自己嚴刑逼供，失手殺死對方；他也夢到跟師父兩人待在西域教書，從來沒有回歸中原。睡到半夜，敲門聲大作。莊森一躍起身，取劍在手，閃身至門側，問道：「誰？」

門外之人說道：「天仙門快要出事了，兄弟可有興趣瞧熱鬧去？」聽聲音是自稱知道天仙門內情的人。

莊森拉開房門，確實是那位布衣公子。他問：「怎麼回事？」

那人道：「王堅的人在牆外堆柴淋油，打算放火燒莊。」

莊森大驚：「這還有王法嗎？」

「兵馬使的探子瞪大眼睛瞧著，明擺默許此事。」那人搖頭。「王法此物，在利益前往往微不足道。」

隔壁房門開啓，趙言楓探出頭來：「師兄，怎麼回事？」

「天仙門要出事，咱們盡快趕去。」他轉向門外之人。「兄台請稍候。」說完跟趙言楓各自回房著裝。

匆匆打理完畢後，三人離開富香樓，趕往天仙門。莊森擔心民眾動用私刑，鬧出人命，深怕棧生門的慘狀重演，於是展開輕功，加速狂奔。趙言楓跟他一般心思，緊隨在後。那位布衣公子稍微落後，不過毫不臉紅氣喘，似乎行有餘力。莊森放慢腳步，等他跟上，問道：「敢問兄台尊姓大名？」

布衣公子道：「在下姓李，眞名不便透露，還請見諒。」

莊森眉頭一皺，拱手道：「原來是李公子。我姓莊，這位是趙姑娘。至於我們的名字嘛，等李公子方便時再說。」

李公子眼睛一亮，笑道：「莫非兩位就是鼎鼎大名的玄日雙尊？」

莊森與趙言楓同聲問道：「什麼尊？」

「棧生門大張旗鼓，三天前就在城內四處放話，說道玄日宗將有重要人物駕臨巫州，乃是莊、趙兩位尊使。」李公子邊跑邊道。「說什麼等你兩位老人家抵達，棧生門就會大大露臉，巫州幫會都將聽從他們號令。巫州的武林人士不把棧生門放在心上，但對玄日宗總壇尊使總是必須留心。這兩天大家都在猜測所謂玄日雙尊是什麼人。玄日宗知名高手中無人姓莊，但那武林盟主趙大俠可是誰人不知、哪家不曉。大家都說這位姓趙的尊使多半就是玄日宗少主趙言嵐，不想卻是位姑娘。」他語氣一轉，問道：「棧生門慘遭滅門之事，兩位聽說了嗎？」

莊森點頭：「略知一二。」

李公子語氣遲疑：「有人說他們太過張揚，惹惱了玄日雙尊，是以慘遭滅門。這等閒言閒語，自然是瞎說了？」

莊森與趙言楓齊聲道：「哪有此事？」趙言楓又說：「你們究竟把玄日宗當成什麼？殺人不眨眼的邪魔歪道嗎？」

李公子連忙躬身賠罪，說道：「這等言語，在下是不信的。然而巫州城中既然有此一說，在下認爲兩位應當知道。巫州近日除了淫賊案外，並無大事。兩位既然爲了天仙門而來，可是收到在下投遞的陳情書？」

「陳情書是收了一封，但說是馬殷遣使送來的。」

「武安軍轄區內的事情，我可不好署名河東晉王府。」

「晉王府？」莊森問：「閣下究竟是誰？這便直說了吧？」

李公子點頭，作揖道：「在下李存勗，乃河東晉王之子，十三太保中排行老三的便是了。」

莊森和趙言楓當場停步，轉頭看他。「太保大人的名頭可大得緊呀。」莊森說著也作揖道：「在下莊森，是玄日宗二代弟子。我師妹言楓是本門掌門之女。」

李存勗肅然起敬。「閣下原來就是玄日宗代理掌門震天劍卓七俠的親傳大弟子。真是失敬。還有趙女俠。江湖上人人都說趙大俠的次女乃是武林第一美女，想不到小小年紀，武功也如此卓然出眾。果然將門虎女，佩服佩服。」

「李公子不必客套。」莊森說著做個「請」的手勢，繼續朝天仙門跑去。李存勗快步跟上，邊跑邊道：「在下身分特殊，這次跑到武安軍的地盤上，沒有知會馬殷，是以不希望洩漏身分，還望兩位莫怪。」

「怪罪自然不會，就是有點奇怪。」趙言楓說。「江南道出了一種新春藥，何以會驚動河東軍少主親自調查？萬一讓馬殷發現你偷入江南道，定會懷疑你有所圖謀，到時候武安軍跟河東軍難保不會打起來。敢問李公子究竟爲何而來？」

這時他們已經接近天仙門，前方傳來人聲喧囂。圍院之人點燃不少火把，不過尚未放火燒莊。李存勗說：「我一定會跟兩位解釋清楚，但眼前還得想個法子營救天仙門。簡單來說，王堅愛女失蹤只是個幌子，四周民房屋頂上的都是買家。春夢無痕的賣家要在天仙門門徒身上試藥，讓大家見識這種藥物的威力。」

「我不懂，春夢無痕不是春藥嗎？」趙言楓問。「江南道的淫賊不是早就證實這種藥的效力了？」

「不只是春藥。」莊森說出心中存疑許久的想法。「中了春夢無痕的人會在一個時辰內聽從施藥者號令，而且事後完全忘光。這樣的藥物若是用在其他地方……堪稱潛力無窮。難怪四師伯如此看重此事。」他突然醒悟，問李存勗：「你說要在天仙門徒身上試藥，意思是說……」

「他們要殺光天仙門的人。」李存勗說。「片甲不留。」

莊森心頭大震，停在巷道中央。李存勗來到他面前，神色誠懇：「莊兄弟、趙姑娘，我暫時不便公開露面，只能暗中相助。要救天仙門，得靠你們二人。他們放火之後，就會利用濃煙下藥。你們要勸常道散人帶領弟子突圍而出，萬萬不可繼續拖延。」

莊森點頭，對趙言楓道：「師妹，妳進去幫常道散人突圍。我在外面拖延時間。」

「怎麼拖延？」

「靠說大話。」莊森自口袋中取出三粒藥丸，說道：「我近日思索春夢無痕的藥性，趁夜煉了幾顆丹藥出來。這當然不是春夢無痕的解藥，不過多少有些助益。咱們先服下了。」

莊森和趙言楓各取一枚服下。李存勗待兩人服下，這才將嘴中的丹藥呑入腹中。他說：「莊兄弟武功既強、又會煉丹，眞是佩服。」

趙言楓說：「我師兄醫術高明，連我娘都讚他呢。」

「能得到玉面華佗……」

「沒時間客套了。」莊森衝上前去，來到圍院群眾身後運起獅吼功，大喝一聲，震得所有人耳朵疼痛，面前十來個平民百姓更是當場摔倒。他縱身躍起，凌空飛升，宛如大鵬展翅般越過天仙門大門外的人群，落在大門前的台階上。大門外的人群多半都是王堅鼓動來的平民百姓，哪裡見過這等功夫？當場嚇得鴉雀無聲，兩、三百雙眼睛全都盯著莊森。

趙言楓趁著眾人分心之際，輕輕躍入牆內。

莊森運起內功，將說話的聲音遠遠傳出。「各位巫州城的鄉親父老，請聽我一言。我乃玄日宗代理掌門，震天劍卓七俠的首徒莊森。」他把自己的名頭報得特別大聲，目的是要讓守在四周屋頂上的眾多買家聽見。一看眾人聽了他的名頭沒有任何反應，知道此刻就連武林人士也很少有人聽說過他。他清清喉嚨，又說：「玄日雙尊，聽過了吧？」

民眾登時譁然，玄日雙尊果然赫赫有名，就連四方屋頂上也不少人開始交頭接耳。莊森正要繼續說話，一名五十來歲的壯漢走到他面前，大聲喝道：「玄日雙尊又如何？就算是玄日宗也不能是非不分，胡作非爲！天仙門擄走了我女兒，我要他們交人出來，這叫天公地道！」

莊森細看王堅，只見他身材精壯、目光爍爍、步伐穩健、氣勢逼人，若非身穿華服，商人打扮，怎麼看都是個內家高手。「王員外救女心切，大家都很感動的，但是你除了空口白話，又有什麼證據證明令嫒是天仙門擄走的？」

王堅喊道：「這還要什麼證據……」

「當然要證據！」莊森聲如雷鳴。「各位要放火燒屋，動用私刑，這一下去可是會死人的！難道你們殺人連證據都不用看了嗎？難道就因爲你們人多，殺了人就可以不用擔責任嗎？」

「說什麼殺人，那麼難聽。」人群中有人叫道。「又不是我放的火！」

「可你沒阻止人家放火。」莊森道。「待會兒火起，你會趕去救火嗎？還是站著看戲？」

王堅轉過身去，背對莊森，對人群叫道：「各位不要聽他胡說！這人哪兒冒出來的，誰也不知！我看他根本與天仙門那群淫賊是一夥的！他不要我們火燒天仙門，是想要弄他們的春藥去姦淫婦女！這等淫賊，人人得而誅之！」

王堅的家丁紛紛揮拳大叫：「淫賊、淫賊！」人群中頗多好事之徒，當場跟著起鬨，沒過多久，所有人都指著莊森罵淫賊。

莊森沒讓人誣賴是淫賊過，一時間感到又氣又委屈。他以凌厲目光掃視眾人，所有跟他目光相對過的人立刻安靜下來，前面的人叫得不起勁，後面的人氣勢自然餒了。片刻過後，淫賊的聲浪逐漸消失。莊森抬頭挺胸，一派正氣，說道：「如果有人見過我姦淫婦女，現在就站上來跟我對質。如果沒有，趁早閉嘴。」他稍停片刻，趁著還沒有人開口前繼續說：「不管你們如何認為，巫州還是個有王法的地方。就事論事，就算天仙門裡眞的有人擄走王家姑娘，這罪過有大到要不由分說，放火殺人嗎？」

屋頂上有人大聲喊道：「昨天傍晚棧生門慘遭滅門，死了三十幾口人！江湖上人人都說是玄日雙尊下的毒手！莊大俠，玄日宗門風敗壞，弟子不肖，你想清理門戶也是人之常情。只不過手段也未免太狠毒了點！」

群眾中有不少人是第一次聽說棧生門慘遭滅滿之事，紛紛開始交頭接耳，許多人看莊森的眼神多了一絲恐懼。莊森正氣凜然，揚聲道：「你說『江湖上人人都說』，究竟是哪些人說的？」

屋頂上的人道：「怎麼？你想要殺人滅口嗎？你做得，我們就說不得？說這話的人沒有一千，也有八百，難道你能全找出來殺光？」

莊森沉聲問道：「閣下可是金牛幫的人？」

那人嚇了一跳，忙問：「你……你怎知道？」

莊森冷笑一聲：「我自然知道。」

那人聽不出他話中意思，深怕惹禍上身，終於閉上嘴巴，來個悶聲大發財。

王堅唰的一聲，拔刀出鞘。莊森沒想到他說拔刀便拔刀，當即站穩雙腳，嚴陣以待。誰知道王堅揮刀並非砍向莊森，反而將刀拋擲而出，在夜空中劃出一道弧光。莊森不知道他有何用意，擔心大刀落地傷人，於是看準時機，沖天而起，半空接下大刀。他身子還沒落地，遠處已經傳來吆喝，跟著火光四起，天仙門各處圍牆都已經燒了起來。

莊森難以置信，舉刀指著王堅：「你……你竟然下令放火？」

「這火早該放了！」王堅喝道。「誰要聽你這小子在此妖言惑眾？」

「我妖言……」莊森大怒之下，只想一刀砍了王堅。他強忍怒意，氣灌刀刃，一抖手把刀身震成三段，抛在地下，怒道：「你難道不知道有人會趁濃煙放毒？你是不是人？於心何忍？」

王堅神色震驚，語音顫抖，說道：「你說什麼……你胡說！」瞧他神色，似乎不是裝出來的。但究竟是因為事先不知情而震驚，還是因為陰謀遭人揭露而震驚，一時之間倒也看不出來。莊森想到趙言楓還在莊內，心中大為著急。他再度躍起，上了門頂，反身打量莊院中的情況。只見四面圍牆都冒出大火，牆外還不斷有人往裡面拋擲燒著的木柴。院子裡有四名天仙門弟子頂著大門，側門各有兩人把守，剩下的人全都不見蹤影，多半都還躲在屋內。莊森回頭對人群喊道：「各位如果還有人性，這便開始救火！天仙門的人也是人，也有父母子女呀！」說完跳入天仙門內，對著門後的天仙門弟子道：「他們既然放火，暫時不會進來。大門不必守了，快點跟其他人會合，準備突圍。」

這時剛好有名弟子從屋內跑來，叫道：「張師兄、王師兄、師父說撤了！快到後門去！」莊森提醒他們：「煙裡有毒，盡量少吸。」跟著眾人召集四散的門徒，沿路接下牆外投來的柴火拋回，順牆繞過房舍，來到後門。只見天仙門眾門徒連帶僕役共有五、六十人，全都擠在後門口等人到齊。趙言楓領著一名五十來歲的長者迎上前來，說道：「前輩，這位是我師兄莊森。師兄，這位就是天仙門主常道散人。」

莊森見大部分人都以濕布蒙面，知道趙言楓已經提醒過他們煙裡有毒。常道散人朝他作揖道：「莊大俠仁義為懷，適才在門外為本門分說，老朽十分感激。」

「門主不必客氣。」莊森來到後門口，問道：「出門之後怎麼走？」

常道散人說：「城內已無我們容身之地。我們得往最近的東城門跑。」

「衛士會開城門讓你們離開嗎？」

「天就要亮了，城門也快開了。我們本來打算等城門開後再往外闖……」

莊森見濃煙四起，煙中隱隱帶點香氣，深怕眾人無法支撐，說道：「事不宜遲，走吧。」

莊森說完，拉開橫木，推門而出。後門有近百人守著，不過大多是尋常百姓，攔不住五、六十個橫衝直撞之人。莊森力大，在前開路，一把就能推開五、六個人。沒一會兒工夫衝出後巷，來到大街之上，往東城門奔去。莊森見王堅率領數百人追來，當即讓常道散人帶著眾弟子逃命，自己跟趙言楓殿後。

王堅的家丁跟鹽幫幫眾手持刀劍武器，但是大部分百姓都只有拿些棍棒掃帚。天仙門門徒跟著師父學習製藥之餘，也都有學武強身，雖然功夫不高，卻也體格壯健，腳程不慢。不一會兒工夫，大批百姓就被拋在後面，剩下會武功的人跑在前方追逐。有些人追到近處，莊、趙二人便出手點倒他們。其餘追兵發現他們厲害，紛紛開始投擲暗器。莊森和趙言楓武功高強，不至於讓暗器所傷，但要保護其他人就力有未逮了。奇怪的是，追兵盡是攻擊他們，始終沒朝天仙門眾人招呼。

等到屋頂上的人也跳下來會合後，莊森這才發現圍困天仙門的人裡竟然有一半都是武林人士。

他們於天亮時分抵達城門，剛好趕上城門開啓。守城衛士本待盤查，一看數百人凶神惡煞，擺明是江湖仇殺，當場決定撒手不管。出城後沒過多久，前方突然傳來廝殺聲，莊森跟趙言楓殿後尚且應接不暇，難以顧慮前方，只能邊打邊跟著天仙門眾人改道入山。幸好山道狹窄，僅容數人並肩而行，又有晨霧，應付追兵反倒容易。莊森正想要趙言楓轉進隊伍前面瞭解情況，突然有個以濕布蒙面的男子趕上來，瞧服飾便是李存勗。

「莊兄弟、趙姑娘，看來情況不妙呀。」

莊森問：「李公子不是說不方便露面？」

「我沒露面，蒙著臉呢。」李存勗指著臉上的花布說。「我本來只想暗中救火什麼的。後來看到大家都蒙面，我就也蒙面跟了進來。剛剛是三峽幫的人在巫山口埋伏，硬把咱們逼上巫山。這顯然是早有預謀，他們料到天仙門會往東城外跑。巫山之上，不知道還有什麼等著咱們。」

「事到如今，也只能走著瞧了。」莊森憂形於色。「我們三個外地人，不熟附近地勢，只希望常道散人有辦法帶著門徒覓路離開。」

後方破風聲起，一支飛鏢破霧疾飛，正對莊森而來。莊森聽出這鏢厲害，不敢怠慢，凝神將鏢接下。李存勗是識貨之人，看著那支飛鏢說道：「這是神鏢門的獨門凌風鏢。從這一鏢的勢道聽來，發鏢者多半是胡濱那個老狐狸。神鏢門是江南六大門派之一，他們的鏢會轉彎，令人防不勝防。」

晨霧濃密，看不出三丈外的景象。莊森倒退而行，對著晨霧揚聲道：「胡濱！你以為趁亂發鏢，就沒人知道是你射的嗎？今天你若沒沒無聞，我還不知道要找誰計較；你要是江湖上有名號的人物，趁早別讓我知道你是誰！」

霧裡傳來個一聽就像奸臣的聲音，說道：「你這後輩好大的口氣！不要以為亮出玄日宗的名號，老夫就怕了你！棧生門那些人天天在亮玄日宗的名號，見到老夫還不是要屈膝哈腰？」

莊森掌心運勁，朝發聲處回擲飛鏢。胡濱叫了聲「哎呀！」然後就不再說話了。莊森等待片刻，問道：「胡濱，你還沒死吧？」

胡濱說：「呸！你……你死了，我……我還沒死呢。」聽聲音是受了點傷。

後方正鬧著，前面天仙門人群裡卻傳來慘叫聲。趙言楓說：「我去看看！」還沒踏步，卻聽見有人叫道：「張師兄！你……為什麼要殺王師兄？張師兄，快住手！啊！」「林阿大，你幹什麼？」「有叛徒！」「造反啦！」「大家小心，魏豪殺了小貓子！」「祖光榮砍傷了王祥！」

「不要啊！」

趙言楓駭然：「天仙門怎麼會這麼多叛徒？」

李存勗憂形於色：「春夢無痕毒發了，有人要他們殘殺同門！」

追兵停止發射暗器，也不再有人追得過近。莊森回頭看去，只見濃霧之中，刀光劍影，天仙門人打成一團，根本也看不出來誰好誰壞。他說：「阻止紛爭，別讓他們自相殘殺。」趙言楓和李存勗加入戰團，每看到有人痛下殺手，立刻上前奪下兵器，遠遠拋出。莊森在混亂之中找出常道散人，只見有五個弟子正在圍攻他。常道散人武功不弱，以一敵五尚且游刃有餘，要不是不忍心傷害弟子，早就把他們打發了。莊森上前接戰，一邊應付天仙門弟子，一邊問常道散人。「山道險惡，不宜混戰。附近可有大片空地？」

「有的。前面轉彎就到了。」常道散人揚聲道：「天仙門弟子聽令，且戰且走，去是雲崖。」

是雲崖是片足以容納兩、三百人的大空地，兩面凌空，另兩面各有山道，一條上山、一條下山。待在此地集結，雖然不算自絕生路，但是離開的山道狹窄，也不是說走便能走的。天仙門眾人在是雲崖上自相殘殺，死傷人數越來越多。受到春夢無痕影響的弟子殺得眼紅，而沒有毒發的弟子也難保不會突然發難。莊森、趙言楓、李存勗、常道散人武功高強，努力以點穴手法制服發狂弟子。但那些弟子失去理智，出手不能以常理臆度，四人要點中他們穴道也不容易。莊森一邊接戰，一邊思索，問李存勗道：「中了春夢無痕的人會聽從他人號令，那究竟是誰在下令他們自相殘殺？」

「問得好！我也在找。」李存勗說。「下令之人只要不是天仙門自己人，那肯定就是跟我一樣蒙面混進來的。」

常道散人聽聞，揚聲說道：「天仙門弟子聽令，所有人除下面巾！」

尚未毒發的弟子依言除下面巾，但是已經毒發的弟子卻依然蒙面。李存勗、莊森和趙言楓眼觀四面，只見有名弟子本來還在對抗毒發弟子，聽到命令後立刻假裝毒發，開始攻擊正常弟子。「在這裡了！」三人一聲發喊，同時衝向假弟子。那假弟子倒也了得，先是閃開李存勗的直拳，跟著翻身避過趙言楓的手刀。莊森見他厲害，運起朝陽神掌，以氣勁噴得對方氣息窒礙。假弟子難以閃避，跟他對了一掌，當場連退三步，噴出一口血來。

趙言楓踏步上前，封了他的穴道。

假弟子受制之後，天仙門的人不再需要擔心有人突然毒發，專心應付已經毒發的弟子。又混戰了半炷香左右，終於把所有毒發弟子點了穴道，聚集在一起坐下。天仙門死傷過半，剩下的弟子精疲力竭，莫說無力再戰，就連繼續逃命也沒有力氣，紛紛在常道散人身旁圍成一圈，盤膝坐下。

王堅帶領追兵，慢慢湧入是雲崖。繼續上山的山道上果然有伏兵，這時也從另外一邊走了出來。莊森等人眼看敗勢已成，只能靜觀其變，見機行事。

李存勗提起天仙門假弟子，走到莊趙二人身旁丟下，蹲下身去審問。

王堅等到己方眾人將天仙門完全圍住，這才迎上前去。他說：「莊大俠、趙女俠，還有這位蒙面俠。天仙門已經徹底完蛋，三位不必繼續插手了吧？」

莊森說：「你們試藥也試過了。這春夢無痕果然妙用無窮，肯定值得高價購買。好了，大家都看完了，這就散去吧。」

王堅搖頭：「天仙門這梁子結得大了。倘若留下活口，江南六大門派從此不得安寧。」他特別強調江南六大門派，以壯己方聲勢。莊森環顧四周，只見各門各派的人馬各據一方，肯定不只六大門派。這些人也不光一味只是人多，其中也有不少好手。就算他們單打獨鬥都不是莊森對手，群起而攻還是勝券在握。莊森毫不畏懼，說道：「你以為我會坐視你們屠殺無辜之人？你也未免把玄日宗瞧得小了。」

王堅道：「我聽說莊大俠久歷西域，一直到上個月才回歸中原，對於中原武林現況並不如何熟悉。在下既然在江南武林同道面前如此說話，有沒有把玄日宗瞧小還不明白嗎？」他長嘆一聲，又說：「玄日宗濫殺無辜，也不是一天兩天的事情了。」

莊森聽夠了武林人士背地裡數落玄日宗的言語，昂首說道：「我莊森從來不曾亂殺無辜，也不會坐視任何人亂殺無辜。」這話說得正氣凜然，在場之人無不動容。「各位枉稱江南六大門派，竟然不以俠義自居，反而在這裡幹些濫殺無辜之事。為了什麼？為了一種控制人心的藥物！我問各位，這種藥怎麼能用？這種藥怎麼能用？」

王堅神色慚愧，沒有答腔，神鏢門的胡濱可說話了。「這話說得眞漂亮！你玄日宗仗著武藝高強，還不一樣在幹控制人心的事情？大家只是敢怒不敢言罷了！」

不少人出聲附和：「說得對！」「確實如此！」「敬你跟怕你也只是一線之隔罷了！」「莊大俠想要行俠仗義，趁早離開玄日宗吧！」

趙言楓往前一站，眾人當即閉嘴。這時消息已經傳開，大家都知道她是武林盟主趙遠志之女。礙於趙遠志積威，沒人膽敢放肆。事實上，王堅會好言好語地請莊森等人不要插手，也只是因爲不敢開罪趙言楓而已。要是只有莊森在此，他們早就群起而攻。趙言楓說：「咱們或許救不了天仙門的人，但各位想要攔住我們也不容易。你們怕天仙門報仇，就不怕玄日宗爲難嗎？」

王堅搖頭道：「趙姑娘此言差矣。說起排解武林各派紛爭，玄日宗的立場向來都是花錢就能解決，這都是有公定價的。莊大俠不知，難道姑娘也不知道嗎？」

趙言楓想學莊森，也來句「我趙言楓從來沒有收過你們半文錢！」但是想到自己包袱裡那七百兩飛錢，若不是跟武林同道收來的，難道是她自己賺的嗎？她雖然心虛，卻不至於語塞，當場微微一笑，說道：「武林之中誰是誰非，也得看看誰能在武林盟主耳朵旁邊說話。不知道王員外一年中能見到我爹幾次面呀？」

常道散人突然開口：「趙女俠、莊大俠，還有這位蒙面俠。三位與天仙門素不相識，竟肯爲我們做到這種地步，如此大恩大德，本門實在無以回報。今日形勢，有死無生，便請三位就此下山，莫要爲天仙門枉送性命。」

天仙門弟子紛紛說道：「是呀，三位大俠快下山吧！」「他們要殺的是天仙門，與三位無關。」「請大俠保重性命。」

趙言楓輕聲問：「師兄怎麼說？」

莊森搖頭：「事情沒有做一半的。丟下他們不管，咱們於心有愧，日後還談什麼行俠仗義？」

「萬一賠上性命，要談行俠仗義也不容易呀。」趙言楓伸手抵住莊森手臂，要他待在後面。

「今日之事肯定沒好結果，能救幾個救幾個。他們怕得罪我會得罪我爹，讓我來說。」她揚聲對江南群雄說道：「各位江南道的朋友，咱們打開天窗說亮話。今天大家聯手幹了這麼件不光彩的事情，自然不希望消息走漏。各位會想斬草除根，也是情有可原。偏偏我莊師兄爲人正直，絕不肯袖手旁觀；各位礙於武林盟主的積威，也不敢對咱們出手。如此僵局，總得想個法子解決。」

趙言楓年輕貌美、聲如銀鈴，嘴裡說著江湖言語，卻帶著些微小兒女淘氣神情，場上所有男人無不對她心生親近之意。莫說她是武林盟主之女，就算是尋常百姓，也無人願意加害。王堅一拱手道：「趙姑娘有何高見？」

「唉。」她一聲嬌嘆，聲音雖輕，卻有辦法讓在場數百人聽得清清楚楚，人人感到心中一蕩。「小女子初出茅廬，人微言輕，能有什麼高見呢？然則玄日宗怎麼說也是武林盟主，調解武林門派紛爭乃是份內之事。各位既然想要聽我說，那我就說了。」她側身指向天仙門徒，說道：「天仙門的人中了迷藥，連番惡鬥，全都筋疲力竭。各位在這個時候斬草除根，未免恃強凌弱、以多欺寡，任何有血性的人都會看不下去。你說我師兄怎麼能夠不管呢？」

王堅問：「照姑娘說，該怎麼做？」

「只要不恃強凌弱、不以多欺寡就好了。」趙言楓說。「就讓天仙門派一位代表，江南群雄也派一位代表，大家一戰定輸贏。天仙門贏了，就讓他們離開；天仙門要輸了的話……」

常道散人插嘴道：「就留下老夫一條性命，讓各位可以安心離去。我門下弟子都是爲了習醫而來，練武只是強身，沒學高深功夫。他們不會去找各位報仇的。只要各位肯放他們走，老夫保證他們不會宣揚今日之事。」

趙言楓也說：「各位只要答應小女子的提議，玄日宗也會對今日之事守口如瓶。」

王堅看向莊森：「莊大俠怎麼說？」

莊森覺得不妥，但又想不出更好的辦法。他適才見過常道散人的身手，知道他武功不弱，儘管混戰許久，實力依然堅強。江南六大門派雖然自稱六大門派，其實有點是在自抬身分。比方說剛剛那位神鏢門主胡濱就根本不怎麼樣。如果他們武功都在伯仲之間，常道散人贏面還不算小。他點了點頭：「莊某將會守口如瓶。」

王堅退回陣中，召集江南群雄代表討論。片刻過後，他走了回來，說道：「今日看在玄日雙尊的面子上，就由本人跟常道散人決一死戰。」

趙言楓感到意外：「王員外功夫很高嗎？」

「不高。」王堅說。「我跟常道散人有私怨，只能趁今日了結。」

趙言楓搖頭：「令嫒不是常道散人擄走的呀。」

常道散人上前道：「趙姑娘，就讓他跟我打吧。」

趙言楓見場上其他人都沒意見，心想或許這兩個人原先就是對頭，只是剛好借題發揮而已。她朝莊森和李存勗使個眼色，退到一旁。天仙門眾弟子也紛紛起身，扛起被點倒的人，退到趙言楓等人身旁，清出一片場地比武。

常道散人和王堅相對不語，就這麼原地站立片刻，似乎各自都在思索什麼事情。江南群雄之中有人不耐煩了，開始竊竊私語。趙言楓朝一名天仙門弟子問道：「常道前輩跟王堅是什麼關係？」

天仙門弟子搖頭：「師父一向禁止我們跟王員外買鹽，我們都以為是因為王員外有在販賣私鹽之故。但如今看來……」

常道散人跟王堅似有默契，同時跨步向前，左手高、右手低，擺出相同的起手架勢。王堅說道：「師兄，當年你我不肯繼承衣缽，叛出師門，一個從商、一個從醫，著實傷了師父的心。想不到二十年後，咱們還是按著江湖規矩，比武了結恩怨。」

在場有不少人都喔了一聲，想不到昨天在城裡壁壘分明的兩個人竟是同門師兄弟。

常道散人微笑：「世事總是難以參透。當初離開師父，我一心只想做官，哪裡想到後來會成立天仙門，有時候行醫，有時候害人？」

王堅搖頭勸道：「師兄早就懲罰過賣藥害人的弟子，不必一直將這種事情放在心上。」

常道散人搖頭：「弟子不肖，做師父的當有責任。」他抬起頭來。「弟妹身體還好吧？後來有復發嗎？」

王堅道：「託師兄的福，小蘭她好得很。」

兩人好一會兒沒有說話。接著常道散人輕笑：「同窗二十載，到最後也就是聊這幾句話。」

王堅說：「我心裡有好些話想跟師兄說，只是到了這個局面，說什麼都不重要了。」

「動手吧。」

兩人同時出掌，說打便打。這一下雙掌交擊，發出轟然巨響，掌風激得地面落葉翻飛，把在場眾人都嚇了一大跳。兩人的武功都是自小練得熟了，拆解起來速度甚快，往往一招沒有使老，看見對方封擋，便即跳到下一招去。加上掌風凌厲，越打越快之下，竟然隱隱生出風雷之勢。江南群雄都知道天仙門常道散人武功高強，巫州鹽幫的王堅也不可小覷，卻沒想到他們的功夫厲害至此。就看見王堅身體疾轉，宛如旋風般沖天而起，以雷霆萬鈞之勢撲擊而下。常道散人站穩腳步，大喝一聲，推出雙掌，長袍鬍鬚翻飛，好似畫中仙人。這一下四掌相交，竟然當眞爆出電光，打得站在近處的觀眾臉上一陣麻痺，紛紛向後退開。

人群中有人喊道：「這是『巫山仙子』的電光掌呀！想不到他們竟是巫山派的傳人！」

這話只有在人群中掀起零零落落的幾下低呼，顯然沒幾個人聽過巫山仙子和巫山派的名號。卓文君曾跟莊森提起過巫山仙子，說她武功奇高，四十年前叱吒江湖過一段時間，乃是武林中特立獨行的高人，師承何派無人知曉，有人說她天賦異稟，武功都是自行領悟出來的。巫山仙子並不喜好追逐名利，也不主動惹事生非，只有剛好遇上不平之事才會出掌相助。見過她出手的人都把她的武功說得出神入化，不過沒幾個人見過她出手。她在巫山開創巫山派後，就再也沒有下過巫山。而她巫山派也不過就收了兩名弟子，據說這兩個弟子並未涉足江湖，想不到今日在此現身。

莊森趁著巫山派兩大高手打得精采之際，跟趙言楓和李存勗講解巫山派的由來。趙言楓嘆道：「武林之中眞是臥虎藏龍。咱們才剛出門闖蕩，就已經見到如此高深的武學。看來老是待在總壇，自以爲本門天下無敵，只會淪爲井底之蛙。」

李存勗皺眉問道：「那電光強烈，要是打在身上，是不是會當場麻痺，動彈不得？如果這樣的話，可不能跟他對掌呀。」

趙言楓問：「師兄，你覺得你打得過他們嗎？」

「功力上應當不至於落敗，但電光掌的效果確實令人擔憂。跟他們空手放對，難有必勝把握，是我的話就拔劍對攻。」他心想如果是言楓師妹的話，只消運起玄陽掌的火勁，多半就能以內力化解電光。不過爲了假裝不知道趙言楓隱藏實力，這話可不能脫口而出。他說：「以常道散人的武功，若要孤身突圍，這些人多半攔不住他。他爲了弟子出頭，眞是情深義重之人。」

「而且他們另有默契。」趙言楓道。

莊森和李存勗同聲問：「怎麼說？」

「王堅爲了女兒遭人擄走之事挑釁天仙門，但是剛剛閒話家常的時候完全沒有提到他女兒。常道散人若不是早知那是假的，就是其中另有隱情。」

王堅身影飄忽，一雙肉掌化爲四掌、八掌，從四面八方攻向常道散人。常道散人站在原地，凝神接掌，乍看之下行有餘力，但是明眼人都看得出來，他適才跟中毒弟子混戰，早就已經累了，加上吸入迷藥，功力不純，如此打法並非故作閒適，而是無力像王堅那般全力出招。這樣下去，只要稍不留神，他隨時都有可能落敗。

李存勗說：「倘若王堅顧念故人之情，就該故意敗給常道散人……」

王堅突然大喝一聲，八掌化作八道電光，一道一道全部擊向常道散人胸前。這是電光掌的絕招，叫作「萬電歸元」，能讓功力凝聚不散，八下電掌化爲一掌，威力頓爲平常的八倍。據說當年巫山仙子可以將三十二掌化爲一掌，相形之下，王堅已算遜色許多。常道散人每接一掌便後退一步，接到第七掌時已經退到懸崖邊。王堅拍出最後一掌，常道散人突然變招，雙掌抱圓，以胸口強接他的掌力，扣緊王堅手臂，兩人一起墜崖。

這一下出人意表，所有人驚呼連連。天仙門弟子大叫「師父！」，連忙衝到懸崖邊。巫州鹽幫的幫眾也狂呼「幫主！」，迎了上去。那懸崖直上直下，儘管長有幾棵蒼松，看起來都撐不住人的模樣。此時晨霧尚未散盡，瞧不見谷底情況，也不知道兩人摔死了沒。

莊森急著想要下崖找人，趙言楓卻要他稍安勿躁。她揚聲說道：「比武雙方墜崖，便算打成平手了。今日之事，就此罷休，不會有任何人洩漏各派圍剿天仙門之事。江南道的朋友，這就各自散去了吧。」

六大派的掌門人你看看我、我看看你，一時之間沒了主意。片刻過後，某幫某派的掌門人朝趙言楓一拱手，說道：「玄日雙尊處事公正、說話算話，謝某人深感佩服。就此別過。」說著一揮手，率領門下眾徒往下山的山道走去。

「且慢。」趙言楓說。那位姓謝的掌門回過頭來，臉上竟然微顯懼意。就看到趙言楓往天仙門眾弟子一比，說道：「天仙門還活著的弟子，我都會記下姓名造冊。要是讓我知道日後有人死於非命，玄日宗不會善罷干休。」

江南群雄走了之後，現場就只剩下天仙門弟子。趙言楓找個管事的弟子，要他抄寫弟子的姓名戶籍，這才分派眾人找路下山去尋找王堅和常道散人的屍首。莊森等三人武功高強，能走普通人不能走的途徑，沒過多久便抵達崖底。崖底是座巨石嶙峋的溪谷，這個時節水位不高。谷底霧氣未散，視野受限，三人分散下去，找了好一陣子才終於找到。

李存勗叫道：「在這裡了！」

莊森和趙言楓立刻趕去，只見巫山派兩大高手躺在一塊大岩石上。王堅血肉模糊，骨折奇特，顯是落地時便即摔死。常道散人躺在旁邊，身上並無摔傷痕跡，但是胸口塌陷，讓電光掌給打碎了胸骨。他口吐鮮血，出氣多、入氣少，眼看是不活了。

莊森取出一枚續命丹，塞在常道散人嘴裡。趙言楓自溪中舀水，助他吞嚥。常道散人恢復了些血色，虛弱道：「多……多謝各位。」

莊森道：「前輩快別說話。讓我處理傷口。」

趙言楓跟常道散人說的話多，加上並肩作戰的患難之情，此刻不禁目光含淚，說道：「是呀，前輩。我師兄醫術精湛，什麼傷都能治。」

常道散人轉頭看他師弟，老淚縱橫道：「師弟落地前將我托起，自己卻摔成這樣，唉……」

「前輩，別說了。」

常道散人抓住莊森右手腕，神情迫切：「不，莊大俠，聽我說。我師弟的愛女貞貞被人擄走，威脅他來……對付天仙門，殺……殺我。如果他敢透露實情，他們……就會殺人滅口。他時時受人監視，只能趁決鬥時……把眞相告訴我。」他一陣劇痛，全身抽動，好一陣子平息之後，這才又道：「莊大俠，我求你……求你救出貞貞！求你……」

莊森在是雲崖上救不了他，心裡已經過意不去。儘管知道救回王貞貞希望渺茫，還是義不容辭地承擔下來。「好！前輩，我一定會救回王姑娘。」

趙言楓問：「前輩可知對頭是誰？」

「是……武安藥局。」常道散人說。「長久以來，他們一直想要掌控全江南道藥局的藥材供貨，但是湘江以西向來是我們天仙門的勢力範圍。巫州、播州等地的藥局也不想跟他們做生意。」他喘了口氣，繼續說道：「這回他們得到了靠山援助，竟然藉機滅了天仙門。」

「靠山？」

「春夢無痕。」常道散人說。「我還沒查出……製藥之人。只知道此藥神奇，妙用無窮，已經吸引不少買家投標。其中最大勢力……就是宣……宣武軍。」

莊森等人互看一眼，心裡都想：「有朱全忠當靠山，他們自然會藉機剷除勁敵。」莊森和趙言楓更想：「又是朱全忠，莫非棧生門滅門也跟春夢無痕案有關？」

「莊大俠，當……當今世上，能跟宣武軍對抗的，除了河東晉王，就屬你們玄日宗了。這事……這事……」

李存勗扯下面巾，說道：「前輩，在下李存勗，乃河東晉王之子。春夢無痕案，我們晉王府一定會與玄日宗聯手偵破。就請前輩放心吧。」

常道散人面露喜色，說道：「晉王府和玄日宗聯手，那我就放……放心了。」他交代完畢，氣若游絲，轉頭看著王堅屍首。「當年……我們師兄弟兩人……不守本分，貪戀……師父的美貌……不能專心學武。但師父天仙一般的人物，凡夫俗子豈能妄起愛念，褻瀆她老人家？於是我們兩個受不了內心折磨，終於離開師門。之後我們只要看到對方……就會於心有愧，想起……想起我們如何辜負師父苦心教導……如何傷她老人家的心。」他掌心顫抖，握住王堅手掌。「今日……重返巫山，可謂……死得其所。不知道……師父她老人家……肯不肯原諒我們？」

溪谷中傳來一陣簫聲，曲調淒涼，黯然銷魂。莊森等人四下觀望，卻不見吹簫之人。常道散人笑咳一聲，喜上眉梢：「師父……師父呀……弟子不肖，這便回來看妳了。」說完兩腳一伸，含笑而終。

簫聲繼續吹奏，勾動人心，只聽得三人潸然淚下。片刻過後，簫聲間歇，吹簫之人卻始終沒有現身。三人又等了一會兒，知道對方已經離去。李存勗道：「巫山仙子來去無蹤，果然是天仙般的人物。」

趙言楓擦拭淚痕，說道：「曲調黯然，聞者落淚，這位仙子前輩必定是傷心人。」

莊森望著常道散人寧靜的遺容，嘆道：「師父說巫山仙子涉足江湖不過一年有餘，隨即歸隱巫山，從此不見生人，想來是遇上了什麼傷心事。」

天仙門弟子找了過來，把師父和王堅的屍首都領了上去。三人回到是雲崖，收了天仙門呈上的名冊。有些沒有受傷的弟子回城張羅推車軟轎，準備運送屍首和受傷弟子。莊森怕有武林敗類回來生事，想要等天仙門安頓好再走。李存勗把他們拉到一邊。

「莊兄弟、趙姑娘，根據適才奸細口供，武安藥局訂於五日之後在潭州標售春夢無痕。咱們若要趕去，現在就得出發。」

趙言楓皺眉：「難怪六大派的人走得那麼急。」

莊森問：「李公子，晉王府為何會調查此案？難道跟梁王一樣，也是為了奪取春夢無痕？」他語氣嚴厲，頗有指責意味。

李存勗搖頭：「莊兄弟誤會了。晉王府調查此案另有原因。說來慚愧，這是王府一件家醜，本來不足為外人道。可惜如今形勢，非得仰賴玄日宗幫手不可。」他左顧右盼，確定無人偷聽，這才繼續說下去：「那春夢無痕，其實是我們晉王府流傳出去的藥物。」

莊森和趙言楓吃了一驚，齊問：「有這等事？」莊森更是聲色俱厲：「晉王府研究這等藥物，究竟是何居心？」

「沒有居心。」李存勗道。「這藥並非我爹下令研製的，而是我一個義弟個人的行爲。我這義弟，大大有名，兩位或許曾聽說過，他叫李存孝。」

晉王李克用共收十二名義子，加上親生兒子李存勗，號稱十三太保。其中以第十三太保李存孝最爲武勇，戰功彪炳，是李克用手下頭號戰將，戰無不勝、攻無不克。後受朱全忠挑撥離間，又與四太保李存信失和，終於投降朝廷，受封邢州、洺州、磁州節度使。十年之前，李克用率兵親討，李存孝戰敗，遭車裂。

趙言楓問：「李存孝不是讓你爹給下令車裂了嗎？」

李存勗說：「我們十三兄弟，同門學藝，情同手足。當年我爹下令車裂存孝，除了四弟存信之外，所有人都幫他求情。我爹本來就不想殺他，於是暗地饒了他，改車其他死囚。存孝當著我們的面發誓，從此隱姓埋名，不問世事，不會讓存信得知他沒死，也不會挾怨報復。如此相安無事過了九年。去年存信病逝，存孝立刻跑了。打從潭州傳出第一件春夢無痕案，我就已經開始留心此事。」

「李存孝擅長醫藥嗎？」莊森問。「爲什麼聽說春夢無痕就知道出自他的手筆？」

「我們師父學究天人，世間的學問皆有涉略。存孝天賦異稟，是唯一有能力傳承師父衣缽之人。過去十年，他無所事事，每天就鑽研醫藥。可惜他不甘寂寞，總是懷念過去的風光，終於開始研製具有軍事用途的藥物。三年前，他將春夢無痕呈給我爹，說道憑藉此藥，可以輕易暗殺藩鎮，一統天下。我爹認為此藥不道德，堅決不用，禁止他繼續研製。」

趙言楓問：「李公子武功高強，學的是高深武學，比起玄日宗武功，可謂不遑多讓。可否請教令師是？」當年黃巢之亂，李克用手下將領雖然勇猛，武功卻不高明。之後他門下出了十三太保，不但武功精湛，又擅謀略，大大提升河東軍的實力。這些年來，玄日宗一直想要查出這位隱身晉王府幕後，指導十三太保的高人是誰，但說什麼就是查不出來。趙言楓聽父母說過此事，於是藉機詢問。

李存勗說：「家師要我們發誓，絕不能洩漏他老人家身分。還請兩位多多包涵。」

莊森皺眉盤算。「此去潭州，即便兼程趕路也未必能在五日之內趕到。」

李存勗說：「所以我們才必須立刻出發。」

莊森搖頭：「我答應了常道散人要救王家姑娘，這件事情絕不能拖。王堅已死，王姑娘失去利用價值，若不盡快救她出來，只怕就……」

「莊兄弟……」李存勗語氣無奈。「我也想救王家姑娘，但是你該明白，她此刻尚在人間的機會不高。當務之急，是要阻止武安藥局出售春夢無痕。要是這藥落入朱全忠手上……」

「我既然答應了，就一定要去做。」莊森斬釘截鐵地道：「就算王姑娘已死，我也要帶回她的屍首。」

趙言楓說：「這個好辦。師兄，你就留下來救王姑娘。我跟李公子先趕去潭州。」

莊森立刻搖頭：「那怎麼行？」

「怎麼不行？難道你不放心李公子？」

莊森還眞的不太放心李存勗跟趙言楓同行，不過他確信趙言楓有能力保護自己。他說：「武安藥局有朱全忠爲後盾，那李存孝也絕非易與之輩，潭州之事，不會像江南六大門派那麼好打發。」

趙言楓一攤手。「那又怎樣？潭州是江南分舵所在，屬於玄日宗的勢力範圍。朱全忠越境辦事，總不可能帶大隊兵馬來。再說，從巫州兵馬使的行動來看，馬殷多半也知道春夢無痕的事情。只要稍加挑撥，讓他們打起來不難。」

莊森擔憂：「形勢已經夠亂了，最好別打起來。」

李存勗說：「莊兄放心，晉王府在潭州也有人脈，我們不會勢孤力單。」

莊森還待考慮，趙言楓說：「師兄，再不走就來不及了。」

莊森只好點頭。「妳要小心。我處理完這裡的事情，立刻就會趕去。」

趙言楓轉身要走，突然又有點捨不得。她說：「師兄，你來。」說完走到旁邊一棵大樹後面。莊森跟了過去。趙言楓與莊森相對而立，突然握起他的手，身子前傾，額頭靠上他的胸口。靠了片刻之後，趙言楓抬起頭來，對莊森說：「師兄，不必擔心。我是你……是你……」她神情羞澀，伸掌在他胸前拍了拍，然後轉身離開。留下莊森一個人呆立樹後，不知該做何反應。

第十四章　落敗

莊森等下山張羅的天仙門弟子回來，跟他們要了一輛推車，把王堅的屍首搬上去，推車下山。守城衛士已自鹽幫幫眾口中聽說王堅「墜崖身亡」之事，看他推王堅的屍首回來，也沒有多加盤查。他跟衛士問明王府所在，逕自推車過去。到了王府，門外僕役一看是送老爺回來的，立刻進去通報。王夫人狂奔而出，趴在王堅身上哭了半天，這才吩咐家丁抬走老爺，起身向莊森道謝。

「王夫人，請節哀。」莊森扶著王夫人道。「王員外臨死之前，託付我救回令嬡。不知道匪徒今日有沒有與夫人聯絡？」

「有！有！」王夫人連忙說道。「他們要我告訴帶亡夫屍首回來的人，也……也就是莊大俠您……獨自一人去您昨晚審問犯人的地方。」

莊森吃了一驚，心想：「對方竟然知道我昨晚審問犯人之事，看來綁架王貞貞跟殲滅棧生門的果眞是同一夥人。他們得知我送王堅回來頂多不過一個多時辰，我若盡快趕去，說不定他們還沒布置妥當。」

王夫人問：「莊大俠昨晚是在何處審問犯人？我找鹽幫的弟兄隨你同去。」

「對方要我一個人去。」莊森搖頭。「王夫人請放心，莊某拚了命也會把王姑娘帶回來。」

王夫人神色痛楚：「爲了小女之事，已經害死了這麼多條人命。倘若莊大俠……」

莊森揚手阻止她繼續說下去。「尊夫既然託付於我，自然是相信我有能力。王夫人不必爲我擔心。」說完離開王府，朝荒廢莊院直奔而去。

莊森昨晚提著兩個人摸黑行走，又惦記著要避開路人，盡挑小巷子走，沒記下顯眼路標，這回要再找到那座莊院，不免花了不少時間。荒廢莊院才剛映入眼簾，他已經發現四周屋頂上有人放哨。莊森提起內勁，踏地無聲，朝一個坐在屋頂上的壞蛋摸去，自背後出手，點了對方穴道，讓他繼續坐著，自己則趴在他身旁，探頭打量莊內形勢。

只見大門後的前院中央開了一桌酒席，桌旁一共坐了四人，三男一女。女子容貌秀麗、清新脫俗，給人一種不食人間煙火之感，任何男人見了都會記在心裡，難以忘懷。她身穿黃衫，手腳都讓人綁在椅子上。三個男的有兩個是中年人，另外一個頭髮花白，長鬚飄飄，背後掛著一把長劍，一副出世高人的模樣，多半便是那神劍居士薛震武。荒廢莊院的外牆有不少地方坍塌，只要有人路過就能看見裡面。儘管此地鮮少有人路過，如此行事也未免太膽大妄爲了點。莊森滑下屋瓦，回到巷中，繞了一大圈來到廢莊後門。

後院比前院小得多，只有一人把守。那人站在院子中央，一動也不動地盯著後牆看。莊森撿起一片磚瓦，砸在牆上，趁著對方分神察看時翻身入院，直奔一扇破窗。尚未跳入窗內，身後一陣勁風來襲。莊森心裡一驚，反身出擊，以巧妙身法避過對方雙掌，一爪扣住他的咽喉。對方奮力掙扎，但卻手腳無力，最後暈死過去。

莊森提著他躍入屋內，放在地上，輕手輕腳地摸向昨晚審問犯人的房間。金牛幫三人橫屍當場，細查死狀，多半是昨晚他跟趙言楓離開後便即遭人滅口。莊森站起身來，心想：「昨晚我和楓妹都沒察覺有人跟蹤，對手的輕身功夫可謂十分高明。梁王府的人行事如此歹毒，對付他們的時候可得小心在意。」看著黃精銘喉嚨上的刀痕，想起他昨晚搖首乞憐的模樣，莊森突然怒氣橫發。「四師伯醫過的人不許人家再醫，今日我也來學學她——我莊森饒了不殺的人可不許人家亂殺。」他拿定主意，原路離開，跳上屋頂，解決另外三個放哨的人。最後他推開廢院大門，大剌剌地走了進去，說道：「無恥鼠輩，快點放了王家姑娘。」

三個男人哈哈大笑，長鬚長者道：「我道是誰呢，原來是玄日雙尊之一的莊大俠。」他轉頭看向一名夥伴，問道：「莊大俠叫什麼名字來著？」那人搖頭：「不太記得呀。」長鬚老者道：「原來是無名小卒。我薛某人成名已久，不跟無名小卒打交道。劉兄弟，還是你跟他說吧。」

姓劉的漢子說道：「姓莊的小子，我們王爺惜才，聽說你是玄日宗首徒，儘管在江湖上名不見經傳，但是武功應該還過得去，是以要我們來試探試探你。想不到你讓江南六派那群窩囊廢追著打不說，被他們圍在是雲崖上，更是連屁都不敢放一聲，只能眼睜睜地看著他們仗著人多，害死常道散人。如此無能，算是什麼人才？你好意思自稱玄日宗首徒嗎？還玄日雙尊呢，我呸！」

莊森道：「各位打著梁王府的旗號，自視武林高人，既然想要對付天仙門，何不光明正大出手？盡幹這種強擄民女，威脅他人幫你們做骯髒事的勾當，又算什麼人才？」

姓劉的漢子說：「你小子嫩得呢。兵不血刃，才是高招。誰能料到常道散人那老小子那麼厲害？萬一老子讓他劈了一掌，豈不完蛋？今日教你個乖，臨時辦事，不清楚對頭底細時，當然要讓別人出手，才是上著。所謂強龍不壓地頭蛇，老是魯莽辦事，小心陰溝裡翻船。」

「閣下不壓地頭蛇，又怎麼去滅了棧生門？」

「他們能算是地頭蛇嗎？」姓劉的說。「他們頂多只是毛毛蟲罷了。」

「視人命如草芥，這便是梁王府的格調？」莊森怒喝。「快快放了王家姑娘，否則別怪我不客氣！」

「氣焰好囂張啊。」姓劉的取笑道。「不要以為光靠玄日宗的名號就能騙吃騙喝。行走江湖靠的是實力，不是師門庇蔭。要我們放人可以，只要你答應加盟梁王府就行了。」

「加入梁王府，就跟你們同流合污了。我莊森再不濟，也不會幹你們幹的那些事。」

「你好笨啊。」姓劉的搖頭嘆氣，似乎在說孺子不可教也。「你就假意答應，待得救回王家姑娘之後再來反悔嘛。我又不是要你的錢，也不要你留下胳臂，順口答應一句是會怎樣？你這麼笨，我都不知道該不該招你入王府了。」

「答應的事就要做到。就像我答應了要救王姑娘一樣。」莊森說。

「那好，我們王爺是明理之人，說道倘若你執迷不悟，不肯加盟，那麼只要能打贏我們幾個，一樣可以把人帶走。」

「廢話少說，動手吧。」

另一名中年漢子放下酒杯，站起身來，拔出大刀，朝莊森走出兩步，依著江湖規矩拱手道：「在下『斷水刀』柳義，領教莊兄弟高招。」

莊森見他比另外兩人有禮貌多了，當下回禮道：「請前輩賜教。」

柳義中路直進，平揮一刀。莊森見這一刀來勢洶洶，方位精妙，一時間竟不知如何閃避。他藝高膽大，既然難避，乾脆不避，雙掌合擊，來個空手入白刃。柳義翻轉刀身，沒讓他夾到，改挑他右肩。莊森肩膀微側，左掌抬向柳義手肘。柳義放脫刀柄，手腕翻轉，大刀順著手臂轉了幾圈，當場把莊森逼退兩步。

「好！」姓劉的鼓掌叫好。「好一招『大漠旋風』。柳兄弟的刀法超凡入聖，今日讓這乳臭未乾的小子知道咱們梁王府的厲害。」

柳義再度出擊，展開斷水刀法，刀光霍霍，虎虎生風。莊森在刀光之中穿來插去，靈巧有如麻雀，始終連衣袖都沒讓刀刃帶到。柳義的刀法確實精湛，跟玄日宗的開天刀法頗有不同之處，不過威力卻不遑多讓。莊森專研劍術，刀法非其所長，本門刀法只學過入門的開天刀，沒涉獵精進的闢地刀。他一邊閃避刀招，一邊留意其他敵人動靜，同時還從對方的招式中印證本門刀法。他心想：「武術之道，果然是越戰越強，必須在實戰中累積實力。我這些年來跟著師父，沒機會遇上什麼高手，打從二十五歲以來，武學修為就停滯不前。當日與月虧眞人一戰，著實領悟出不少心得。雖然稱不上武功大進，但在修為上還是有不少幫助。要不是見識過月虧的蝕月刀法，此刻我只怕有點手忙腳亂、應接不暇了。」

蝕月刀法詭譎多變，虛招多、實招少，柳義的斷水刀法招招都是實招，雖然刀快，卻不似蝕月刀法那般令人眼花撩亂。當日莊森靠著劍指出招才破了月虧眞人的蝕月刀法，此刻他也已經想出好幾招劍招可以擊退柳義。不過他朝陽神掌使得興起，又打定主意要技壓梁王府這群高手，不讓他們小看玄日宗，於是繼續以一雙肉掌對抗大刀。一路拆到三十六招上，莊森看準方位，踏步上前，左手奪走柳義大刀，右掌抵住對方胸口，微微吐勁，柳義飛身而出，撞坍三丈外的爛牆。

莊森平舉大刀，走到坍牆前，將刀還給爬起來的柳義。「前輩，你的刀。」

柳義接過大刀，回想適才景象，知道莊森刻意容讓。這一掌要是擊實，他根本還沒落地就已經死了。「多謝莊大俠手下留情。」他抹去嘴角鮮血，向莊森點點頭，走回桌旁繼續喝酒。

姓劉的站起身來，說道：「好小子，果然有兩下子。老子劉大海，是少林寺俗家弟子。一套般若掌打得是出神入化，接招吧！」

莫看劉大海倚老賣老、談吐粗俗，全然不像佛門弟子，這一套般若掌打得倒是有模有樣、毫不含糊。他一掌直挺挺地拍來，也不感覺特別快速，卻在轉眼之間拍到莊森面前。莊森神色一凜，側頭閃避，雙掌攻向對方不得不救之處，在他變招前將其逼退。莊森正要追擊，左耳掌風聲起，竟不知劉大海是如何打出這一掌的。莊森不見敵招，難以招架，只好提起輕功，以難以想像的角度斜裡飛開，落在三丈之外。兩人遙遙相對，心裡都萌生佩服之意。

劉大海說：「這幾下避得倒很巧妙，功力不到家可做不來。小子，你三十了沒有？」

莊森道：「二十八。」

劉大海點頭：「玄日宗的內功修練果然有獨到之處。據說趙言嵐那小子年紀比你還小，他的武功有比你高嗎？」

「不知道。」莊森說：「肯定比你高。」

劉大海大笑：「不知天高地厚。再來！」說著又是一掌直拍而出。

莊森原想這事會跟之前一樣轉眼間就拍到他面前，想不到這一掌到了中途，突然微側，輕輕巧巧地拍向他肩膀。莊森皺起眉頭，相應而避，心想：「他這變招毫無窒礙，不但不浪費半點力氣，出掌的方位還出人意表。其實回頭想想，這掌如此攻擊，既巧妙又合理，偏偏在他打出這一掌前我都沒有想到。究竟是我見識不足，還是這般若掌太過高深？」

那般若掌每一招起手式都大同小異，總是平淡樸實地拍出，掌到中途才加以變化。莊森雖然精於劍術，但是在與月虧眞人一戰後，深自體會徒手搏鬥的重要，於是開始勤練掌法。此刻他的朝陽神掌造詣爐火純青，已經起始習練玄陽掌的火熱內勁。儘管尚不能以玄陽內勁傷敵，卻足以牽動對手內力，使其行功受阻。劉大海才跟他過了十來招，便覺得出招窒礙、心緒不寧，額頭上還開始冒出汗滴。他微感驚慌，隨即以大定力沉澱思緒，進入般若境界，從心所欲揮灑神功。

般若二字本意爲智慧，但並非指凡夫俗子的智慧。凡夫俗子的智慧必須先有聲有色，方才能見能聞。般若的妙智妙慧則是無色亦能見、無聲亦能聞。如能悟到般若境界，便知世間善法，能以己身判斷，挑選正途。般若神掌的要旨就在於以般若妙慧產生變招。它每一招起手看似平淡無奇，其中卻隱含三十六至七十二式不等的繁複變化。出招者視對手武功家數、內力深淺及周遭環境加以判斷，往往一招便能拾奪對手、克敵制勝。劉大海久戰不下，也不心急，只因他已收回取勝之心，專心應付對手。

莊森首戰般若掌，一開始覺得這掌法高深莫測，招架不易。後來發現劉大海被自己的玄陽內勁牽動，立刻知道對方功力不如己。他本想靠比拚內力取勝，但又珍惜與高深掌法放對的機會。待得劉大海進入般若境界，不受外力干擾後，莊森也隨之對應招式，信手揮灑，只覺得這輩子跟人過招，從來沒有如此暢快過。

如此拆了五十來招，莊森若有所悟，漸漸在劉大海行招變招之中看出般若之道。他不懂得般若掌的行招法門，不過《大般若經》倒是讀過，知道般若妙慧分爲世間慧與出世間慧兩種。劉大海的般若掌能夠因應莊森出招加以應變，攻得頭頭是道，守得中規中矩，屬於世間慧的範疇。倘若能夠進一步領悟出出世間慧的話，當能料敵機先，在對手出招之前搶先攻破敵招，達到一流高手的境界。想通此節後，他知道劉大海雖然厲害，但還不能將般若掌發揮到淋漓盡致；而當眞要破般若掌，須得領悟出世間慧的道理，那也不是一時三刻可以成就之事。他向後飄開，伸手擋在身前，說道：「且慢。晚輩有一事不明，想要請教。」

劉大海當即住手，呼吸調息，問道：「如何？」

莊森問：「劉前輩精通般若掌，實乃大智大慧之人，何以要故作粗俗，甘爲梁王走狗，幹這些綁架民女、殘殺無辜之事？」

「你小子講話放乾淨點，什麼叫作梁王走狗？」劉大海喝道。「就因爲別人做的事情你不認同，別人就得是壞蛋，幫他的就是走狗了嗎？我且問你，你見過梁王沒有？聽過他的治國理念嗎？還是通通道聽塗說，有人說他壞，你就跟著說他壞？」

「梁王壞不壞，我不敢說。我只知道你們手段凶殘，殺光棧生門……」

「棧生門是武林敗類，你知不知道？」劉大海說。「他們在巫州販賣人口、逼良爲娼，老子早就想把他們挑了。你們玄日宗只因每年有錢可收，便縱容門下弟子幹這種事情。我且問你，我若因爲此事叫你玄日宗走狗，你心裡做何感想？」

「我……」莊森語塞。他想辯說棧生門不會幹這種事情，但他哪知道棧生門會不會幹這種事情？想起布莊老闆那句「有死無生」，劉大海說的多半不假。到最後，他唯一能做的辯解就是：「棧生門只是支派，並非……並非玄日宗本門……」心虛之下，越說越小聲。

「小子，天下很大，不要只活在玄日宗這口井裡。」劉大海語氣放緩，勸道。「跟我們回去見見王爺。加盟之事，慢慢決定不遲。」

莊森搖頭：「我大師伯的規矩定得明白，玄日宗門下弟子不得參與藩鎮事務。我不管玄日宗這些年來是如何處事的，我莊森有我自己的一套標準。春夢無痕之事，你們幹得太不漂亮。我絕不會與你們爲伍。」

忽聞唰的一聲，劍光沖天。莊森轉頭一看，只見那神劍居士薛震武高舉右手，接住落下的長劍。他說：「劉賢弟，你不是他的對手，退下吧。讓老夫來教訓這個無知後輩。」

莊森見他淵渟嶽立、氣勢非凡，儼然一副大宗師的模樣，不禁肅然起敬。他解下腰間長劍，拔劍出鞘，然後把劍鞘插在地上，持劍作揖，恭敬道：「薛前輩當年與本門師長聯手抗敵，乃是救國救民的大英雄。如今投身梁王府，可是認爲梁王能拯救天下蒼生？」

薛震武冷笑一聲，說道：「老夫心中最好的選擇，向來都是你大師伯趙大俠。可惜這些年來，事實證明，有力無心之人並不比有心無力之人好到哪去。你大師伯自己不爲天下蒼生著想也就算了，還不讓你其他師伯爲天下人出力。這麼多人才卡在玄日宗手裡，豈是天下蒼生之福？」

莊森道：「晚輩十年不見我大師伯，不方便爲大師伯辯解。」

薛震武說：「你學了玄日宗的本事，卻沒沾染玄日宗的習性，可謂出淤泥而不染。過來我們梁王府，我不會保證你功名利祿，但可以提供你成就大事的機會。」

莊森說：「想靠控制人心的藥物成就大事之人，不是我莊森願意效忠的對象。」

薛震武劍尖前指，說道：「不識好歹，進招吧。」

莊森展開旭日劍法，劍花點點、劍芒呑吐，一上來就攻勢凌厲。那薛震武不但劍招精妙，功力也頗爲精純，遠遠勝過其他兩人。莊森跟他對擊幾劍，每一劍都接得虎口劇震，難以把持。打從出道以來，這是他第一次遇上內力強過自己的對手。莊森抖擻精神，改變打法，專攻要害，盡量不與對方硬碰。

薛震武好整以暇，笑道：「年輕人如此武功，已經十分難得了。你可別忘了，我跟你大師伯平輩論交，年輕時時常切磋武藝。你玄日宗的劍法在我眼中並無奇妙之處。」

莊森忙於應付對方劍招，要開口說話有點吃力，但他還是硬著頭皮問道：「敢問前輩這是什麼劍法？」

「今日教你個乖。我是南天山雪海派第七代傳人，此乃本派鎭派神功天山劍法。」

莊森一笑：「前輩交代得這麼清楚，可是害怕天山劍法從此失傳，再也沒人知道世間曾經有過這套劍法、這個門派？」

薛震武心神激盪，出招更爲凌厲。他雪海派武功艱澀難懂，學習門檻甚高，習練者往往要練到三十年後，武功才能趕上一般武學高手。不過及至武功大成，就能成爲一流高手，在江湖上揚名立萬。可惜這溫火慢燉的特質導致投身雪海派的人不多，能夠眞正學成的人更少，所以雪海派往往一脈單傳，每一代都只有一個傳人。薛震武年輕時教過三個弟子，全都死於黃巢之亂，其後到處奔走，一直沒有遇上有緣之人。如今他已年近七十，眼看是不可能再有機會調教弟子成才。雪海派經歷七代單傳，多半要滅在他這一代手上。

也因爲如此，他一直以來都很忌妒人丁興旺的玄日宗。當年會跟趙遠志交好，是因爲玄日宗在黃巢之亂時也死到只剩下數十人的緣故。趙遠志振興玄日宗後，薛震武就跟他漸行漸遠。玄日宗門風敗壞，漸走下坡，看在他眼裡格外高興。他總說武林中的大門大派收那麼多弟子根本沒用，眞正的高手總是出自雪海派這種人丁單薄的門派。這話連他自己都覺得難以自圓其說，所以他喜歡找機會教訓那些大門大派裡出類拔萃的弟子。

可惜眼前這個玄日宗弟子似乎沒有想像中那麼容易教訓。薛震武多次施展絕招，想要一舉拾掇莊森，但莊森總在千鈞一髮之際以巧妙身法避過。有一回他看見機不可失，勁灌劍身，想要震斷莊森的長劍，那小子竟然也能運勁對抗，硬生生地擋下他的殺招。莊森以爲薛震武的功力高深，其實薛震武也摸不透莊森有多少斤兩。他雖說過去不少跟趙遠志切磋武藝，熟知玄日宗劍法，但是玄日宗劍法博大精深，豈是他一個外人能夠摸透的？

莊森撐得越久，行招越是順手。天山劍法招式繁多，無止無盡地施展開來，每一招都在他心中留下深刻的印象，也讓他體會出本門劍法更高深的精妙之處。拆到百招後，他停用輕靈見長的旭日劍法，改用大開大闔的烈日劍法，薛震武始終以天山劍法應對，妙招層出不窮。莊森心想：「師父老說我的修爲跟五師伯、三師伯他們『還差一點點』，今日我才知道，那『一點點』的差異不經實戰是永遠無法彌補起來的。我一直以爲我的旭日劍法和烈日劍法都已爐火純青，夕日劍法也在火候之上。若非經此一戰，我還眞不知道我對本門劍法只能算是初窺門徑而已。師父總是不把天下英雄放在眼裡，弄得我也妄自尊大，以爲自己有多厲害。其實以師父的武功，自然可以小覷天下英雄；但是我的武功可還差得遠了。」

他又接了幾劍，發現薛震武劍上的內勁也不若之前那麼難以應付，顯然他連內功運用的法門都變得更加得心應手。他想：「本門轉勁訣妙用無窮，只要運用得宜，當可四兩撥千斤。幸虧今日遇上的對手都還應付得來。要是遇上了師父那種級數的高手，我豈不是要命喪當場？這次出門，本來打算闖出轟轟烈烈的明堂，要是連幾個綁匪都應付不來，豈不讓人笑掉大牙？不過話說回來，像師父那種級數的高手，普天之下又有幾人呢？」

他突然看見一個空檔，劍隨意走，施展出一招烏雲蔽日，劍勢宛如鋪天蓋地而來。薛震武看準方位，斜出一劍，原擬化解對方劍勢，想不到自己年紀大了，不宜久戰，功力一個沒拿捏好，竟讓莊森的劍勢帶歪了劍尖。就聽見嚓的一聲，薛震武肩頭中劍。劍傷不深，只帶出幾滴鮮血，但他神劍居士畢竟輸了一招。

莊森落地轉身，凝望薛震武。薛震武神色茫然，似乎不明白適才發生了什麼事般。他看看肩頭傷口，又看看莊森，過了好一會兒才回過神來。他壓低長劍，長嘆一聲，說道：「閣下武藝精湛。老夫輸了。」

莊森拱手道：「前輩輸在年紀老邁、氣力不足。您若年輕十歲，莊森不是對手。」

薛震武沉思片刻，搖頭道：「就算年輕十歲，我還是會輸給你。一開始交手時，你不是我對手，但是交手百餘招後，變成我不是你的對手。閣下如此天賦，實乃武學奇才。我薛某人敗得心服口服。可惜了……可惜了……」他搖頭嘆氣，也不知是在可惜什麼。片刻過後，他向劉柳二人招手，說道：「走吧。」

劉大海和柳義起身跟著薛震武離去。劉大海一路看著莊森，欲言又止，待得三人走到門口時，他忍不住回頭說道：「莊兄弟，在下誠心相約，希望你能跟我們回梁王府見見梁王。你……」

莊森搖手道：「道不同，不相爲謀。三位前輩請了。」

三人對望一眼，各自搖了搖頭，似乎十分惋惜，接著出門離去。

莊森連忙跑到桌旁，幫黃衫姑娘鬆綁，說道：「王姑娘，在下玄日宗莊森，受令尊令堂所託，前來搭救姑娘。」

那姑娘始終神情冷淡，對於適才精彩比武完全沒有放在心上，不知是受驚過度，還是中了迷藥。莊森幫她解開繩索之後，說了聲：「得罪莫怪。」便即伸手探她脈搏，檢視瞳孔。她的肌膚觸手冰涼，不過脈象正常，沒有身中迷藥的跡象。莊森探頭到她面前，喚道：「王姑娘，王姑娘，妳聽得懂我的話嗎？」

那姑娘微微側頭，吁了一口長氣。莊森直到這口氣輕輕噴在臉上，這才發現自己跟她離得有多近。細看之下，這姑娘美貌脫俗、嬌艷無方，簡直讓人心跳急促、喘不過氣。莊森聞到她吐出來的芳香氣息，不禁面紅耳赤，連忙縮身，問道：「王姑娘，妳哪裡不舒服嗎？」

那姑娘看著莊森，緩緩搖頭，幽幽說道：「莊公子，你我素不相識，何以以身犯險，前來搭救？」

莊森回答：「一來令尊令堂託付在下，二來王姑娘牽連此事，實乃無辜，在下路見不平，一定要拔刀相助。」

「可犯得著爲了一個陌生女子冒性命危險？你不怕他們殺了你？」

莊森搖頭：「他們想要招攬我，不會殺我的。」

姑娘微微點頭，又問：「那梁王就這麼不好，你說什麼也不肯爲他效力？」

莊森說：「他們用妳來威脅我，王姑娘想想，我怎麼能爲這種人效力？」

「那也是。」姑娘撐著椅臂，想要起身。莊森見她吃力，上前扶她。姑娘一個無力，微微傾倒，整個人癱入莊森懷中。莊森手足無措，將她摟在身前，只覺得懷裡溫香暖玉，鼻子聞到她頭髮中的香氣，一時之間不知如何是好。

那姑娘一手環抱莊森後腰，另外一手貼在他的胸口。突然輕嘆一聲，掌心吐力，莊森立刻胸口劇痛，如墜冰窖，整個人無法動彈，彷彿連血液都結成了冰。「公子口口聲聲叫我王姑娘，」那姑娘吹氣如蘭，貼在他胸口抬頭說道：「可我不姓王呀。」

莊森運勁抵抗寒氣，卻發現功力四散，難以凝聚。才一會兒工夫，他的人中已經結了兩條冰柱，吐出的氣白霧陣陣，吸進來的氣又讓喉嚨刺痛。他咬緊牙關，說道：「妳……妳……」

「梁王結交之意甚誠，莊公子拒人於千里之外，未免也太失禮。」那姑娘說。「既然薛老爺子他們都請不動你，那就只好由小女子出馬了。」她站起身來，湊到莊森面前，伸掌撫摸他的臉頰。「莊公子眞是敬酒不吃吃罰酒。乖乖跟著薛老爺子他們走，不就沒事了嗎？一定要讓人打成這副德性，裝車運走。也好，我本來就說要這麼做。如此把你運到潭州，以你要脅，就不怕玄日宗的人不肯就範。」她微笑。「你那個師妹……應該喜歡你吧？你猜猜，她爲了救你，願意做到什麼地步？」

「妳……」莊森吃力問道。「妳究竟……是什麼人？」

「小女子姓月，單名一個盈字。」

「月盈……」莊森心念電轉，想起拜月教。「……眞人？」

「莊公子叫我月盈就好，」月盈笑道。「眞人什麼的，只是爲了擔任本教右護法而強灌的封號，我很討厭人家說。」她湊到莊森耳邊，對著他耳朵吹氣道：「莊公子如果喜歡，可以叫我盈兒。」

「妳……拜月教……跟朱全忠……」

月盈點頭。「趙遠志不識大體，不肯與本教結交。朱全忠可沒有那麼傻。」她看莊森神色吃痛，臉上忽現愛憐神色，取出一條手帕，擦拭他額頭上的白霜。「莊公子不要頑抗，你中的是本教神功凝月掌。只要你不運功抵抗，待會兒昏了過去，就不會痛了。公子請放心，盈兒不會讓你死的。」

「王……王姑娘她……」

月盈輕摸胸口，神色感動：「啊，你到現在還惦記著王姑娘？」

「她……可還活著？」

月盈一陣嬌笑，清脆悅耳，正要說話，旁邊突然傳來一個蒼老的女子聲音：「妖女，把人交出來。」

月盈聞言色變，當即轉頭。莊森渾身僵硬，只剩眼珠可動，本來應該是看不見說話之人的，然則說話之人實在離得太近，就在兩人身邊，坐在月盈剛剛被綁著的座椅上冷冷瞪著他們。來人是個頭髮花白、滿臉皺紋的老太婆，看起來比那薛震武還老上好幾歲。她能來到距離兩人這麼近的地方都沒被發現，武功只能用深不可測來形容。

「這位老婆婆好沒禮貌，打擾咱們小倆口說話呢。」月盈笑嘻嘻地說。「還叫我妖女。我最討厭人家叫我妖女了。」

「婆婆……」莊森拚了命道。「這女人武功……非常厲害。妳快走。」他雖然看出這婆婆的武功也是高深莫測，但想她年紀老邁，多半也跟那薛震武一樣不能久戰，於是一心只想勸她快走。

那婆婆站起身來，走到月盈面前，二話不說，揮掌而出。月盈輕描淡寫，與她對掌。這一掌對得是眼花撩亂，就聽見轟的一聲，兩人掌心相貼，爆出一道電光與一陣冰霜。月盈神色一凜，隨即笑道：「我道老婆婆有多厲害呢，原來……」

那婆婆抽回手掌，再度推出。這一掌拖曳出一道電光，再度擊落在月盈嬌滴滴的玉掌上。老婆婆再度抽掌，再度出掌，電掌繼續擊中月盈。每擊中一掌，爆出的電光就比前一掌更加耀眼。她出掌甚慢，莊森看得清楚，就跟早上王堅那八掌化一掌的手法一模一樣，敢情是巫山仙子來幫徒兒討公道了。

月盈一掌一掌地接著，雖然未呈敗相，但是右掌始終舉在身前硬接老婆婆的電掌，似乎無力收回。待得巫山仙子打到第七掌時，月盈嘴角滲血，終於撤回手掌，後退一步。巫山仙子見她能在七掌之內瓦解電掌之力，向後退開，不禁微感佩服。她不再追擊，沉掌收功，說道：「月盈眞人如此年輕、如此美貌、如此功夫……在在讓老身想起從前的自己，眞是想不惜才都不行。我就問妳，我徒弟的女兒究竟死了沒有？她若尚在人間，老身便饒妳一命。她若已死，只好要妳償命。」

月盈臉色蒼白，不過講話還是一貫的輕浮語調。「月盈向來不把承諾放在心上，然而薛老爺子他們都是言而有信之人。他們說過莊公子打贏他們，就會交還王姑娘，此刻正在把王姑娘送回王府的途中呢。」說著轉向莊森，說道：「莊公子，你可別怪他們。他們沒有騙你。他們只是沒告訴你我不是王姑娘而已。」

巫山仙子朝月盈招手：「過來坐著。」

月盈滿不在乎地走到巫山仙子身前，轉身在她之前的椅子坐下。巫山仙子突然朝她穴道點去。月盈見機甚快，立刻出手招架，然則巫山仙子的電光掌不但威力奇大，而且快如閃電。月盈手掌才剛碰到她的手，已讓對方點中穴道。月盈嬌喝：「老婆婆說話不算話，妳說過王姑娘還活著就放我走的。」

巫山仙子說：「老身可不是第一天出來行走江湖，隨隨便便就信了妳魔教妖女一句話。乖乖給我待著，確定我徒弟的女兒還活著後，老身自然會來放妳。」她說著提起莊森，把他放在月盈對面的椅子上，順手在他丹田上一拍，暫時瓦解凝月掌的寒氣。莊森立刻運勁，凝聚內力對抗寒氣，疼痛終於稍微舒緩了點。

「莊公子也坐一會兒，老身去去就來。」

莊森頭不能轉，看不見身後景象。過了一會兒不再聽見聲音，料想巫山仙子已經走了。他凝望桌子對面的月盈，只見她笑盈盈地瞧著自己，似乎一點也不把此刻的處境放在心上。想起適才所發生的事情，莊森忍不住打了個寒顫，可不是因爲凝月掌的關係。他心想：「月盈眞人武功之高，遠勝月虧眞人。即便不用計暗算，只怕我也無法在她手下走上十招。至於那巫山仙子，更是莫可能度，就連師父也未必是她對手。」月盈臉上施了胭脂，瞧不出確實年紀，但怎麼看也不可能比自己還大。莊森突然感到慚愧，想道：「薛震武說我天賦奇才，實在是謬讚了。這月盈眞人和言楓師妹年紀都比我小，功夫卻都比我高。我莊森這幾年可真是白活了。」

「莊公子，你在看我呀？」月盈突然開口。「你說盈兒好不好看呢？」

莊森正自拿月盈跟趙言楓做比較，只覺得兩個女孩一個清秀、一個嬌艷，各擅勝場，難分高低。聽到月盈這麼一問，彷彿做壞事給抓到般，登時羞得滿臉通紅。月盈笑得花枝招展，取笑道：「莊公子在想什麼呢？該不會是起了壞念頭吧？」

莊森正色道：「月姑娘好看得緊，但是人美，心也要美才好。」

「你好壞，這樣說人家。」月盈笑容不減。「你又沒看過我的心，怎知道它美不美？其實我的心好美呀。」

莊森說：「妳手段如此凶殘，還說心美？」

「我哪裡凶殘了？」月盈一臉無辜。「我除了在你身上拍了一掌外，你見我傷害過任何人嗎？」

「我……」莊森語塞，心想難道自己錯怪她了？

月盈續道：「昨天滅棧生門的時候，我也下手乾淨俐落，沒有折磨任何人呀。」

「妳……」莊森無言。

月盈輕聲問：「莊公子，你喜不喜歡盈兒？」

莊森驚道：「我怎麼可能會喜歡妳？」

「怎麼不可能？你就喜歡你師妹呀。」月盈說。「你覺得盈兒和師妹，哪個比較美？」

「喜不喜歡不光只看外貌美醜。」

「哎呀，你也可以把心美考慮進去呀。」月盈神色淘氣，竟有幾分神似趙言楓。「你師妹的心比我的美嗎？」

莊森說。「我師妹不會濫殺無辜。」

「你怎麼知道？」月盈問。「你跟她相識多久？你知道她沒殺過人？你信她每一句話嗎？她沒有任何令你疑心之處？」

莊森張口結舌，緩緩問道：「妳……妳在說什麼？」

「沒什麼，盈兒只是喜歡挑撥離間。」月盈笑著說。「據盈兒所知，莊公子跟你師妹重逢至今也不過一個月左右。瞧你讓她迷得神魂顛倒的模樣，盈兒是怕你受騙呀。」

「胡說八道，什麼神魂顛倒。」

「早上在是雲崖，大樹後，你們以為沒人看到，盈兒可都瞧在眼裡呢。」月盈眉毛輕挑。「這麼往莊公子胸口一靠，呢喃一句『師兄，我是你的』。哎呀，甘拜下風、甘拜下風呀。」

莊森怒道：「妳……妳不要亂說。我跟師妹兩……兩情……豈有妳說的那般不堪？」

「莊公子說盈兒亂說，那就算盈兒亂說吧。」月盈突然轉為關懷神色，問道：「公子身體好點了嗎？還會不會冷？」

莊森語帶諷刺：「月姑娘神功蓋世，怎麼會不冷？」

「五成功力，不算什麼。」月盈說。「盈兒要是全力出擊，公子已經不在人世。你說，我是不是很好心？」

莊森突然想起孫可翰，問道：「我六師伯是不是妳打傷的？」

月盈愣了愣，接著恍然大悟。「喔。你見盈兒會使凝月掌，便以為孫六俠的傷是我打出來的？沒有，我沒見過他。據說孫六俠武功出神入化，盈兒多半不是對手。」

「正面交鋒自然不是對手。就怕妳使……使那個計……」莊森想說美人計，卻又覺得說六師伯會敗在美人計下似乎不妥。想起月盈剛剛故作無力，往自己身上一靠，任你武功再強之人也未必能避。

月盈語氣怨懟：「公子就把盈兒想得如此不堪嗎？」

莊森理直氣壯：「妳剛剛不就是這麼對付我的嗎？」

月盈嘆氣。「眞是盈兒自作孽，讓公子說得無法反駁。」她突然拿起桌上的酒壺，給自己斟了杯酒，輕啜一口，笑道：「好酒。適才坐在這裡看著薛老爺子他們喝酒，我早就想來一杯了呢。」

莊森駭然：「妳……妳已解開巫山仙子點的穴道？」

月盈點頭：「老婆婆好厲害，跟我們教主不相上下。幸虧盈兒也不是省油的燈。」她端起酒杯，走到莊森身旁，自口袋裡取出一枚藥丸。「莊公子，請服下。」

莊森皺眉：「妳打得我還不夠慘？又要拿毒藥害我？」

「聽說莊公子醫術精湛，是良藥還是毒藥，吞下去就知道了。」她把藥丸塞入莊森口裡，然後拿起酒杯，故意轉到她剛剛喝過的淺淺唇印，貼到莊森嘴邊灌酒。「喝下吧，莊公子。盈兒對你好呢。」

莊森雖能運功抗寒，身體還是無法動彈，只能任由月盈擺布，吞下藥丸。藥丸入體之後，他肚子裡隨即冒出一股暖意，散入四肢百骸，說不出地舒服受用。他吐氣回暖，人中的冰柱微微消散，問道：「月姑娘究竟是何用意？」

「我把你打傷了，現在來治你，這也沒什麼。」月盈推開桌子，跨坐在他大腿上，上身前傾，幾乎貼著莊森嘴唇說道。「剛剛我要害你，現在我又想救你了。公子不會硬氣到不願意讓盈兒救吧？」

從來不曾有任何女子坐上莊森大腿，跟他如此貼近過。莊森口乾舌燥，股間出現冒犯佳人的生理反應，心裡卻感到十分害怕。他顫聲道：「月姑娘……請自重。」

月盈伸出左手，扯開胸口衣襟，露出左乳。莊森大吃一驚，想要閉眼不看，卻說什麼也閉不起來。他看到月盈左乳上有道約莫三寸長的淡淡疤痕，刀傷，看不出是毆鬥傷還是手術傷口，只能肯定月盈曾經歷過生死交關的情況。他深吸口氣，目光上揚，凝視月盈雙眼，不敢繼續多看。

「公子看到了。盈兒眞的見過自己的心。」月盈拉起莊森左手，以他的食指順著那道疤痕輕撫。「我的心是美的。沒有騙你。」說完她放開莊森的手，拉回衣襟，站起身來。「公子是個好人，卻生在一個容不下好人的時代裡。盈兒爲你感到悲哀。」她拿起一雙筷子，挾起一塊牛肉，朝莊森說了聲：「啊。」把牛肉塞入他嘴裡。跟著她取出一條手巾，幫莊森擦擦嘴角，然後將手巾放入他手裡。

「下次見面的時候，對盈兒笑一笑，好嗎？」說完她就走了。

《左道書・卷之一》完

國家圖書館出版品預行編目資料

左道書　卷之一 / 戚建邦 著.——初版.——
台北市：蓋亞文化，2019.07
冊；公分.
ISBN　978-986-319-407-1（平裝）

863.57　　108007797

左道書【卷之一】

作　　者　戚建邦
插　　畫　葉羽桐
封面設計　莊謹銘
責任編輯　盧琬萱
總 編 輯　沈育如
發 行 人　陳常智
出 版 社　蓋亞文化有限公司
地址：台北市103大同區承德路二段75巷35號
電話：02-2558-5438　傳眞：02-2558-5439
電子信箱：gaea@gaeabooks.com.tw
投稿信箱：editor@gaeabooks.com.tw
郵撥帳號 19769541　戶名：蓋亞文化有限公司
法律顧問　宇達經貿法律事務所
總 經 銷　聯合發行股份有限公司
地址：新北市新店區寶橋路二三五巷六弄六號二樓
電話：02-2917-8022　傳眞：02-2915-6275
港澳地區　一代匯集
地址：九龍旺角塘尾道64號龍駒企業大廈10樓B&D室
電話：+852-2783-8102　傳眞：+852-2396-0050
初版一刷　2019年7月
定　　價　新台幣270元
Published and printed in Taiwan

ISBN / 978-986-319-407-1

Gaea

好故事，一擊入魂！

八百擊